独角札丛
DUJIAOZHACONG

天才远离法学

何柏生 ◎ 著

中国民主法制出版社

图书在版编目(CIP)数据

天才远离法学/何柏生著. --北京:中国民主法
制出版社,2017.9

(独角札丛)

ISBN 978-7-5162-1627-9

Ⅰ.①天… Ⅱ.①何… Ⅲ.①随笔—作品集—中国—
当代 Ⅳ.①I267.1

中国版本图书馆 CIP 数据核字(2017)第 231602 号

图书出品人:刘海涛
出 版 统 筹:乔先彪
责 任 编 辑:唐仲江 程王刚
责 任 校 对:姚丽娅

书名/ 天才远离法学
作者/ 何柏生 著

出版·发行/ 中国民主法制出版社
地址/ 北京市丰台区玉林里 7 号(100069)
电话/ (010) 63292534 63057714(发行部) 63055259(总编室)
传真/ (010) 63056975 63292520
http:// www. npcpub. com
E-mail:flxs2011@ 163. com
经销/ 新华书店
开本/ 32 开 880 毫米×1230 毫米
印张/ 9.75 **字数/** 220 千字
版本/ 2017 年 10 月第 1 版 2017 年 10 月第 1 次印刷
印刷/ 北京中兴印刷有限公司

书号/ ISBN 978-7-5162-1627-9
定价/ 35.00 元
出版声明/ 版权所有,侵权必究。

要允许标点符号撒泼！

写完《后记》，责编还要求再写个序。我觉得该说的话在《后记》中已讲完，没必要再啰嗦了。但责编不依。在处理书稿过程中，一些句子在标点符号的用法上，我与责编有不同的看法；尽管责编最后妥协了，遵从了我的意见，可心里没谱，担心书出后，有关部门抽检时找麻烦。

本书收集的是本人的随笔，当然，书中有些文章也可称为散文、散文诗，属于纯文学作品。文学作品和学术论文一样，都要有标点符号。没有标点符号的文章，对现代人来说，无疑是一大灾难，读起来使人头大、发木。然而，在标点符号的使用上，尽管有规范，但各人用法差别巨大。往往同一句话，让不同作者标点，结果迥异。而有些作者所使用的标点符号，在一些人看来就是错标。其实，这样的"错标"正是作者写作个性的流露，不但不是错标，反而借用标点符号把作者的文风显露出来，把作者想要说的话不是借用语言，而是借用标点符号广而告之了。所以，在文章中，尤其是在文学作品中，标点符号是有个性的，与作者的文风密切相关。不同文风的作者，在标点符号的使用上，甚至有着天壤之别。例如，余秋雨在散文《牌坊》中有这么两句话：

在冰库里，这姑娘依然美丽。甚至，更加美丽。

我只知，自己，就是从那解冻了的乡村走出。

如果把标点符号改成这样：

在冰库里，这姑娘依然美丽，甚至更加美丽。
我只知自己就是从那解冻了的乡村走出。

虽然字没动一个，但肯定影响了作者所要表达的意思。而通常，一般人会认为改动过的标点符号才更合规范。

中国文坛，王蒙、王朔所使用的超长语句，更是把标点符号甩到了几千里外，彻底颠覆了标点符号的传统用法。但这样满腔热情奋力抖掉一大串标点符号的语言却更加陌生化，受到读者的青睐。

下面分别欣赏一下王蒙、王朔小说中的超长语句：

十一月四十二号也就是十四月十一二号突发旋转性晕眩，然后照了片子做了 B 超脑电流图脑血流图确诊。然后挂不上号找不着熟人也就没看病也就不晕了也就打球了游泳了喝酒了做报告了看电视连续剧了也就根本没有什么颈椎病干脆说就是没有颈椎了。亲友们同事们对立面们都说都什么也没说你这么年轻你这么大岁数你这么结实你这么衰弱哪能会有哪能没有病去！说得他她它哈哈大笑呜呜大哭哼哼嗯嗯默不做声。（王蒙：《来劲》）

我一直就想写小说写我的风雨人生就是找不着人教这回有了人我觉得要是我写出来小说别人一定爱看别看我年龄不大可经的事真不少有痛苦也有欢乐想起往事我

就想哭。(王朔：《顽主》)

　　同一条街另一端的一家高级工艺古董店里，杨重油头粉面西服革履鼻梁上架着副金丝眼镜彬彬有礼地牵引着一个珠光宝气十个手指上戴满钻戒一头一脸翡翠玛瑙的重量级老妇人在琳琅满目堆积如山的金银玉器名贵印石象牙雕刻地毯瓷瓶中穿行，不时端详着一件玩意儿品味着。(王朔：《一点正经没有》)

　　读这样的超长语句，真让人大汗淋漓喘不过气来。然而，王蒙，尤其是王朔的超长语句恰构成了其语言特色。排山倒海，气势如虹，只有在抖落了许多标点符号后才会写出如此精彩的语言。看来，文学语言的创新也包含着标点符号用法的创新，只有在打破传统的标点符号用法后，陌生化的创新语言才会出现。当然，第一个吃螃蟹采用超长语句者并非"二王"，国外那些意识流作家，如乔伊斯，在《尤利西斯》一书中，为了表现人物的心理活动，采用意识流手法，不分段落，没有标点符号，将人物内心世界的隐秘赤裸裸地暴露在了读者目前，取得了巨大的成就。但在汉语界实验取得巨大成功者非"二王"莫属。

　　读鲁迅那一代作家的作品，往往会发现，他们非常喜欢用分号。如鲁迅、朱自清的作品分号泛滥成灾。而年轻的沈从文、萧红、张爱玲就很少用分号。沈从文的散文《湘行散记》，需要几分仔细才能找到分号。当今作家，语句中用分号的频率大大降低。余秋雨的《文化苦旅》，刘亮程的《一个人的村庄》，三毛的《撒哈拉的故事》，分号已经是"出土文物"，显得弥足珍贵。被称为"中国最后一位士大夫"的作家汪曾祺，属于当代作家中使用汉语最上档次的几个"腕",作品中的分号已"黄昏独自愁"了。"流水落花春去也",分号早已失宠于当代作家,该用分号的地方大多用句号。因为分号过多,句子拉长,语句不够活泼、明快。如刘亮程的散文名篇《寒风吹彻》,就毅然地把分号肩上的重担卸下,让句号挑起。

　　屋子里更暗了,我看不见雪。但我知道雪在落,漫天地落。

　　因为不断砍挖,有柴火的地方越来越远。往往要用一天半夜时间才能拉回一车柴火。

倘若让鲁迅写,"但""往往"前面一定用分号。而对于被称为"乡村哲学家"的刘亮程,我们恐怕不能说他不会使用标点符号。尽管这位兄弟土生土长,带着泥土香迈着世纪末的时间脚步冷不丁地从田野中冒出。

也有该用分号的地方用逗号,如:

　　后来家中航空包裹飞来接济,我收到大批粉丝、紫菜、冬菇、生力面、猪肉干等珍贵食品,我乐得爱不释手,加上欧洲女友寄来罐头酱油,我的家庭"中国饭店"马上开张,可惜食客只有一个不付钱的。(三毛:《沙漠中的饭店》)

事实上,裁定标点符号用法规范的权威属于著名作家,是他们在创作实践中把路子趟出,用他们的天才把标点符号安排停当,而语言学家只是对他们的习惯用法予以总结。许多语法书中的例句都来自经典名作，只有如此才有说服力，才符合"诉诸权威论证"的要求。可以说，一个时代有一个时代的用语习惯，一个作家也有一个作家的用语习惯，没有放之四海而皆准的金科玉律。否则，语言就不会发展，就失去新鲜、生动以及意思表达的准确。

分号"门前冷落鞍马稀"，句号却在"抬望眼"，站在山之巅，尽显"仰天长啸，壮怀激烈"的磅礴气势。我们看看作家乔良在著名中篇小说《灵旗》（该作曾获全国优秀中篇小说奖）中是如何用句号狂轰滥炸，骄横恣肆，把语言学家的心理防线击穿的：

死者是一老太太。杜九翠。寡妇。守寡整整五十年。丈夫在五十年前的一个秋夜不明不白地死去。是凶死。

世道就是这么回事，变过来，又变回去。只有人变不回去。人只朝一个方向变。变老。变丑。最后变鬼。

九翠是一朵云。从早到晚都被太阳照得透明透亮、被风吹得飘忽不定的云。有时云色泛白，有时云色泛红。很轻。说话轻。走路轻。吃一段甘蔗也轻轻咂味，轻轻吐渣，看了顶让人心疼。标杆村里心疼她的人可不止一个两个。谁都想伸手去够她，可谁都够不着。踮起脚也不行。她十五岁就明白这一点。心眼鬼得也像云。她在村里没有什么事做不成。只要开口。就是不开口，去美女梳头岭拾几捆柴草，也会有人替她往家背。她对谁开口都慢悠悠、甜丝丝的，像这儿的米酒。回甜。有后劲。上头上得厉害。

读罢这几段话，瞠目结舌者肯定不在少数。面对句号的肆虐，称快者有之，悲哀者亦有之。不过，别忘了，在标点符号发展史上，乔良一类作家才是冲锋陷阵的先锋。只有他们，才使那些蝌蚪模样的符号显现出英雄本色，给语言发挥贤内助的作用。

当然，如此使用句号的还有其他作家。早在二十世纪二十年代，沈从文就在短篇小说《龙朱》中这样做了。

　　这个人，美丽强壮像狮子，温和谦逊如小羊。是人中模型。是权威。是力。是光。如今是九月。打完谷子了。打完桐子了。红薯早挖完全下地窖了。

鲁迅那一代作家，在顿号的使用上显得十分吝啬，该用顿号的地方大多用逗号，如：

　　那些头上有各种旗帜，绣出各样好名称：慈善家，学者，文士，长者，青年，雅人，君子……。头下有各样外套，绣出各式好花样：学问，道德，国粹，民意，逻辑，公义，东方文明……。（鲁迅：《这样的战士》）

　　据说，是这么一回事：动物们因为要商议要事，鸟，鱼，兽都齐集了，单是缺了象。（鲁迅：《狗·猫·鼠》）

到了萧红那一代作家，已开始挥霍顿号了。

　　他们很好的招待我们，茶、点心、橘子、元宵。（萧红：《小城三月》）

鲁迅是文学大师，现行课本中选用他的文章最多，倘若仿照他，把该用顿号的地方用成逗号，谁又能说错了呢？事实上，著名作家汪曾祺 1980 年发表的短篇小说《黄油烙饼》依旧这样用。

读鲁迅作品，标点符号绚烂多姿，没有哪种标点符号休闲无用，全都披挂上阵，让人一饱眼福，从中领略大师点将的风采。

微风起来，四面都是灰土。另外有几个人各自走路。

灰土，灰土，……

………………

灰土……（鲁迅：《求乞者》）

"那么，你得说：'啊呀！这孩子呵！您瞧！多么……。啊唷！哈哈！Hehe！He，hehehehe！'"（鲁迅：《立论》）

"我的冤家呀！——可怜你，——孤另另的……"（鲁迅：《明天》）

"铁如意，指挥倜傥，一座皆惊呢～～；金叵罗，颠倒淋漓噫，千杯未醉嗬～～……。"（鲁迅：《从百草园到三味书屋》）

道翁！！！四铭愤愤地叫。（鲁迅：《肥皂》）

现在的作家，没有把标点符号的味道完全品尝出来。在标点符号的使用上，挑肥拣瘦，只喜欢使用一部分，让另一部分蛰伏。

还有一种现象经常发生，就是过度使用引号。

引号的一种用法是用于具有特殊含义的词语。在学术论文中，语句中具有特殊含义的词语一般要加引号，如：

……林纾往往捐助自己的"谐谑"，为迭更司的幽默加油加酱。（钱钟书：《林纾的翻译》）

但在文学作品中，语言往往追求模糊性、多义性、未定性，给读者留下联想、想象的空间。"一千个读者有一千个哈姆莱特"，意指读者面对文本，可以充分联想，根据自己的生活经验和阅读经验，把自己心中的哈姆莱特托出来。所以，在追求多义性的文学语言中，我们如果用引号把比喻、夸张、拟人等语词标识出来，把暗示、隐喻、象征都明确地说出，那就是典型的煞风景，只让人觉得文学修养不够。无奈的作者恐怕只好抛却写作，干点"忍把浮名，换了浅斟低唱"的事业了。

湘江，从海阳山石缝间玎玲而出，经七十里灵渠，水分两派。三分水归漓，七分水归湘。湘水占多，于是志得意满，左顾右盼，望东北方款款流淌。（乔良：《灵旗》）

老式电话铃回声四溅。（严歌苓：《青柠檬色的鸟》）

郑大全笑笑，在她枯焦干瘦的脸上啄了个吻。（严歌苓：《茉莉的最后一日》）

高粱高密辉煌，高粱凄婉可人，高粱爱情激荡。（莫言：《红高粱》）

刘大号对着天空吹喇叭，暗红色的声音碰得高粱棵子索索打抖。（莫言：《红高粱》）

分配结束后，同学都作鸟兽散，本市的回市里的家，外地的回外地的家，还没走的也打起了铺盖卷，上街去进行最后一次扫荡。挂了四年的蚊帐一朝除下，寝室顿成了荒山秃岭，透出一股悲凉味。（李晓：《继续操练》）

风，开始去和叶与影嬉戏，树梢便把窸窸窣窣一阵大一阵小的笑声广播出来。（简媜：《初次的椰林大道》）

落日小巧地别在了山坡的肩上。（张悦然：《这些那些》）

上面例句中的"志得意满，左顾右盼""回声四溅""啄""凄婉可人""爱情激荡""暗红色的声音""扫荡""荒山秃岭""广播""别在"是万万不能加引号的。这是精彩的文学语言，引号加上，精彩不再，至少让精彩褪色。

法学随笔可归入文学作品中，文学语言的特色不能缺少。

文学语言追求的是陌生化语言，不喜熟人社会，善变是它的生存要领。标点符号属于书面语言的重要组成部分，跟文章的语义密切相关，因此，标点符号的用法不是一成不变，而是变化不断。不仅随时代而变，而且其变化与文体，与作者的风格，与文学流派都有关系。善于创新的作家，其创新性不但表现在文体上，还表现在标点符号的使用上。作家、文学评论家是懂得这个道理的，但出版界，尤其是非文学编辑，有的对这个道理还不十分明白，还以科学语言的标准对待法学随笔的语言，追求语言的"普适性"，遂使法学随笔语言的生动、活泼尽失。这是万万不能做的。

要允许标点符号撒泼！

法国文豪雨果当年把《悲惨世界》手稿寄给出版商，久无音信，遂修书一封："？——雨果"出版商回复："！——编辑室"标点符号在这里还活蹦乱跳的，出演哑剧小品。一位名叫斯仲达的作者写过一首题为《失踪》的小诗，彻底把标点符号五马分尸了：

　　　　失踪
　　　　······
　　　　　·····
　　　　　　····
　　　　　　　···
　　　　　　　　··
　　　　　　　　　·

标点符号在这里已被运用到极致，从幕后走向前台，开口说话了。只不过在诗歌朗诵会上，斯仲达先生遇到一个难题：如何吟诵？

何柏生

2017 年 7 月 10 日

目 录

Contents

第一辑 千载意未歇

第三辑　诗酒趁年华

第一辑

千载意未歇

意见一致，判决无效

中国文化，竭力追求"一致"。从"文革"过来的人对此更有切身的体会。那个年代，许多会议作出的决议往往是"全体一致"。现在开会，虽然很难做到"全体一致"，但作为一种"境界"，却是许多人尤其是肉食者梦寐以求的。作为个人，我对由肉食者导演的"全体一致"极为反感，但对理想境界的"全体一致"却还是孜孜以求的。然而，近来在阅读了犹太人马尔文·托卡耶尔撰写的《犹太五千年的智慧》一书后，我的固有观念被颠覆了。该书写道："判处死刑的时候，如果裁判所的所有审判官意见一致，则判决无效。"

在一般中国人的心中，一定对此规定不以为然；但我却认为犹太人这一观念值得赞赏，里面饱含着历史的经验和智慧。

可以说，没有一个伟大的文明不追求正义。然而，追求正义的路子却是迥异的。有些文明的人们沿着自己先哲设计的路子追求到了正义，有些文明的人们沿着自己先哲设计的路子尽管竭力追求正义，却离正义很远。作为一个伟大的民族，犹太人创造了光辉灿烂的文化，给人类做出了卓越的贡献。在追求正义的道路上，犹太人也是卓有贡献的。

犹太人为何在判处死刑时会持"意见一致，判决无效"的观念呢？应当说，这与犹太人的文化有关。

自古以来，犹太传统文化认为，现实仿佛洋葱，层层包裹。所以，对现实不能就单一层面进行观察，而必须层层剥开，多层面观察。也就是说，即便是显而易见的领域，也不能忽视它的危险，因为历史经验证明，显而易见的领域往往是一种简化版，即把复杂问题简单化，把显而易见的事情不是当作真实的一部分，而是当作真实的全部。例如，犹太人常用这样一道算术题考学生：一个男孩出门买了6个苹果，回到家时只剩下2个，问他在回家途中丢失了几个苹果？不认真思考的学生会说丢失了4个苹果。但犹太人认为此答案不但不是标准答案，而且是最差的答案。因为这道题可以有几个答案：2个、3个、4个、6个、没有。假如男孩在途中吃了一个，就是3个；假如这些苹果都坏了，不能吃，进入资源回收流程，就是6个；假如苹果被人偷走了，就是"没有"；假如以半价购得，就只丢失2个。所以，面对现实，不能逐字逐句解读，而必须引入其他现实层面（如男孩获得半价折扣的事实），或通过询问（苹果丢了、吃了还是被偷了），或通过诠释（苹果没有丢失，只是资源回收了）之后，我们才能超越原始主张，获知见解。（可参考［美］尼尔顿·邦德：《犹太人思考术——锻炼你的犹太脑》）所以，面对死刑判决，如果全体一致，就往往会把现实简单化，容易造成冤案。犹太人重视逻辑，重视推理，重视概念，但他们更重视经验。犹太传统文化告诉人们：不要让逻辑、推理、概念牵着走，所获知识要由经验过滤。"全体一致"往往是陷阱，必须警惕！

犹太人的经典《塔木德》（马尔文·托卡耶尔的著作《犹太五千年的智慧》就是根据此书编著的）有这样一则问答："人的眼睛是由白色部分和黑色部分组成的，但是，为什么我们是用黑色部分来看事物呢？""那是因为我们应该从黑暗面来看世界。神告诉我们：从光明的一面来看世界的时候不能过于乐观。"

我们知道，"希伯来"一词在希伯来语中有"站在另一边""相对"的意思。这说明，犹太人喜好不同的见解和看法，对每一个问题都是从所有的视点和角度来观察的。由于智慧往往贮藏在不同的见解和看法中，所以，经过几千年的发展，犹太人充满了智慧，智慧的结晶就是众多杰出人士的涌现。据统计，在美国，犹太人口只占总人口的百分之三，但获得诺贝尔奖的人数却占美国获奖人数的四分之一。犹太人的智慧不仅仅表现在自然科学中，在人文社会科学中也有表现，这种智慧就充分表现在法庭之中。

犹太人认为，刑事审判通常有两种意见：有罪和无罪。如果法官中只有一种意见，就有失公正，就违背犹太民族"从所有的视点和角度来观察问题的传统"。所以，在面对死刑这种严厉的判决时，若全体法官意见一致，则不能判处罪犯死刑。这既是历史经验的总结，也是世代传承的智慧的启迪。其实，我们不需从犹太的典籍中举例，从中国现实中就可找出诸多例证。"文革"中的许多死刑判决就是在"全体一致"的情况下作出的。

当然，犹太人这种观念与犹太文化崇尚中庸之道也有关系。中庸之道是孔夫子的思想特色之一，也是儒家文化进而是中华文化的特色之一。但犹太人相信起中庸之道来一点也不逊色于孔夫子之后的中国人。犹太人相信，在生活中保持平衡，对人类非常重要。比如，基督教徒蔑视金钱，把金钱视为罪恶之物。但犹太人既不说金钱是好东西，也不说是坏东西，认为金钱的好坏全赖使用方法的不同。又如，基督教徒认为性是不洁之物，是罪恶之源，所以，不但神职人员不能结婚，而且普通信徒避之唯恐不及。但犹太人却认为，既然神能够让人享受性之快乐，那性就不是罪恶，就不应当禁止。由于犹太人认为即使是夫妻，没有快乐的性行为也是被禁止的，所以，在犹太社会，见异性而起色心，进行肉体上的奸淫，这类行为非常少见。事实上，犹太民族不光强调对于金钱、性、饮食、喝酒不能过度，而且强调对于一切行为都不能过度。面对死刑判决，若全体法官意见一致，则显然违反了犹太人的中庸之道。

犹太人以尊重知识而闻名，但犹太人同样尊重智慧，认为没有智慧的知识是有害的。所以，即使在确凿证据面前，犹太人也没对死刑判决开绿灯，同意"意见一致，判决有效"的观点。在这里，我不得不佩服犹太人智慧的高超。

众所周知，刑讯逼供是中国社会的顽疾，从古到今几千年一直驱之不去，造成的冤假错案无数。然而，在拥有高度智慧的犹太人中，似乎这就不是个问题，因为犹太人的法律早把这个问题解决了。犹太人的法律是这么规定的：若作出对自己不利的证词则证词无效。这就是说，招供在犹太法律中不被采信。既然招供不被采信，刑讯逼供自然就不会发生了。我们知道，招供不予采信在许多国家，法律的规定仅仅发生在人权发达的今天。然而，在公元前500年至公元500年编纂的犹太经典《塔木德》中就有此记载。我们不能不承认，在治理刑讯逼供这个顽疾时，犹太人表现出了高度的智慧。而且在面对死刑这个比刑讯逼供更为严重的问题时，犹太人也没让自己的智慧放假。

在这里，我不由得想起了那个断案如神的所罗门国王。著名的断子案，所罗门国王靠的就是智慧，而不是靠刑讯逼供解决的。事实上，在《犹太五千年的智慧》一书中，可以看到许多用智慧断案，用智慧解决法律问题的例证。"意见一致，判决无效"的规定其实就是智慧对知识的胜利。仅仅依靠知识断案，或许会成为一名称职的法官，但绝不会成为一名伟大的智者。

另外，犹太文化对人的生命也非常珍惜。

据说，在古希腊的雅典城邦，每年在大街上都会看到一位奴隶被人牵着，人们在把所有的罪过都加在他的身上后，即把他杀死。古代的犹太社会也有此类"个案"，不过人们牵着的不是奴隶，而是山羊。在"归罪"后，不把山羊杀死，而是把它放逐到沙漠里。此羊就叫做"替罪羊"。把人更换为羊，说明犹太人对人的生命的珍惜和尊重。

根据《圣经》的记载，上帝最初只创造了亚当。犹太人认为，上帝之所以如此，是因为上帝想教育人们，如果杀死亚当，就等于毁灭了全人类。所以，杀人的事是不能随便干的。即使在亚当和夏娃繁殖了众多后代之后，人也是不能随便杀的，因为每个人的世界只有一个，杀死他就等于毁灭了一个世界。

犹太民族是一个苦难的民族，是被异族屠杀人数最多的民族之一。难能可贵的是，异族对犹太民族的生命不珍惜，但犹太民族对生命却非常珍惜。所以，这个民族对死罪判决自然非常慎重，制定出这样在我们看来"怪异"的规定。许多冤案或许就靠这一"怪异"的规定避免了身首分离的悲剧发生。认识问题的角度不一样，产生的结果必然不一样。

（《读书》2009 年第 12 期，被收录进《灵蛇之珠——〈读书〉笔谈精粹》［读书·生活·新知三联书店 2011 年版］一书中）

性爱·美·民主

一

希腊犹如天才少年，一路唱着瞎子荷马编的歌儿，闯入历史，在发出耀眼的光芒后，倏忽又消失了。面对悄然而去的英俊少年，巴比伦、埃及、印度、中国这些成人世界除了惊讶更多的是惊叹。

如果说罗马的法律辉煌灿烂，那么希腊的法律则多姿多彩。那些蕞尔小邦，大的不过几十万人，小的没有中国一些朝代的宫女、太监多，但它们在法律文化建设上作出的贡献丝毫不输粗野的乡下人罗马，尤其是民主法治建设。罗马留下的法律标本只有一个，而希腊留下的法律标本至少有雅典、斯巴达两个。两千年来，这两个标本一直在搅动历史，把哲学家、政治家、法学家搞得神魂颠倒、莫衷一是，把老百姓搞得筋疲力尽、无所适从。那些世界各地的战争狂人，发动过无数次"伯罗奔尼撒战争"，却胜负难分。两个城邦不断败落，不断重建，旗帜在城头不断变换。

倘若进行中希文化比较，会觉得对方完全是一个异数，观念差异之大除了让对方瞠目结舌外，道德高强的中国人在实然意义上还得把"面红耳赤"预备上，在应然意义上再加上"禽兽不如"这类充满道德优越感的词语。

中国人从古到今有近亲结婚的习俗，姑表亲、姨表亲遍布九州，堂兄弟姐妹之间则止步于婚姻门外。希腊人可不愿当个遵守中国法律的模范，他们在配偶选择上，除了姑表亲、姨表亲外，堂兄弟姐妹之间也会一起进洞房。如果仅限于此，希腊人还算得上"文明"一族。让中国人惊骇的是，同父同母的兄弟姐妹在希腊也可结婚。当然，这还没到希腊人的底线伦理，他们决心将禽兽行进行到底，法律规定，倘若未出嫁女儿的父亲去世，未出嫁女儿就要嫁给她的叔叔，没有叔叔则嫁给堂兄弟。至于寡妇再醮，那就更不用说了。柏拉图父亲早逝，其母就嫁给了她的堂叔。希腊人认为，假如把女儿不嫁给自家人，肥水流了外人田，丰厚的嫁妆让家族外的人得去，其母就会受到道德谴责。看来还是中国的买卖婚姻好，使中国人懂得了礼义廉耻，那些痛斥买卖婚姻的勇士，想想希腊的众多禽兽组合，还有勇气挥斥方遒、激扬文字吗?!

舅舅与外甥女结婚也是常有的。希腊人若无男儿，常把小舅子收养，将来与自己的女儿结婚。既是小舅子，又是儿子，还是女婿，至亲啊! 希腊人真是把科学上的不断创新用在家庭上，搞出这种让中国人听起来就义愤填膺的事情来。

或许破罐子破摔，已经取笑中国人了，乱伦的事情就搞他个层出不穷。曾与苏格拉底并肩作战并相互有救命之恩的亚西比德（Alcibiades）将军出生于雅典豪富之家，做出来的事却龌龊透顶。亚西比德与朋友同娶一女子，轮流同居，颇似在日本的蒋介石与戴季陶两位民国精英。不久，同居女子结硕果了，诞下一女。因不谙汉字，就没穿越时空取名蒋纬国，而取了一个希腊名字。小女子长大后，又与其母的两个相好同居。逻辑发达的希腊人到底不犯迷糊，亚西比德与小女子睡觉时称她是朋友的女儿，朋友与小女子睡觉时称她是亚西比德的女儿。在他们的理念中，坚信乱伦与他们无关。信念何等坚定的铮铮男子汉啊，古今中外无两双！

由此看来，以中国人的目光观之，希腊人的性爱关系乱得有些离谱，需要孔夫子帮忙给拐一拐。不过通过混乱的性爱关系倒可以理解希腊的文化。写过《古希腊风化史》的德国学者利奇德就认为希腊文化的各个组成部分都起源于性爱，性爱是理解希腊文化的关键，这当然包括法律文化。

在希腊人看来，人生最大的幸福莫过于享乐，而性爱是享乐的最重要组成部分。不只普通人是这么认为的，那些伟大思想家也是这么引领思潮的。享受声色欢娱由人的本性决定，是人的权利。即使是天神，倘若生活中没有性爱也是不幸福的。在好色的宙斯率领下，以通奸、乱伦为特色的神界性爱就成了希腊人的楷模。尽管许多城邦有通奸罪，但在实际中很少认真执行。当然，要享受性爱，拥有财富是必不可少的，近亲结婚就是保护家族财产的一个有效办法。

希腊男人认为妻子用来传宗接代，妍妇用来伺候享乐，妓女供销魂。嫖妓是生活中的一笔日常开销，好像不嫖妓就算不得男人。除了少数城邦如斯巴达外，妇女很少接受文化教育，而对人"亲切"的妓女，尤其是那些名妓，算得上高级知识分子，多才多艺，与男人的共同语言更多一些，与之相处，的确可以开眼界长见识。名妓阿斯帕西娅让伯里克利神魂颠倒，为了娶其为妻，伯里克利与妻子离了婚。阿斯帕西娅确实才华横溢，据说著名的《在阵亡将士葬礼上的演说》就是她操刀的。而这篇演说词，是希腊民主发展史上的重要文献，因此，妓女不仅对嫖客，也对希腊的民主法治建设作出过重要贡献。

同性恋在希腊盛行。苏格拉底丑得让人目不忍睹，却因才华出众而广有艳福，身后跟着一帮俊男，缠着要跟他上床，搞得这位思想助产士不胜其扰，严重地干扰了思想史上的侃大山事业。柏拉图这位罕见的胸宽肩阔二头肌发达的俊男，跟在老师屁股后面不知是求知还是搞同性恋有待胡适那样具有考证癖者求证。

正因为希腊人认为享受声色欢娱乃人之本性，所以，我们对于希腊人一些不可思议的做法才会从文化上有深刻的理解。比如，亚历山大大帝让画家给他的宠姹（中国有宠妃，宠爱的姹妇自然该称"宠姹"）画像，面前的宠姹实在太闭月羞花了，这位名叫阿佩莱斯的画家在职业伦理上修炼不够，竟爱上了面前的美人，亚历山大就把美人儿当礼物赐予画家。塞琉古一世的儿子爱上了国王老子美丽的继室，整天寻寻觅觅，凄凄惨惨，"为伊消得人憔悴"，国王老子知道后，立即满足了儿子的愿望。这两件事情若在中国，属于刑法问题，当事人享受的是大刑伺候的待遇。但在希腊，愣让两位国王把它变为美学问题，因为两位国王深知爱美之心人皆有之的道理，不想在美学考试中输分。

二

可不能认为整个希腊只有这两位国王美学造诣深厚。熟悉历史的人都晓得，希腊人对美学的贡献非常巨大，希腊人乃爱美民族。

希腊有一个美丽的传说，认为第一只杯子是以海伦的乳房为模型塑制的。海伦是希腊第一美女，希腊人为了她在特洛伊打了十年仗。以海伦的乳房为模型塑制杯子，足以说明希腊人对美的追求之强烈。我们知道，从古到今，人类战争不断，为了做到冠冕堂皇，寻找战争的借口已经成为一种高深艺术，但希腊人发动战争的借口在人类史上无疑最为奇特：为了美女海伦。战争是残酷的，战争的借口却是风花雪月的。这种对美的追求堪称极致，只有希腊人才能做到。日本盛产艺妓，战争的借口却是士兵的走失，让全世界对大和民族的智商捏把汗。

希腊与其他文明的不同就在于希腊人在看待事物时采取一种本质上属于审美的眼光。本来属于伦理的问题，希腊人却生生地把它转化为审美的问题。比如，希腊词 aischros 既有"可耻的""卑劣的"意思，也有"丑陋的"意思。这就将德性转化为美，将邪恶转化为丑陋。

希腊人非常崇尚人体美，不论男女，只要身体比例匀称、身手矫健、高大健美，就成为崇拜的对象。希腊美男克罗多人腓利普，逃亡到西西里岛上一个叫塞哲斯塔城邦，死后当地人在其墓上盖了一座小庙，定期祭祀。甚至外国的高大健美男子，希腊人也崇拜不已。一波斯人仅仅长得鹤立鸡群，死在希腊的阿冈德（位于马其顿附近），便受到当地居民英雄般的祭祀。而中国第一美男潘安，搭上他的不低的文学成就，也没捞取个后人祭祀的份儿，只在《水浒传》里，王婆作历史经验总结报告，用"潘驴邓小闲"把他隆重纪念了一下。倘若潘安生在希腊，还不让那帮争风吃醋的漂亮女神抢了，凡间靓女根本沾不上边，哪会落个夷三族的下场?! 希腊人已把完美的人体视为神明的特性。倘若不够高大魁伟，即使是将军、名人，也不能居于游行队伍的前列。斯巴达一位国王因为妻子个矮，大家认为她生不出高大魁伟的后代，就要求国王缴付罚金。他们对于美的执着追求，实在令人感动。美国人喊出的口号是："不自由，毋宁死。"希腊人喊出的口号则是："我宁可要美，也不愿选择波斯国王的权力。"

高大健美的体魄与运动有关，所以，体育和舞蹈就成了希腊男子（有些城邦也包括女子，如斯巴达）从小到大的必修课。对于健美肉体的崇拜，促使希腊人把培养完美的体格当成人生的主要目标。男女各种健美比赛在希腊各地极盛行，最著名的是奥林匹亚运动会，运动员参赛皆裸，把人体美充分展示给观众，让人们在泛着古铜色的光屁股上陶冶情操。在敬神的舞蹈中，看到的也是裸体美，男女皆有。

只因希腊人如此崇拜美，尤其是人体美，所以，在希腊的法庭上才会出现让其他文明匪夷所思的一幕。希腊名妓弗里娜有沉鱼落雁之容，因丑闻被告到法庭，辩护律师是雄辩家希佩里德斯。眼看着法庭对己方不利，就要败诉，希佩里德斯急忙走到漂亮的弗里娜面前，扯开胸衣，让她迷人的酥胸在众人面前"赤裸裸"了一下。法官看到眼前的神圣景象，一时发呆，哪忍心处其死刑，遂下判语：此乃虔诚之女。这真是古往今来的奇判，只有处在希腊文化的氛围中才会发生。倘在别的文化国度里，此举不但救不了美，而且法官会被如此"无耻的"举动激怒，连英雄也会被逐出法庭。

其实，此案在希腊并非绝无仅有，在荷马史诗中，我们就看到过类似的一幕。

斯巴达国王墨涅拉奥斯的妻子海伦被特洛伊王子帕里斯拐去，希腊军队经过十年终于攻克特洛伊。墨涅拉奥斯看到海伦，怒从心头起，扬眉剑出鞘。海伦面对前夫，解开上衣，露出"胸前的两颗苹果"。墨涅拉奥斯看着美艳的海伦，丢下宝剑，把她紧紧地搂在怀里。

荷马史诗是希腊人的圣经，专门有人在希腊各地吟诵讲解。希腊人惯常从荷马史诗中寻章摘句，解答道德问题和行为问题。发生外交纠纷，荷马史诗甚至成为支持领土要求的依据。所以，此类案例经过荷马史诗的流传，自然成为希腊人判案的依据。法官对名妓弗里娜的判决绝非心血来潮，而是有着充分的"历史"依据，遵循的是判例法。由于希腊那个年代书写不便，可能更多的此类案例失传了。

写到这里，自然想起了雅典城邦的那个牛虻苏格拉底，假如此君不是凸目、扁鼻、厚唇、鼓肚、矮个，决心在丑史上以"狰狞的面目"扬名，辜负了造物主让他在人间潇洒走一回的美意，谁愿意鸩杀他。几个案子结合起来，我们就可看出苏格拉底遭厄运的部分原因了。而这个原因恰恰是以往探讨苏格拉底之死所忽视的。当年判处苏格拉底死刑的有罪无罪票数非常接近，只有三票（有说是三十票、六十一票）之差。假如苏格拉底长有柏拉图那副潘安之貌，思想史恐怕就要改写了。

或许有人认为仅此一案，还不能说明苏格拉底的丑陋与死有多大的关系。其实，不用我饶舌，底比斯人就会站出支持我的观点，因为他们城邦的法律规定：禁止描绘丑陋的对象。斯巴达人也会说，我们国家连胖人都要驱逐出境，你苏格拉底长得那么让公众阅读后烦心，判处你死刑不能算太冤枉。

法庭上的漂亮女人，在别的民族、国家就很少得到如此照拂。伟大的堂吉诃德算得上名满天下的情种，为了心目中的梦幻情人，常把自己尊容侍弄得不是鼻青就是脸肿。但在桑丘赴总督任之前，那番谆谆教导却让天下美女柳眉倒竖："如有美女告状，你该避开眼睛，别看她流泪，转过耳朵，别听她叹气，只把她的状子仔细推究；免得她的泪水淹没了你的理智，她的叹气动摇了你的操守。"（杨绛译本）

为了生出高大健壮的后代，各城邦都在法律上作了优生规定。结婚年龄不能过大。如斯巴达法律规定，男子结婚年龄不能

超过 25 岁，女子不能超过 18 岁。若丈夫年龄过大，则应主动
"引狼入室"，把年轻健壮的小伙子延至家中，与自己妻子生出一
个国家需要的能征善战的未来战士。这就是说，给男人戴顶绿帽
子，贡献卓越的不光有花花公子，有时也构成国家的战略规划。
戴绿帽子的男人与金戈铁马的男人一样，也能成为国家兴亡的有
责匹夫，与贞女一样，在历史打盹时会青史流芳。所以，绿帽子
在斯巴达人手中不会藏着掖着，不定还盼着升值呢，因为谁也料
不定罩在绿帽子下成长的孩子将来不会成为国之栋梁。斯巴达人
想必也会骄傲地站在某个城楼上（斯巴达境内好像不筑城墙，那
就站在盾牌上吧）庄严宣布他们的城邦在人类历史上第一次消灭
了通奸行为。

　　虽说希腊人爱美，但也有因爱美而发生乐极生悲之事。撒尔
迪斯国王坎道列斯娶了个美妻，喜不自禁，想向人间散播美的芬
芳。王后脱衣时，国王偷偷地安排侍卫赏美，谁知被王后发现。
这位王后缺乏"女为悦己者容"的教诲，杏眼圆睁后，竟逼迫侍
卫杀死了自己的丈夫，并拥立其为国王。真是王侯将相宁有种
乎，生生搞出了个希腊版。改朝换代成本之低廉，比英国的"光
荣革命"光荣多了。

三

　　在世界文明古国中，所制定的法律都不乏超前的实例，即使
在今日许多国家实施的条件都不具备，但在当时却在他们拥有智
慧的立法者头脑中制定出来了。譬如，古巴比伦《汉谟拉比法
典》第 23 条规定："如强盗不能捕到，被劫者应于神前发誓，指
明其所有失物，则盗劫发生地点或其周围之公社及长老，应赔偿
其所有失物。"这条法条涉及刑事被害人国家补偿制度，使那些

遭受财产损失的受害人得到补偿。几千年前人家实施的法条，几千年后由于种种原因，在我国尚未实施。

希腊民族是优秀的民族，其文化的创新性和对人类的贡献都是独一无二的，许多法律非常超前。雅典有一条法律规定，立法时，提案人必须负责新法案通过后施行的效果。若效果不良，产生恶劣影响，可在一年内对其弹劾，提案人受到罚镪、剥夺选举权、死刑等处分。

我们知道，雅典的民主制度是自古迄今人类历史上最民主的政治制度，采用直接民主制形式，城邦成员享有广泛的民主权利，直接参与国家管理。选举时，往往以声音大小决胜负，所以，声嘶力竭、狼嚎狗吠这类美声唱法也是模范公民的体现。在雅典，任何有选举权的城邦成员都有制定法律的提案权。提案人多了，就会鱼龙混杂，通过一些质量不高的法案，产生不良的社会效果。

在此，有必要提及的是，希腊人在道德考试中常常不及格。这些从山里面出来的人，喜欢干一些粗活，如抢劫、杀人之类。当然，细活也干，说谎就是他们的强项。不过强奸的事他们可没干过，因为男人杀完了，妇女自然就归顺他们了，再强迫乃英雄所不为。所以，偶尔他们在道德考试中也能得高分。既然爱好如此，谁能保证他们在立法提案中不会把什么见不得人的"意志"鼓捣进去，谋一己私利？哲学家辈出、哲学大师不断涌现的地方，立法上采取一些防范小人的措施，比解几道数学题容易多了，尽管希腊人多是解题高手。

可别以为哲学家与法学家井水不犯河水，老死不相往来。在希腊，哲学家制定法典极为普遍，往往成为法学家的票友。毕达哥拉斯、巴门尼德、普罗塔哥拉、亚里士多德等哲学家都曾为一些城邦制定过法律。

其实，追究提案人刑责的法律不仅雅典有，其他城邦也有。意大利南部克罗顿以西有个地方叫洛克里，城邦成员由希腊本土罗格里斯逃出的盗匪等罪犯组成。由于他们对自身的弱点有深刻的洞识，习惯法就免用了。于是，希腊历史上第一部成文法就在弥漫着匪气的地方诞生了。"衙门里面鬼倒鬼，没有一个想吃亏。"这些昔日的罪犯虽没在衙门里面混饭吃，但在江湖上的营生却不是爱的奉献，干的皆属抛头颅洒黑血行为。或许是浪子回头金不换，他们倍加珍惜今日的美好生活，对他们法典的捍卫意志格外坚强。不过，传统是轻易抛弃不了的，在捍卫神圣法典时昔日的匪气不时地就流露一下，使人觉得他们不是忘本之人。他们宣布，若有人想立新法，吊绳先得套在他的头上，提议不成，吊绳就要"荡悠悠"了。可见，创造历史的不光有人民群众，也有罪犯。他们真是创意大师、点子王，其天才光辉盖过法学家。

在这些城邦，不但立法时提案者面临着亡命天涯的危险，就是想做一些公益事业，也面临着十分巨大的风险。譬如说看谁不顺眼，亵渎了神灵，把他告上法庭，使其丧命，而后那些曾经投过赞成票的摇旗呐喊者良心发现，会寻找替罪羊，公益事业从事者就得慷慨捐躯。

苏格拉底是伟大的，死使他的生命之花绽放得更加灿烂，其死法也成了历史上最值得推荐的一种。他是为捍卫法治的神圣而死。

把苏格拉底告到法庭的是悲剧诗人美勒托、检察官安尼图斯和修辞家莱康。置苏格拉底于死地的自然是投票踊跃的雅典公民。然而，苏格拉底死后不久，雅典公民良心发现，又把控告者乱石打死，美勒托这个悲剧诗人顿时变成"悲剧"的模范实践者，实现了多少人孜孜以求的知行合一的宏愿。

雅典人还把海战中的八名凯旋将军处死，理由是他们没有妥善处理国殇者的尸体，没有尽到救援责任。八位将军包括伯里克利的儿子。仅仅数天，雅典人就在寻找后悔药，又将主张处死八名将军的提案者处死。由此看来，雅典的民主犹如夏天的天气，实在变幻无常，民众一不小心，还要遭受霹雳。

雅典的民主政体确是古代社会的一面旗帜，然而民众的热情之火过高，把城邦烤得太过焦黄以致变黑。由于是公众作出的决定，没人承担责任，只好委屈了提案者，让他们在公众狂欢后把遗留垃圾打扫干净。由此看来，雅典的民主政体在辉煌的同时，阴暗面也在显露，像猴子的屁股一样，爬得越高，丑陋面暴露得越多。

四

就希腊的政治实践来说，雅典和斯巴达分别构成两种理想，两千多年来一直吸引着后世人们。由于当今民主潮流浩浩荡荡，雅典的民主政体得到的赞许有加，而斯巴达的政体更多受到的是责难。

但是，自柏拉图以降，众多思想巨人却把关注乃至钦羡的目光投向斯巴达。心灵荒芜的城邦，为何却对思想巨人有着巨大的吸引力？

还是从一件小事谈起。在奥林匹亚竞技会上，一位步履蹒跚的老人四处寻找座位，没人理他，受到的只是嘲弄。然而，当老人来到斯巴达人所坐的区域时，每一位青年甚至年长者都起来让座。老人叹道："所有希腊人都明白什么是正确的，却只有斯巴达人做了。"

可以说，希腊人以自私闻名，但斯巴达人属例外，这是因为他们从小就生活在集体的大家庭里，接受集体主义教育，无孔不入的自私因子被涤荡而尽。连用来传宗接代的妻子都慷慨地借给比自己身体更棒的猛男了，还有什么不可放弃的。

马斯洛把人的需要分为五种，由低层次的需要到高层次的需要依次排序是：生理需要、安全需要、社交需要、尊重需要和自我实现需要。人类文明史几千年，大多数国家、大多数人都在为实现生理需要和安全需要而煎熬。更高层次的尊重需要和自我实现需要只是少数国家、少数人的专利和奋斗目标。在满足低层次的需要上，斯巴达这样的社会更有效力，而在满足高层次的需要上，雅典这样的社会自然效力更为显著。雅典是法治社会，人们的思想言论、行动都很自由，文化上对人类作出的贡献无与伦比。斯巴达是专制社会，一切都严格管制，行动没有自由，思想之花更是枯萎。对一个社会上层阶级来说，低层次的需要早已满足，他们向往的是高层次的需要，因此，雅典社会对他们有着莫大的吸引力。而对一个社会的底层百姓来说，终生奋斗的目标是实现低层次的需要，因此，斯巴达社会对他们来说吸引力就会更大。

在中国，改革开放之前，许多做法类似于斯巴达，如今经济政治思想文化领域空前开放，雅典的踪迹依稀可寻。但人们还在怀念毛泽东时代，这主要是由于底层百姓的生理需要和安全需要尚未得到彻底的满足。在竞争激烈的社会，他们的生存技能无法提高，尽管绝对生活水平有所提高，但相对生活水平却在下降。所以，在任何社会，只要有穷人还匍匐在满足低层次需要的生活线上，斯巴达社会的理想就永远像明灯一样在放射光芒，召唤着、吸引着人们。

诚然，雅典社会民主程度要比当今所有民主国家都要高，但即使像雅典这样实行直接民主制的社会也不是什么都好，弊病也是丛生，让生活在该社会的人生命中的轻重皆要承受。

苏格拉底自称牛虻，在民主社会里理应有他的栖息之地；但遗憾的是，雅典竟然容纳不下这样一位善于挑刺的智慧老人，对他说不。这一思想史上的著名事件表明雅典的民主制度存在瑕疵，是对标榜自由的雅典的一个极大的讽刺。

雅典社会党派倾轧，暴民专政，权力滥用，道德沦丧，人情淡薄，动荡不安，使许多人由对它的喜爱转变为厌恶，难怪修昔底德说希腊有教养的人都讨厌雅典人。这就是说，雅典民主制度的优点刚拴住了有教养之人的心，但缺点却像冰水一样浇灭了他们的参与热情，此乃柏拉图之类的人思想远离雅典的原因。而这些缺陷在斯巴达大多是不存在的，即使那时有望远镜或显微镜在手，也寻觅不到更多。正因为如此，在历史长河中，雅典虽然热情，不断地在向人们招手，可老百姓却不断地向斯巴达行注目礼；只是人群中的"一小撮"，倾情于雅典，因为唯有雅典，才给他们提供了演练场。

五

希腊民主留给后世的印象是深刻的，今人只要谈起民主，言必称希腊。

希腊的民主是怎么形成的？翻一翻各类书籍，会告诉你，希腊的民主制与商品经济有关。不过，在世界范围内，古代采用民主制或一定形式的民主体制的国家、部落、民族有许多，除希腊人外，还有罗马人、日耳曼人、蒙古人等等。这些国家、部落首领由选举产生，民众大会可决定重要事情。如罗马的百人队会议，日耳曼的部落大会，蒙古的库里台大会，都可选举部落或军事的首领，决定部落大事。但罗马人、日耳曼人、蒙古人的民主体制与商品经济似乎关系不大。罗马人是农民共同体，有的是蛮力，眼睛永远盯在他人的财产上，掠夺别的部落才是发财的捷径。日耳曼人极讲平等，国王和平民除了在战利品分配上平等外，还享受着另一种平等：目不识丁。如此素质的民族，与狼为伍还差不多，经商对他们来说自然不是好的营生。蒙古人喜欢骑着马儿在草原上游弋，但那是放牧，不是经商。虽然成吉思汗曾经向花剌子模派出了四百人规模的商队，但惯常的做法却是劫掠屠城。况且，我们不应忘记，希腊人对贸易是蔑视的，体面人不从事贸易活动，自由人不受经济活动羁绊，多数工商业由外国侨民经营，而外国侨民恰恰没有公民权，参与不了城邦的政治活动，想声嘶力竭却无人喝彩。斯巴达人既不务农，也不做工，与经商更不沾边，但它们城邦内部存在着相当的民主，包括国王在内的许多官员都通过选举产生。所以，民主制的形成有它更深层的原因。

我们发现，在古代，实行民主制的往往是部落组成的小国，一旦小国变为大国，民主制就走到了尽头。罗马随着疆土的扩大，原有的民主制逐渐被帝制取代。蒙古的库里台大会随着忽必烈建立元朝，也变味了。日耳曼人随着王国的建立，领土的扩张，原有的民主范围越来越小。这就是说，民主与"小国寡民"适宜。部落成员由于有血缘关系，所以，就有协商传统，这是民主之源。当一个部落无法消灭另一个部落时，它们只有联合，才能共同御敌，这样的部落联盟也有民主。民主与其说是部落联盟的一种主动选择，不如说是一种无奈选择，因为只有实行民主，才能联合以求得生存，否则灰飞烟灭的可不是强虏。早期的罗马和相邻的阿尔巴（Alba）经常打仗，双方势均力敌，无法消灭对方，只好讲和，联合起来，以面对更危险的敌人。

另外，古代实行民主制的部落或城邦，几乎都好战，唯恐别人把自己当人看，脱离兽性太远，食皮嚼肉啃骨的本领退化。这些嗜血民族，不断扩张，共同爱好是屠城，霸人妻女。成吉思汗的"逐敌，夺其所有，见其最亲近之人以泪洗面，乘其马，纳其妻女"的名言便是回归兽性，不把自己当人看的庄严宣言。早期罗马国王塔拉斯·好斯迭里认为国家久无战斗，就会丧失活力，走向衰弱，所以，他要罗马人"环顾四邻，觅取战争借口"，时刻把注意力落在邻家的肥瘠上。维京人认为躺在床上而死只配进地府，战死方能升天堂。大家都喜欢杀人，于是就形成一种恐怖的平衡：谁想奴役对方都显得成本太高，于是就在本部落、本族放弃了这种嗜好，实行像今日美国那样国内讲人权、国外行霸道的双重政策。

当然，并不是说民主与商品经济无关。商品经济能带来平等、自由思想，在近代西欧，民主体制的形成确实是商品经济促成的。但是，我们不要忘记，西欧国家大多有民主传统，有希腊、罗马、日耳曼等民族播撒的民主、自由种子，几千年未曾霉烂，只要遇到"春风"，就会"吹又生"。如法国从中世纪继承下来的限制王权的"三级会议"，英国流传下来的国王只是贵族中的第一个、权力不能无边的传统。由于西欧有本土资源，商品经济之种只要一撒播，民主自由之花就会盛开。相反，在中国，明清商品经济"萌芽"数百年，时间与西欧相差无几，但一朵自由民主的花愣是开不出，甚至连花骨朵也寻觅不见，原因就在于缺乏本土资源的嫁接。另外，国家的块头也过大，给实行民主造成障碍。人过多，广场上站不下，挤到外面的人只好操起家伙维权，民主无奈地说声罢了，便去爪哇国常年休闲度假，乐得逍遥自在。

（原载《读书》2013 年第 5 期）

美女案与罗马史

　　最近阅读了几本罗马史书，发现在罗马早期史上，重大历史进程几乎都与美女有关。这些美女成为历史事件的引线，而这些历史事件又形成重要的法律事件。因此，可以说，罗马的早期史与几起美女案有关，是美女案推动了罗马的历史进程，一定程度上促进了罗马的法律发展。

　　我们知道，海伦是希腊第一美女，希腊人"怒发冲冠为红颜"，为了她在特洛伊打了十年仗。通奸并私奔，在古代，即使发生在普通人之间也是严重的犯罪，何况这对奸夫淫妇是特洛伊王子与斯巴达王后，自然系大案要案了，希腊人即使血流成河也要把案犯缉拿归案。好在那时的希腊有阿喀琉斯这样身强力壮的缉捕人员，大家信心满满。所以，王子刚与海伦进了特洛伊宫廷大门，就有人在城门外高声叫阵。

　　按说，这是希腊史上的重要一章，谁知罗马人却硬要把自己的历史续到这桩闻名全希腊的"丑闻"上。当然，在世界史上，有此等癖好的不限于罗马人，高卢人、不列颠人也竞相把自己的历史往希腊第一美女身上蹭。这就是名人效应。好比古代中国，连匈奴这样被称为"蛮族的蛮族"也鼓胸挺肚地说自己是黄帝的后裔，生生地把饮马瀚海、封狼居胥的汉人往"窝里斗"的角色上逼。

　　特洛伊城门外十年的呐喊声消失了，城里人蜂拥而出去抢战利品。那匹最早的木马，人们还不知道对其杀毒，让其大摇大摆、蹄声嗒嗒地跨进特洛伊城，轻易地踢翻了城内的男男女女、老老少少。海伦被希腊的各路英雄抢回了，特洛伊王室成员、罗马人的祖先、爱与美之神维纳斯之子埃涅阿斯则带领一批人落荒而逃，落脚地就是意大利半岛中部日后被称为罗马的地方。埃涅阿斯自然成了罗马人的祖先。由此看来，罗马城邦的形成与美女海伦有关，跟一桩私奔的刑事案件有关。

　　当然，能把希腊第一美女拐跑的家族基因强大，在逃难的当日，也不忘在爱的门前潇洒走一回。历史老人竟然安排埃涅阿斯在地中海饶了一大圈，到迦太基把人家女王蒂朵的芳心勾走。先拐跑绝色王后，后让美女国王殉情，这等能耐找遍历史也没有试比高者。

　　埃涅阿斯之后四百年，他的后代所开创的阿尔巴王国出现了一位美丽的公主叫瑞亚·西尔维娅。公主的叔叔逐走她的父亲，篡夺王位，还把公主的哥哥杀死。叔叔仍不放心，强迫侄女当女祭祀。那时的女祭祀不能结婚，生儿育女自然无望，老国王就断子绝孙了。公主去溪里汲水，面对蓝天绿水，奇花异卉，就放飞理想，敞开胸部乘凉，不知不觉睡着了。谁知色狼出现了，占有了公主洁白如雪的玉体。上古人都喜欢编故事。本是一桩强奸案或通奸案，只因私生子名声太大，就必须美化成为一桩带光环的艳遇：公主被战神马尔斯临幸。这种"没底没面"的话，傻瓜才信。亵渎神灵，公主被处死，所生孪生子被溺死。

　　真要感谢国王的聪明才智。他没有采用烧死、装进大口袋沉入河中、抛到崖下摔死、钉十字架、让猛兽撕成碎块这些残暴、野蛮带有鲜明罗马特色的处死方式，而采取了更为浪漫的方式：

漂流。既然公主言说战神临幸了她，那就让战神参与死刑的执行吧！该死该活闯大运。国王嘴角流露出一丝阴险的笑容。孩子被放进篮子，弃置河中，一颗无花果树的枝丫挡住了去路。哭声振林月，引来了一只访贫问苦的母狼。被世人讥之为文学艺术上缺乏创造力的罗马人，这时却有惊人的创造。史书记载，母狼没把孩子当作一顿美餐，竟干起慈善事业来，用它甘甜的乳汁哺育其成长。啄木鸟是战神马尔斯的圣鸟，发挥一技之长，用长长的嘴衔来了味道鲜美的种子。一只凤头麦鸡，虽然缺少纶巾，但羽扇却随身携带，不用响应组织号召便自发地给孩子驱蚊赶蝇。中国人的格言是：男儿有泪不轻弹，只因未到伤心处。罗马人看来也不是没有创造力，只是民族没到最危险时刻，创造力就难以迸发出来。禽兽们确实够辛勤的，但若没有人的出场，最后培养成的只会是狼孩，因产品存有瑕疵定会位居弱势群体之列，对任何人构不成挑战。所幸，在最需要的时刻最需要的地方，一位牧羊人出现了，把孩子抱回了家。孪生兄弟中的哥哥叫罗慕路斯，弟弟叫瑞慕斯。他们长大杀死了国王，让老国王复了位，自己在七丘上建立了罗马城。这就是说，罗马的国父罗慕路斯是父母做了不名誉事的产物，且有杀害弟弟的不良记录，定会被生活在同一片蓝天下的后人龙布罗梭视为天生犯罪人。也就是这位"天生犯罪人"给罗马民族立了规程，赋予了罗马民族、法律特有的属性。千年罗马，深深地留下了国父罗慕路斯的性格烙印。

罗慕路斯是罗马王政时期第一位国王，中经五位国王，到了第七位国王傲慢者塔克文时期，罗马的领土扩张了许多。塔克文虽然不仁不义不孝，却有卓越的军事才能，征战四方，罕有败绩。已经统治了25年的"傲王"还想继续在王位上傲下去，没想到却因一桩强奸案而被推翻，成为历史上阴沟里翻船的著名注脚。

任何时代都不乏美女，但能载入史册的寥寥无几。"傲王"时期一位名叫琉克蕾西娅的美女因不幸而青史留名。琉克蕾西娅已为人妇，丈夫与"傲王"是亲戚。不过，近水楼台没先得到月，得到的却是祸。"傲王"的儿子塞克斯图斯是见过大世面的人，美女见多了，但只一面，就被琉克蕾西娅的美貌迷住了。特洛伊王子勾引海伦的本领他没学到手，父亲的霸王硬上弓作风秉承得倒一丝不差。他住进琉克蕾西娅家，趁夜深人静琉克蕾西娅丈夫不在之际，用短剑相逼，强暴了她。琉克蕾西娅流着泪，连夜给在罗马的父亲与出征的丈夫写信。父亲与丈夫接信急速赶回，琉克蕾西娅当着亲人的面控诉了王子塞克斯图斯的罪恶，要他们替她报仇，说完，就履行古今中外贞妇的通行准则，用短刀刺向了自己的胸膛。琉克蕾西娅的遗体被放置在古罗马广场上，人们纷纷谴责国王一家的蛮横、傲慢。平民起义了。在布鲁图的率领下，起义队伍迅速占领城墙，控制京城，推翻"傲王"，建立共和政体，延续244年的王政时代宣布结束。

共和政体使罗马从小小的城邦一跃而成地中海的霸主。国王被废，取而代之的是执政官，任期一年，人数为两人。从此，罗马成为以法律取代个人治理的国家。法律成为这个国家的名牌产品，出口到许多国家。如果说哲学发达的希腊影响所及，带来的是活力，那么，法律发达的罗马影响所及，带来的则是秩序。活力与秩序，对任何社会缺一不可。因此，希腊和罗马就成为双子星，闪耀在古代人类社会的天空上。

然而，熟悉罗马史的人都知道，罗马的霸权是一步步实现的，罗马的法治社会与罗马城的建立一样，不是一蹴而就的，在实现的过程中有挫折，有教训。

最早的社会毫无例外实行的都是习惯法，当人们的权利意识增强后，习惯法遂被成文法取代，罗马也不例外。共和政体的实行，迫切需要制定成文法。于是，罗马成立了一个十人委员会，负责《十二铜表法》的制定。《十二铜表法》的内容毫无新意，平民大失所望。但制定《十二铜表法》的十人委员会却在法典颁布后迟迟不肯解散，因为权力散发着诱人的香味。尤其是十人委员会成员之一的阿比乌斯·克劳迪乌斯，把权力都揽在他的手中，作威作福。应当承认，阿比乌斯·克劳迪乌斯挺有审美眼光，算是给艺术创造能力不足的罗马人争了光添了彩。他一眼就从学校出来的姑娘中发现了一位美女，虽然一把年纪了，却情欲难抑，想入非非。美女名叫维吉尼亚，父亲是百人队队长，属于平民阶层。维吉亚早已许配他人，但阿比乌斯不屈不挠，总想抱得美人归。阿比乌斯是法律的制定者，不过，此时此刻，他甘愿把话语权让渡给姑娘，要姑娘给他普法。姑娘说，法律规定，贵族与平民不得结婚；法律又规定，已婚者不能再结婚。然而，克劳迪乌斯家族向以顽固、蛮横、能干著称，阿比乌斯自认为凭他的权势，没有办不到的事。他唤来一位心腹，让其宣称姑娘是心腹家女奴所生，出生后瞒着主人被人抱走。依照法律规定，奴隶的孩子依旧是奴隶，属于奴隶主的私有财产。这样，心腹有权把姑娘带走，阿比乌斯便能实现霸占良家女的企图。由于阿比乌斯是法官，阴谋得逞。姑娘的父亲眼看着自己心爱的女儿就要被阿比乌斯玷污，怀着万分悲痛的心情，临别时，把女儿搂在怀里。看人不注意，取过一把短刀，插进了女儿的心窝，说道：孩子啊，我送你去祖先那个世界去。你活着，那个暴虐无道的人不仅会使你失去自由，还会夺去你的贞操。

悲剧是把人生有价值的东西毁灭给人看。美丽、纯洁的维吉尼亚姑娘的死，具有强烈的震撼力。阿比乌斯的罪恶赤裸裸地暴露给了公众。朗朗乾坤，众目睽睽，一个平民的女儿竟遭此惨祸，公众再也坐不住了。他们聚集一起，抗议阿比乌斯的专横。贵族也意识到事态的严重性，下令逮捕了阿比乌斯。在开庭审判之前，阿比乌斯畏罪自杀。

这样的事件会发生，说明法律出问题了。于是，十人委员会被取消，护民官的权力加强，增设监察官和高级财政官。罗马的法律制度就这样在纠错过程中逐渐完善，从地中海一隅走向世界。现今，再没有哪个民族的法律比得过罗马法的影响了。这是罗马民族对人类的最杰出贡献！

罗马曾三次征服世界，一次是武力，一次是基督教，一次是法律。罗马帝国早已灰飞烟灭，武力不再。启蒙运动开启理性纪元，上帝死去。只有法律，赫赫的罗马法，还在征服世界。一千年，两千年，三千年……

不过，我们在熟练地操练罗马法时，不应忘记那些哭着的、笑着的、闹着的美女，她们在无意中改变了历史。大大小小的美女案，激荡着人心，牵动着历史，使风流的罗马广为人知。

（原载《法学家茶座》2015 年第 2 期）

农夫的辉煌

一

公元前44年3月18日，黑压压的人群聚集在罗马广场，在为一位伟人举行国葬。发表完凭吊词，再宣读遗嘱，尔后举行遗体火化仪式。就在这当儿，伟人的骨灰被从天而降的滂沱大雨以罗马军团勇猛的风格冲进大街小巷，冲进寻常百姓家，冲进下水道。享受这种古往今来最为独特的骨灰安放仪式的伟人不是别人，而是罗马史上最伟大的人物、被尊称为罗马"国父"的凯撒。此等惊艳表演，表明罗马人很早就对黑色幽默技巧掌握娴熟。令人不可思议的是，连件"小事"也办不好的一帮农夫，却成就了辉煌，把"罗马"两字深深地镌刻在了历史的丰碑上。

凡读过罗马史的人都有这样一个疑问：智力不及希腊人，体力不及高卢人和日耳曼人，经济不及迦太基人和犹太人，技术不及伊特鲁里亚人的罗马人，凭什么建立起庞大的帝国，把六百多个民族包括那些异常聪慧异常富裕异常强悍的民族收于麾下？

罗马的历史是从特洛伊城的陷落开始的。特洛伊皇室贵胄埃涅阿斯，扶老携幼，在熊熊烈焰下慌不择路地逃出特洛伊城，开始了悲壮的逃难历程。历尽艰辛，终于在日后被称为罗马的地方附近落脚。但是，迎接逃难者的不是鲜花，不是掌声，而是刀光剑影，以及此地特有的专利产品——标枪。由于美神维纳斯的护佑，埃涅阿斯联合当地部落，经过血与火的洗礼，生生地把自己楔进了这片土地，成为希望田野上的主人。

这帮生活在台伯河岸边的远方客人，经过岁月磨砺，没能成为纵横地中海的商人，却坚定地与土地打成一片，成为模范的庄稼汉。他们以耕田为荣，以致罗马最伟大的诗人维吉尔说道："道德的性质生长于农田；所有一切使得罗马伟大的古老美德，都在田间播种与施肥。"罗马政治家、作家加图也说道："我们祖先嘉奖一个贤人，总称他是个好农人和好地主，一个人受了这种褒奖，别人便以为他受了最高的称誉。"这帮庄稼汉称得上多面手，农忙时挥镰，农闲时舞剑，竟把偌大的地中海变为"内湖"，引"湖里湖岸"无数英雄竞折腰。

面对希腊的骄兵悍将，特洛伊人英勇无比。然而，城池被毁，表明在骄兵悍将面前，特洛伊人还是嫩了点。尽管有埃涅阿斯之母、爱与美之神维纳斯的护佑，但特洛伊的陷落，宣告了"爱与美"的局限。特洛伊人的后裔经过痛苦的反思，明白要立足人世间必须进行新的包装，实现品牌创新，就宣称他们是战神马尔斯的后裔。那时，他们或许已经知晓世上有狮、虎、熊、豹这类猛兽，但以农民的诚实不敢高攀，觉得自己的体质只配与狼为伍，狮、虎、熊、豹的威武是他们欠缺的。所幸，诚实得到厚报，榜样没有找错，狼的团队作战精神全被他们学去了。一种新的、强悍的文化由此诞生，罗马之父罗慕路斯成为这种文化的图腾。

吃过狼乳的罗慕路斯野性十足，十八岁就龇牙咧嘴地与其孪生兄弟完成了赵氏孤儿的惊险事业——报仇雪恨。国王的宝座固然诱人，但罗慕路斯却完璧归"爷"，把夺来的江山拱手让给外爷，自己带领一帮光棍汉，白手起家，在七丘之上建立了日后享誉世界的罗马城。罗马城里有的是力量、勤劳，却无妩媚、温柔。渴望有个家的光棍汉，在罗慕路斯的率领下，瞅见邻近的萨宾女人模样不错，心痒难熬，就风风火火地抢夺而来，遂使"光彩生门户"。当然，最令人羡慕的是塔勒西俄斯，随手搂了一个女人，竟如花似玉，夫妻俩像神话中的王子公主一样，幸福地度过一生。更幸运的是，塔勒西俄斯压根就没想当"不名垂青史，也要遗臭万年"的大丈夫，罗马史却把他这个胸无大志一心一意想碌碌无为一生的人记载下来。看来，建筑历史大厦不光需要栋梁之才，边角料也不可少。甭管矮子、跛子、傻子、凡夫俗子，只要蒙受神的眷顾，幸福则会伴随永远。罗马人连娶妻的方式都如此生猛、别致，让人感觉在看电视中的《动物世界》，这些人建立的国家，当然充满了狼子野心。他们时刻寻找借口，攻城略地。罗慕路斯和他的继承者，把罗马人锻造成为历史上著名的尚武民族，嗷嗷叫了一千多年。

罗马人瞧不起商业，也没有工业，镰刀、锄头虽是他们的最爱，但贫瘠的土地却无厚报。关山阻隔，孤村散居，土地干旱。各种恶劣的自然条件合伙光顾，把罗马人拦阻在生存的半道，让艰难困苦一类词语与他们联欢。但罗马人却不愿把联欢会开得过长，过于热烈。要想活得舒坦些，只有发扬狼性，出外打劫。战争并不可怕，反而是致富的捷径；今日他人的财富，异日就是罗马人的战利品。战争对罗马人来说是常态，马尔斯神庙的门难得关闭，至少在罗马主导下的和平建立之前是如此。依靠武力的罗马，屹立千载，彪炳史册。罗马历史愣让中国智者好战必亡的谆谆教导成为缺乏进取心的明证，使良言与谰言画上了等号，会师在历史舞台的中央。

罗马从王政时期，到共和时期，再到帝国时期，不遗余力地执行扩张国策。先统一了拉丁姆，继而扫平了亚平宁半岛；通过布匿战争，称霸西地中海；用兵马其顿、安条克，荡平东地中海。饮足了地中海"内湖"的水，铁蹄又踏上了高卢、不列颠。农夫组成的罗马军团所向披靡，给世界史上贡献了一大批赫赫有名的战犯或者英雄。偷鸡摸狗者充其量当个小说的主角，而历史的主角多是杀人如麻的恶魔。

在长期战争中，坚忍、勇敢、忠诚、纪律、荣誉成为罗马人的性格特点。

维吉尔在他的著名史诗《埃涅阿斯纪》中说："别的民族可以造成一尊惟妙惟肖的铜像，雕刻一具栩栩如生的大理石像，有更生动的辩才，能以仪器测定天体的运行和星宿的升起。可是你，罗马人，你得记住，你必须用你的权威统治万国，因为你的长技在于用法律确立和平秩序，宽恕战败者，击败傲慢者。"

当然，罗马在开拓疆土时并不总是以赳赳武夫的形象出现，有时他们也换个口味，给历史增添些乐趣。罗马人和阿尔巴·隆加人是近亲，因边界百姓相互抢劫而兵戎相见。双方国王决定，由各自出三人决斗，败者受胜者统治。或许，上天要让历史更有趣些，双方都恰好有一三胞胎兄弟，于是，厮杀在他们之间展开。那时的亚平宁半岛缺乏人道光辉的沐浴，人们更不知道两千年后还要放一部《拯救大兵瑞恩》的电影来感动人教育人，他们只知道厮杀，别的什么就不知道了。一上来，就响起一阵铿锵声。当声音渐渐稀落时，罗马人发现他们的三胞胎贺雷梯尔兄弟有两个已经拥抱大地了。对方的三胞胎兄弟都还巍然屹立地坚守在岗位上，只不过有点踉跄，显然是挂彩了。寡不敌众，既讲耕耘也问收获的罗马人，短距离赛跑的天赋不赖。眼看着罗马人要受他的近亲兄弟统治，可贺雷梯尔兄弟中的"余孽"不但身强力壮，而且脑瓜挺机灵，回头一瞥，就发现了战机，原来阿尔巴·隆加人三胞胎兄弟追赶的队形是"合众"，而不是"连横"，这就给了"余孽"可乘之机。"余孽"趁势杀了个回马枪，先把追在前面的对手干掉一个，继而又干掉了第二个，当第三个对手气喘吁吁地上来要亮剑时，"余孽"早已手起剑落，对方的三胞胎兄弟此起彼落地成为历史长河中跳跃的浪花了。这样，罗马以花费两位勇士的代价，开拓了大片疆土，使历史比小说更加摇曳多姿。

　　罗马军团很少偷袭敌人，他们准备充分，以力服人，让对手输得服服帖帖，没有任何抱憾，充分感受到罗马人的力之美。不过，以德服人的事儿无意中也干了那么几件。在统一战争中，罗马军团围攻法莱利城。也许，战争在当时属于家常便饭，城里人早已审美疲劳，弦绷得不是那么紧，一边打仗，一边不忘培养下一代。但孩子的一位老师，却觉得当个卖国贼可以加快自己的脱贫步伐，实现软玉温香抱满怀的夙愿。这位老师把学生带出城外，在一片草地上悠闲地上起了体育课。罗马士兵倒挺绅士的，知道人家在上课，并不骚扰。但是，到了第三天，老师却跑到罗马人那里，指指孩子，声言给罗马人带来了人质。有这些活蹦乱跳的人质，何愁坚城不破?! 谁知罗马司令官逻辑没学好，不按老师的思维套路出牌。"思维混乱"的罗马司令官闻听大怒，拒绝接受厚礼，说罗马军队同对方士兵打仗，跟孩子无关。司令官说完，命人剥去这位园丁的衣服，吩咐孩子们用树枝赶回。待城里人发现孩子们用树枝赶回老师的举动不是在做游戏，而是发生了严重的事件时，罗马司令官的"混乱思维"竟迅速感染了他们。几分钟前还在擦干血泪高喊要报仇要雪恨，现在却齐声给敌人唱赞歌：如此将领，如此民族，只有钦敬的份儿，跟他们生活在一起，三生有幸啊！就这样，罗马一个"思维混乱"的将领，用人家的一个卖国贼换来了一座坚城，清除了统一进程中最危险的障碍。看来，卖国贼是否值钱，全看是否运用得当。把价值连城的卖国贼视为一钱不值，那是头脑缺乏智慧的典型例证，道德高强的中国人常犯这样的低级错误。

当然，更幸运的事情还有。小亚细亚的帕加马王国，国王阿塔卢斯三世无子，竟用一纸遗嘱把这个曾发明羊皮纸的王国遗赠给了罗马。榜样的力量是无穷的，比提尼亚、昔兰尼国王也相继把自己的王国赠送给了罗马。这几份大礼，罗马人自然铭记在心，史学家工工整整地写在了史书上，意在让那些对自己居住环境不满强烈要求改变现状的民族听后哈喇子流得更汹涌一些吧！

二

何等雄哉的罗马，开疆拓土，一跃而成地中海霸主。罗马军团的威风固然令人难忘，但仅靠武力不可能建立持续数百年的罗马帝国，秦帝国、蒙古帝国已经用事实做了回答。

著名史学家普鲁塔克认为，罗马帝国的建立在于同化被征服者。

普鲁塔克身处希腊文化圈，他的这个观点可谓第三只眼睛看罗马。雅典、斯巴达是希腊城邦中的两颗明珠，熠熠生辉。但地中海周边的那些当年跟它一般大的小不点国家，如马其顿，如罗马，都成长得需要仰视，可雅典、斯巴达老长不大，终成大国把玩的对象。雅典、斯巴达拼着劲儿不想长大，并不是由于它们秉持"小的是美好的"理念，而是因为它们在成长的道路上营养不良，奶水不足。

雅典、斯巴达总觉得"非我族类，其心必异"，对外国人的忠诚永远打个问号。所以，那些在雅典、斯巴达生活了多年的外邦人，也无法取得公民权，享受不了与该国公民同等的保护权利。亚里士多德这样著名的学者，在雅典生活了几十年，把青春年华奉献给了雅典，却连一张"绿卡"也得不到。最让人无法理喻的是，雅典、斯巴达的姑娘、小伙子与外邦人结婚，子女竟连个本邦户籍也难以取得，只好发扬国际主义精神，把怀里抱着的"外国人"一天天地养大。雅典的法律倒是不赖，法律面前人人平等绝对能做到，即使是伯里克利这样的"第一公仆"，娶了美貌与智慧兼具的阿斯帕西娅，也只因她是外邦人，生的孩子愣是成不了雅典人。正因为雅典、斯巴达对国民的纯度要求太高，让外邦人绞尽脑汁也"溜"不进来，成不了自家人。所以，几百年过去了，女人很卖力没少生孩子，但人口却不见显著增长，有时因战争瘟疫两肋插刀大力相助，人口反而不断减少。

罗马的历史不是这样。罗马人留给历史的第一印象是"丧家之犬"，夹着尾巴从特洛伊城一路狂奔到意大利半岛中部，全然是"十几个人七八杆枪"的架势，离兵强马壮差远了。罗马人抢来的萨宾媳妇素质不错，蛮能生孩子的。不过，要生出许许多多能征善战的军团士兵，也不那么容易。人毕竟要十月怀胎，容不得粗制滥造。孙猴拔根毫毛就可吹出群猴的本领，中国在大跃进时有英明领袖的统帅都没实现，其他民族就别奢望了。面对此情此景，罗马人情何以堪？以并吞八荒为志向的罗马人，只好四海之内"结"兄弟，把公民权作为诱饵，到处分发。然而，建立在七个小山丘之上的罗马，名副其实的高不成（无险可守）低不就（坑洼不平），实在算不上好地方，吸引力不大。罗慕路斯只好降低门槛，面色红润的招不来，就欢迎面黄肌瘦、蓬头垢面的入伙。流亡者、难民、潜逃的奴隶和逃犯，只要愿意来此居住，皆举手欢迎。然而，这些被社会遗忘、抛弃的边缘人数量毕竟有限。于是，罗慕路斯改变策略，授予战败者以罗马公民身份，跟自家人一样看待；有些则结成联盟，相互提供军事援助。这样的政策立竿见影。随着罗马的不断扩张，罗马公民越来越多，实力不断增强。第二次布匿战争期间，汉尼拔横扫意大利半岛，罗马军队把久违了的"落花流水"一词找来，重新装扮自己。尽管如此，被罗马征服过的国家一边欣赏"落花流水"这一难得的罗马人造景观，一边与罗马人同甘共苦，相濡以沫。事实证明，罗马同化征服者的政策非常成功。

罗马的强大，还在于政体的优越。政体之于国家犹如身材之于美女。断臂维纳斯塑像之所以成为美之极致，就在于身材比例符合黄金分割率。罗马政体之曼妙丝毫不亚于维纳斯的身段。哲学上的侏儒、政治上的巨人是历史对罗马人的评价。罗马人研究了各种政体，吸收了君主制、贵族制和民主制三种体制的优点，把权力合理地分配到执政官、元老院和人民大会三个机构，使三个机构既配合又制约，有效地防止了腐败和专横，一个完美的共和国便矗立于罗马。

混合政体的落脚点是贵族制，元老院是罗马权力的中心。我们知道，元老院是精英的汇聚地，在决定国家大事时，精英在罗马起的作用更大。而迦太基，罗马的生死对手，整个国家是"庶民的胜利"，决策中摇旗呐喊的是庶民，作出的决策水平自然难比罗马，这也是迦太基失败的重要原因之一。

罗马靠着优越的政体达至兴盛。美国的政体是罗马政体的翻版，汲取了农民老大哥的精华，造就了又一个强盛的国家。由此看来，罗马人在政治制度上对人类的贡献是多么的卓越！

三

罗马对人类的贡献最为辉煌的自然是法律。今天，几乎每个文明国家的法律都贯穿着罗马法精神。罗马法给人类带来了秩序，带来了法治，带来了文明。完全可以说，一部《国法大全》，就可洗却罗马的全部罪恶。

罗马法在现代社会中的重要性还是通过一个小故事来说明吧。

陈之藩是一位科学家，也是一位作家，散文作品入选"两岸三地"语文课本。上小学时，他的作文就很拔萃。一次写作文，感觉写得好极了，料想老师一定慧眼识珠把他写的作文当范文给同学们读。哪知，同学们非但没受到美之熏陶，而且他在班上的排名竟落在了最后一名，跟孙山同学步调一致地走在一起。课后，他问老师，老师说这篇作文不像小学生作的，一定是抄的。他说确实是他写的，老师让他拿出证据来。这样的要求并不高，却把他难住了，苦思冥想，始终无法拿出证据来，只好顶个文抄公的高帽，游走校园，度过寒冷的小学阶段。高中时，小学的"悲惨"遭遇又在"风萧萧兮"的场景下演习了一遍，不过是在物理考试时。终于，他在美国当了大学教授，拥有抓文抄公的大权。一位美国学生提交了一篇论文，棒得让他生疑。他到图书馆查了两天期刊，没发现抄袭的蛛丝马迹。正当他挥舞大棒欲大力弘扬中华五千年的国粹时，一位美国教授摁住了他，使国粹没能在山姆大叔那里流芳。美国佬告诉他：倘若你查不出学生的"劣迹"所在，就不能断定学生抄袭，学生无此证明义务，此乃罗马法之精神。关键时候，踹走国粹、拉"兄弟"一把的竟然是透着古香味的罗马法。

在罗马法中，这属于举证责任问题。中国传统法律中，举证责任的分配素来向国家这个最大的组织靠拢，不利于被告；而由农夫主宰的罗马，确立了有利于被告的原则。现代法治社会的无罪推定原则就萌芽于罗马。生活中的一个小问题，却蕴含着一个极其重要的原则、理念，形成文明与野蛮的分野。

其实，近现代西方人的信念、生活方式，深深地浸透着罗马法精神，用法律方式思考问题，已经成为西方人的顽强秉性，社会生活的方方面面都受法律影响，整个西方文明全烙有罗马法的印记。罗马衡量文明人与野蛮人的标准看是否遵守法律：发生冲突，用法律而不用武力解决，就是文明人。现今法治国家会把政治问题变为法律问题，用法律解决冲突，使身强力壮者显得生不逢时，只好滚爬在竞技场上消磨其过剩的精力。

罗马法给人类的杰出贡献是私法公法的划分。可别以为这只是小小的逻辑上的技巧，私法公法的划分一下子使罗马法成为古代法律的领头羊，把罗马法推到文明的最前沿。私法公法的划分表明罗马法与权利紧密握手。罗马法的主体部分是私法，私法建立在个人权利平等基础之上，罗马的公民，不管是贵族还是平民，在法律面前一律平等。即使皇帝，权力也有限，受法律约束。确定权利，保护权利，是罗马法的宗旨。中国古代从无私法概念的提出，法律与权利无缘，只是一种暴力工具、控制手段，法与刑几乎同义，离不开罪的规定。罪就像满人的辫子，拖在法律条文的后面，展示着野蛮与落后。法律条款皆是禁止性的，"不准""不许"成为立法者惯用的语言，显示着官员的不可一世。法律的功能在于维护社会秩序，但罗马法在发挥法律的这一功能时，却把法律的重心放在保障个人权利上，使罗马法的"境界"高出古代其他文明的法。其流光溢彩，至今令人叹为观止。

这一传统一直延续到现今，西方人秉承罗马法精神，不但重视保护个人的权利，而且在公法领域也把私法中的"权利"概念发扬光大，重视保护人权便成为他们"顽固不化"的信念，连罪犯也享受到此种"社会福利"，以至于他们觉悟提高想坦白从宽也被以有权保持沉默而挡驾。

读罗马史，最让我心潮澎湃的是罗马法禁止刑讯逼供。号称五千年文明古国的中华大地，侦破案件的拿手本领就是刑讯逼供。为了能逼出口供，刑讯的手段着实了得，五花八门，其创造性堪与做出四大发明的那份努力媲美。以至于到了今日，法律明文禁止刑讯逼供，但在法律实践中，办案人员不愿把刑讯逼供送到博物馆收藏，时不时地把它放出，施展虎威，遂使冤假错案成为中国迈向法治之路上的羁绊。两千年前罗马人轻而易举实现的事情，现代中国人还将其作为一个梦，祈求变为现实。

纵观罗马史，即使在王政时代，公民也享有相当的自由；到了共和时代，公民的自由就更大了。共和时代的许多法律就是公民自己制定的。这一帮极力追求自由的人们，他们制定的法律自然不会容许刑讯逼供这个恶魔存在。当然，我们知道，罗马是奴隶制国家，罗马公民在天堂，奴隶则在地狱，刑讯逼供的恶魔常与奴隶为伍。到了帝国后期，尤其是基督教兴盛后，刑讯逼供开始与公民"亲热"起来。尽管如此，罗马公民没有受到刑讯照拂的历史也有六七百年以上。这是多么幸福的年代！我们只要看看当今，刑讯逼供在法律上被严加禁止，但屈打成招而被杀头的人却还不少。可想而知，在刑讯逼供合法化的那个年代，刑侦技术那么落后，欲提高破案率，只好把刑讯逼供发挥到极致，让人们为盛世增光添彩，贡献微躯。身处那个年代，是多么不幸啊！要么有坚强的意志，像抗八级地震一样，抗过各种刑讯；要么命运特好，碰到一位清官、神探，用不着为真凶买单。

可想而知，罗马公民连刑讯都不受，株连子女夷三族这些野蛮的刑罚更是闻所未闻。公民即使犯罪被处死，但他的田地不容剥夺。那些满身罪恶，与人与神都合不来的公民，也要按照正当程序审判。刑案侦查期间避免置人于狱。逮捕公民不能进住宅，只能在门外执行。英国人创造的"风能进，雨能进，国王不能进"的格言，罗马人早就实践过。精神病人也享"法外特权"。哈德良皇帝独自散步，一名手持利刃的奴隶向他奔来，当过军团长的哈德良非弱不禁风一族，只一个回合，刺客就被制服。当搞清刺客犯有精神病时，哈德良不但没惩罚他，还给治病。皇帝送来的温暖未必能感动这个精神病人，不过罗马公民一定能体会到他们国家"第一公民"的人格魅力和法律深厚的人文关怀。与此形成对照的是，中国法律往往对老百姓施虐。南宋高宗时，厨师没把馄饨煮透，龙颜不悦，厨师便乖乖地蹲了监狱，享受狴犴的一级保护。而晋灵公的厨师烧熊掌不熟，就被像熊一样宰杀，还让妇人顶着放有其头颅的畚箕走过朝廷。的确，罗马法在两千年前对公民的保护程度现今许多国家都达不到，由此方显其伟大。

提及罗马法，难忘给罗马法注入精神动力的斯多葛学派。斯多葛学派是培养善人的哲学，最早系统论证人生而平等、天赋人权的观点，认为真正的法律应合乎自然、合乎理性。自然法是斯多葛学派宣扬的哲学观念的重要内容，罗马法把斯多葛学派的自然法学说包裹其中，从而使斯多葛学派成为罗马法之母。这样的"粽子"让人吃了怎能不回味无穷呢?! 罗马法的"慈祥"面孔很大程度上来自斯多葛学派的装扮。罗马法遇到这么好的化妆师真是幸运之至。多亏商鞅、韩非之流见识短浅，不知华夏之外的罗马，否则，由这二人组合装扮起罗马法来，那种定妆像还不把罗马人吓得变成骡马。此后，在历史的长河中，每当遇到严酷的政治冬天，人们就会对自然法翘首企盼，就想摇醒化妆师。

罗马法的辉煌与罗马人对法律的重视、敬畏、遵守大有关系。人类早期，法律与宗教信仰有关，人们对法律的敬畏与对宗教的虔诚、敬畏有关，罗马人也是如此。不过，摆脱了蒙昧时代，大多数民族继续跟着宗教、道德寻求幸福去了，仍然敬畏、遵守法律并将其置于宗教、道德之上的民族却不那么多，罗马属于例外。罗马人信奉多神教，大大小小的神有三十多万个。尘世有几多事，天上便有几多神。罗马又是多民族国家，各民族信奉不同的神。要想把这么多的民族凝聚一起，宗教无法起到如此作用。好在罗马是个聪明的民族，他们找到了法律，通过法律把民众凝聚一体。正如西塞罗所说，国家没有法律如同人体没有大脑一般。罗马人在绝大多数时间内没有匍匐在上帝这个一神教面前，却甘愿成为法律的奴仆，听从法律的差遣。由于法律高于一切，处于至高无上的地位，而法律的制定者许多时候又是平民自己，所以，罗马人在古代的生活质量应该算是最高的，不受专制的奴役。即使生活在帝国时代的罗马平民，面对皇帝也无须折腰，更不用下跪。皇帝哈德良就遇到过一位不讲理的"刁民"。罗马帝国时期的皇帝都兼大祭司，负责主持祭祀仪式。哈德良这天急匆匆地赶往神殿，履行大祭司职责，途中遇到一位女人，要向皇帝请愿。皇帝说"忙着哩，没时间"。女人无视这位日理万机的人，望其背影，大喊道："既然这样，你没有权利统治我们!"皇帝无奈，只好回头，把眼前的"一机"先理完。贵为罗马帝国的皇帝，却拧不过一位上访"刁民"，会让中华帝国的皇帝笑得岔过气。同是皇帝，皇权的含金量不一样。中国皇帝有了笑傲江湖的资本，没有道理不流连江山社稷。况且中国皇帝永远是唯一，乾纲独断。二帝并立、四帝并存的现象，"吾皇"概视作乱世的象征，只要手脚一活泛，定会荡平。而罗马，皇帝也要遵守法律，也要受法律保护下的"刁民"的气。我们忍气吞声的永远是百姓，但罗马却"萧瑟秋风今又是，换了人间"，愣是让老百姓把皇帝的威风煞了下去。正因为法律保护了罗马人，罗马人才像读四书五经一样，把罗马第一部成文法——《十二铜表法》，让青少年当课本来背诵。所不同的是，我们读四书五经是为了更听话，成为顺民百姓，而罗马人背《十二铜表法》是为了更好地保护自身权利。知识就是力量，故而罗马社会上层人士以不懂法律为耻，我们的士大夫以不掌握法律这样的雕虫小技为荣。

四

"条条大路通罗马"，这句俗语在西方人所共知，在中国也无人不晓。的确，中国人在修长城的年代，罗马人在修路，而且一修就上了瘾，从公元前 3 世纪到公元 2 世纪，500 年间，罗马人修了 15 万公里的道路，其中干道总长达 8 万公里。在罗马广袤的领土上，用石头铺设的干道有 375 条，形成了四通八达的道路网，每条大路七拐八绕都可通往罗马，"条条大路通罗马"遂成俗语。

"小事"办不好的罗马人却善于办大事、实事，他们修的道路不光让罗马人行得顺畅，还因质量上乘而让那些灭掉罗马帝国的"蛮夷"穿行了千年以上，直到现在，仍有人受其恩惠，道路依然"胸怀坦荡"，而秦直道上早已"芳草萋萋"了。

建造罗马大道的不是别人，而是那些大兵——罗马的最可爱的人。他们几乎都来自农民，尤其是前期。据说闲得无聊时头脑就会蹦出哲学，罗马人可不愿自己的头脑让无用的哲学跑马圈地，就在杀人的间隙，让大兵干些正经人干的事——修路。农民在"小事"上除了喜欢跟凯撒这样的大人物开点玩笑外，办起大事从来一丝不苟，绝不犯我们这个时代建筑行业的职业病——偷工减料。阿皮亚大道的设计者和建造者阿庇乌斯脱掉鞋子，赤脚行走在路面上，测试路面是否平整。虽然那时测量技术不发达，但有这双光脚板，工程质量就有保障。"只要有了人，什么人间奇迹也能创造出来。"这句话通过历史隧道传播过去，罗马人想必也心有灵犀。通往罗马的条条大道的地基牢固得让蚯蚓抱怨，让穿山甲发牢骚。大兵们先在地表一米以下铺上三十厘米厚的石子，然后将石子、黏土混合后铺在第二层，第三层又铺上人工砸碎的小石子，最上层就是切割成边缘整齐高七十厘米的大石块，这样的铺路"蛮劲"，让今天高速公路建设者们都有点汗颜，何况秦直道那样的简易公路的"修行者"。当然，修路的大兵知道，路上要行雄赳赳气昂昂的铁骑，羊肠小道的不要，至少要能双向行车，路宽在四米以上。"军爱民来民拥军，军民团结如一人"的话语他们也懂，修路时念念不忘，故而车道两侧各修三到五米的人行道。这样"月亮走，我也走，我送阿哥到桥头"的浪漫场景在罗马大道上也能上演。既然罗马属于那批最早的发达国家、法治国家，这点人性关怀自然不够，大兵们还在人行道上摆放石椅，供行人小憩，身段不够矫健的人给石椅还能多添加一个功能——垫脚石。不过，最具有价值的是道路两旁放置的一张张"书页"，这样的人性关怀可是古往今来独具特色啊！放置第一张"书页"的是阿皮亚大道上光脚板行走者阿庇乌斯，他死后，人们遵照其遗嘱，把他的墓地选择在他设计和建造的阿皮亚大道旁，便于"孤芳自赏"。后人仿照者无数，于是，那一座座墓碑就成了一张张"书页"，供熙来攘往的人们小憩时阅读。严肃的罗马人，在路旁的墓碑上却充分展现出了幽默才华："喂，那个过路人，你不坐下来歇歇脚？摇头。什么，不想歇？别忘了你早晚得来这儿歇着。""我死了，被葬在这里。现在的我只是变成了一撮灰，但是灰会变成土壤，土壤会渗透到大地，创造人类世界的基础。如此一来，我并没有死，而是活在这个世界上。"一位成功的律师，练就了刀笔吏的老辣风格，死后墓碑上只刻有四个简洁有力的大字：抗诉无效。

　　罗马人建造了许多公共设施，基本理念就是为活人而不是为死人服务。《博物志》的作者老普林尼说道："金字塔不过是毫无用处的、愚蠢透顶的权力炫耀。"罗马工程师弗朗提努斯对希腊人的"精致"颇有微词："希腊的美术品以精致而闻名，但是对人类的日常生活，只能说毫无用处。"正因为罗马人太务实了，所以，他们的精力才放在了道路、自来水管道、桥梁、广场、竞技场、公共浴场等基础设施的建设上，视之为"人类文明生活必需的大事业"。既然希腊人闲暇多而又喜欢干些"毫无用处"的事儿，那就让他们发扬光大吧，只要别把罗马人攓过去就行。希腊哲学流派众多，罗马人就瞅准实用型的、生活中能派上用场的流派。罗马人当初干的这些大事业，只是希望人们活得快乐，没想到千百年后竟成为了罗马文明的伟大纪念碑，而且让许多文明显示出小来。我们至今赞美万里长城，但罗马人在我们对长城津津乐道时，连罗马城的城墙都拆了，认为强大国家不需此等阻碍交通的障碍设施。我们赞不绝口的所谓盛世，如"文景之治"、"贞观之治"其实真正的时间只不过几十年，百年都罕见，而罗马横行天下的时间超过五百年。长城修成，断绝了人们的来往；道路筑就，促进了各地的交流。劳民伤财修成的长城，却成了异族的"鞍马"，敏捷地跃来腾去，成为他们强筋健骨的免费体育设施。不过，我们也不是毫无所得，至少落了个好客的美名，不辜负用讲课费（束脩）换来的孔圣人的训诫。不收过路费的罗马大道，把罗马与被征服民族连成共同体，促进了胜者对败者的同化，架设了经济交流和发展的桥梁。长城和道路，把两个民族引向了两个方向，这种影响至今还在发挥"余热"。

五

或许由于罗马军团留给人们的印象太过深刻，许多人以为罗马是个重厚少文的国度，连一些罗马皇帝也热情洋溢地赶做了这方面的注脚。据说奥古斯都从不随口发言，有要事跟妻子讲时，事先都要写好稿子，做报告似的照稿宣读，成为古今绝唱。

不过，当你认真地读过罗马史，此种印象就会立马改变。不说别的，仅一项指标就把罗马人重厚少文的帽子摘掉：在古代，罗马人的文盲率最低。

中国人用黄金屋、千钟粟、颜如玉不停地诱惑人们读书，但几千年来，这种诱惑的魅力成效不彰，中国人整体文盲率居高不下。犹太人依靠学校和教堂守住了自己的文化，对文化的重视达到了病态的程度。犹太人把教师看得比自己的父亲还重要，教师和父亲同在坐牢，倘若只能救出一人，出来的一定是教师。为让女儿嫁给学者，倾家荡产在所不惜；为娶学者的女儿，抛却一切心甘情愿。每座城市都有学校，没有学校的城市无人居住。只有接受教育才能成为上帝的信徒，否则就会被驱除出犹太教。尽管犹太人把接受教育与上帝捆绑在一起，但遗憾的是，他们的文盲率仍高于罗马人。这是因为，犹太人不把女孩送进校园，而罗马人的伟大在于把男孩女孩都送往校园。两千年前，男尊女卑思想几乎成为每个文明国家至圣先师的至理名言，让女孩读书的民族实在凤毛麟角。但在罗马，男虽尊女却不像其他民族那样卑，罗马妇女甚至成立了一个类似于今日妇联的组织，走上街头，发表演说，集体维权。在婚姻上，妇女的自由度也很高，甚至出现五年嫁八个丈夫的人间奇迹，让中国古代女子彻底折服，男子脾气毫无。20世纪初的中国，北国南疆冒出了大大小小的女校，国人欢呼雀跃，庆祝社会的进步。可是，历史学家怎会忘记，昔日的罗马，男男女女早已坐在同一间教室，聆听灵魂工程师的智慧启迪。梁山伯祝英台不免穿行其中，不过祝英台用不着煞费苦心地女扮男装，梁山伯更不会因感觉迟钝而男女不辨。

中国人都还记得，当年的孔圣人收个学生要十条腊肉，对于吃肉不易的古人来说，也算不大不小的一个负担。但是，罗马的"农夫"，早已考虑过这个问题。腊肉嘛，好吃，就留给自家；家里的读书郎，怀揣8阿斯就可在书声琅琅的校园驻足。要知道，那时一个非熟练工日薪也超过8阿斯。孩子多了，读书的负担不仅不会增加，反而会减轻，因为图拉真大帝设立了一项"育婴基金"，每个月给贫穷家的孩子发放64阿斯。古代中国人连想也不敢想的事情在罗马就实现了。

罗马人最了不起的地方在于知晓自己的缺陷，善于发挥别的民族的优势为己所用。希腊人喜欢沉思，爱玩玄学，那就把培养精英的任务交给他们，让他们玩就玩得心跳。罗马城最兴盛时有一百多万人口，竞技场、浴场无数，但一所高等学府都没有。罗马人并不急着建设，因为雅典、帕加马、以弗所、罗德岛、亚历山大城这些地方文化发达，希腊人早已建好多座高等学府，罗马人只需找艘船，划过去就行，何必在"米贵，居大不易"的罗马城劳民伤财，搞中国官员几千年乐此不疲、奋斗不已的政绩工程。当今的中国，北京高校不可谓不多，却"堆"不出来个世界一流，只在自己官员的统计表上给国人提供安慰。

罗马境内大大小小的学校几乎都是私立学校，国家不花钱建设，只给政策。自凯撒始，凡当教师，都可获得罗马公民权（医生也享此待遇）。此项政策诱惑极大，聪明绝顶的希腊人，看到其中的利益所在，争当孩子王。曾几何时，罗马人几乎全成了希腊人的学生。然而，罗马人丝毫不担心这种文化"侵略"，全盘"希化"，任凭希腊语在帝国境内泛滥，希腊文化在帝国境内肆虐。没有官方指定的教科书，没有教师资格考试，教学效果的好坏，全由市场决定。几百年间，罗马的精英除了顽固不化者外，差不多全成了希腊文化的俘虏。一些罗马皇帝甚至成为"希化"的开路先锋，把罗马文化硬往希腊文化的道上攥。从希腊流入罗马的不是潺潺小溪，而是文化的滔滔巨流。巨流非但没把罗马文化淹没，相反，却铸就了另一种堪比希腊文化的文化，成为西方文化的重要基因。

这就是鼎盛时期的罗马教育，一个永远值得人们铭记的时代。

六

基督教的兴起是罗马三次征服世界的其中一次，但这次征服，带给罗马的是福是祸却一言难尽。

罗马人对基督教的接受经过了艰难历程。罗马境内的神达三十多万个，用眼花缭乱已不足以形容。黢黑的夜晚，旷野里人肉眼看到的星星不过三千多颗，若把三十多万个"神"全布到天上，那种"繁荣"景象怎能用"灿若繁星"比喻呢？只能把"恒河沙数"搬出来才会让"神"神态自安。想一想，把三十多万个神变为一个神，让人们从一而终的信仰，那种难受劲"怎一个愁字了得"。但是，基督教的威力就在这里，尽管难受，罗马人也得承受。上帝，在教徒的丛拥下，从历史深处款款走来，威严的目光所及，昔日的热闹景象一扫而光。然而，历史记载却不这么简单，扫掉的不仅仅是三十多万个神，而是威武的罗马帝国。

希腊、罗马的多神教中的神都不是"高大全"的形象，"伟光正"更谈不上，缺点与凡人可以媲美，有些甚至以"我是流氓我怕谁"的姿态出现。希腊人、罗马人自知他们的神形象不佳，没敢让其在道德行为上指手画脚，只是祈求充当保护神，平时上点贡品，关键时拉救一把。希腊人、罗马人大概觉得人和神一样，精力有限，管不了那么多的事，所以，罗马人从不排斥异族的神，常主动加以引进，以便把各行各业的事情管好。罗马的神管的事情的确比中国神管的事情多得多，有战神、谷神、酒神、医神等等，每一种病皆有一个特定的神，连通奸者也有保护神，真让中国人见了世面，知道人家多多益善的不是兵而是神，境界就是不同啊！相反，基督教删繁就简，把那么多的神愣叫一个"人模人样"（据说上帝按照自己的模样创造了人）的神替代了，不知庞大的失业者如何安顿？上帝当然是上帝，没有一丝一毫缺点，显微镜下也找不出。上帝一出现，立即就充当了道德行为的指导者。以往，纠正人类行为的准则，希腊人向哲学寻求，犹太人向宗教寻求，而罗马人则向法律寻求。当罗马人向犹太人看齐时，法律的阵脚便乱了，罗马帝国的垮台就为时不远了。因为对于持有不同信仰、拥有不同价值观的人来说，宗教无能为力，法律才擅此道。凯撒们希望通过制度和法律改造人们，而基督则希望减少法律的统治用信仰战胜一切。基督教在罗马的胜利，意味着罗马旧有文化的彻底瓦解，以往罗马公民享受的权利许多已经不再，罗马公民只好放弃"特权"，跟其他古代民族一样，享受诸如刑讯逼供这样的"平等"待遇。对于追求世人平等的基督教来说，这究竟是社会的进步还是退步？教师也不能自由开讲了，课堂上要为上帝唱赞歌。一张教师资格证，把那些"素质"低下、思想不羁的人赶出了教师队伍。

基督教在罗马的胜利实为一场重要的文化变迁。基督教的胜利靠的不是武力，而是循循善诱。耶稣用简明、直率的话语，有趣的故事，生动的比喻，刺激性的警语，诱来了一个教皇统治的"千年王国"。诱劲大，说明有魅力。耶稣手下那班小队人马与孔圣人手下那班人马相比文化素质差远了，一些人目不识丁就跟着"主"送信仰下乡，到"迷失的羔羊那儿"传播福音。等无数"迷失的羔羊"找到了幸福的道路，基督教便主宰了一切，所有与基督教教义不合的罗马文化概被清除。从罗马建城到基督教成为罗马的国教，延续了千年的罗马文化被基督教文化替代，连朱庇特这样的罗马庇护神也被元老院宣布为非法。罗马帝国虽然没有亡国灭种，但罗马文化已经发生了质的变化。蛮族用武力实现不了的事，基督徒一番循循善诱就实现了，亘古少见。

马基雅维利认为罗慕路斯的继任者努马比罗慕路斯对罗马的贡献还要大，因为努马为罗马人引进了宗教信仰，促成了良好制度的形成，这是造就罗马繁荣昌盛的主要原因之一。基督教瓦解了罗马的传统，使罗马的天空改变了颜色。基督教讲慈悲、怜悯，竞技场上的角斗表演因过于残忍而被取消；基督教灭人欲，罗马世界创造、保存下来的雕塑艺术因男女形象完全"赤裸裸"而被视为"不雅照"惨遭毁灭；基督教除异端，朱庇特、维纳斯这些缺点突出、性生活丰富多彩的神灵被上帝用脚踹出神殿；基督教讲神秘，罗马恬淡的生活被东方世界神神道道的文化代替。基督教培养人们讲道德，但经过道德的驯化，罗马人变得柔弱，面对强悍的蛮族毫无抵抗力，罗马的灭亡为时不远了。伟大的历史学家吉本认为，罗马帝国灭亡的主要原因在于基督教的兴起。事实上，罗马帝国灭亡的原因固然复杂，但基督教无疑起了加速作用。

罗马在很长历史时期内，高级官员无薪酬，政府连办公地方都没有，绝对属于小政府大社会，官僚习气让中国的锦衣卫也难以捕捉。但到了罗马帝国后期，在基督教一统天下之后，罗马官员比中国的那些官僚习气熏天的官员还要厉害。喜爱哲学的政治、军事天才尤里安皇帝想要理发，结果来了一大群衣着华丽之人。尤里安以为他的意思传达错了，他要的只是一位理发师。那群华丽者中的最华丽者上前一步，禀报皇帝，说他就是皇室理发师。尤里安皇帝问其他人什么的干活？理发师回答说是他的助手。共和时期罗马的执政官身边的警卫人员才十二人，而现在皇室理发师的助手就有二十多人，每人再配匹马，真是罗马帝国越发展文化内涵越丰富了。千年的罗马，培养出这样的办事风格，焉能不衰不亡?!

作为贪官的培根

弗兰西斯·培根充满智慧。

蒙田说道:"这世界无非是一所探究真理的学校。问题不在于谁将最终抵达目标,而在于在奔向这一目标中谁最出色。"无疑,培根算得上最出色的寥寥无几者。培根的散文堪与莎士比亚的诗歌并负盛名,哲学堪称新时代哲学的开拓者。培根自己在遗嘱中说:"我把灵魂遗赠给上帝;……把躯体留给泥土;把名字留给后代和异国他乡的人们。"无论散文还是哲学,都会使他万古留名,何况是头戴散文巨匠和哲学大师两顶桂冠者。

培根在政坛上长袖善舞,官至掌玺大臣、总检察长、大法官。然而,这个充满智慧的天才,却道德沦落,在宦海沉没。培根在大法官高位上遭受弹劾,要不是国王的开恩,他这个曾经的特权人物就将享有从狱内来窥探世界的特权了。

说起来,充满智慧的人物犯的竟是低级错误——收人钱财,没替人消灾。

那时代,法官的美德往往靠当事人赐予。英国是一个善于创造惯例的国家。最不可思议的事是,行贿也构成当时的惯例,做法官的凭不受行贿影响而表现美德。但是,这份美德的获得需要有坚强的意志,可惜我们的哲学家把持不住,一世英明,竟毁在几个无名鼠辈之手。

是哪几个无名鼠辈呢?

首先是奥贝里。奥贝里控告威廉·布鲁克爵士,案子迟迟未予审理。经接近大法官培根的人点化,奥贝里携带 100 英镑,叫上两个朋友(包括乔治·黑斯廷斯爵士)去了培根的官邸。要说三百年前的英国,受贿技术太落后了,当着奥贝里两个朋友的面,培根竟然把 100 英镑笑纳了,放在现今,中国的众位贪官,打死也不会干这等蠢事。智慧的培根在敛财上最缺乏智慧。

身居大法官高位的培根又娶得富婆,按说不差钱。1608 年,培根的年收入是 5000 英镑,十年后,在大法官任上,收入是 16000 英镑。要知道,女王伊丽莎白青年时代的英国岁入仅 50 万英镑。但挥霍无度的培根,筑得最高的是债台。他雇用了 40 名男仆和成比例的其他仆人。他非常讲究感官上的舒适,不但自己穿华丽的服装,而且仆人穿的一律是用西班牙皮革制成的靴子。他需要不断地用美丽的物品恢复精神。正因为如此,区区的 100 英镑,培根为了过"美好生活",就用友好的态度把它揣到怀里了。

收人钱财,替人消灾。善于创作格言警句的培根,却把这句俗语忘记了(不知英国有无此类俗语)。钱送出去了,奥贝里先生满怀希望地等待有利于己的判决出现,然而,他盼到的是晴天霹雳:一个对己非常不利、非常苛刻的判决。此刻的奥贝里慒了,他眼中的培根则疯了。

爱德华·埃格顿是培根遇到的另一当事人。假若是同时代的中国法官审理爱德华·埃格顿当原告的案子,免不了挥动板子,在原告的屁股上狠揍几十下,揍完之后赶出衙门。但在英国的培根,却不得造次。爱德华·埃格顿虽告了哥哥,但在没受孔圣人思想洗礼的英国,法官是奈何不了他的。好在爱德华·埃格顿实在懂事，案子一到培根的案头，爱德华·埃格顿就把一个手提包放在了培根的桌上，里面放着沉甸甸的 400 英镑。培根的第一反应是：这太多了，我不能接受。在那个时代，400 英镑确实有点多。培根 1603 年受封为男爵时，得到的赏赐是年金 60 英镑；被委为皇家法律顾问时，赏赐是年金 40 英镑。而 1600 年一个泥瓦匠 1 天的收入只有 1 先令，干 20 天活才挣 1 英镑。面对着如许多的钱，培根嘴在拒绝，手却在往怀里刨。爱德华·埃格顿好不高兴，然而，才高兴了没几日，就接到了败诉的判决。爱德华·埃格顿免不了在沙发上蹦几下，高度自然比不上现代那些蹦床运动员。但老实说，爱德华·埃格顿家的沙发质量不赖，弹了几下，就把他弹到了下议院。下议院听了他的一番话，成立个调查委员会，专门调查培根受贿问题。

调查委员会的人员当然不是酒囊饭袋，皆是慧眼识才者，还没调查，就先把培根赞扬了一番，认为培根才华横溢、品行无双。尽管没有赞扬够，但只好加以节制，他们还得干事，解剖天才所判决的案件。

当初奥贝里的朋友在乔治·黑斯廷斯爵士面对培根所下的判决时，警告培根，将把受贿之事公之于众。培根鄙夷地说：如果要告，我将用我的名誉否认此事。然而，当许多案件的当事人都到下议院控告培根受贿时，大法官傻眼了。整整 28 件物证摆在那里，培根不敢对质。这些物证有价值 800 英镑的饰盒，价值 500 英镑的钻石耳环，价值 50 英镑的金扣子……

培根认罪了，被关进了伦敦塔，并处罚金 4 万英镑。尽管由于国王的关照，培根不几日就被释放，4 万英镑的罚金也被免掉，但培根的政治生涯完结了。

诚然，此责不能全由培根来负，因为那个年代，正如一首打油诗所说："欺骗，吹牛，拍马，再加厚脸皮，这是宫廷邀宠四妙计；你若有一条用得不仔细，去吧，比尔！回家吧，约翰·切斯。"培根生活的年代，胜利者是马基雅维利的信奉者。培根从案件当事人手中收钱，别人也会从培根手中收钱。培根为了谋官，就曾送给伊丽莎白女王一颗珍贵的钻石。女王不想把高官厚禄赏赐给培根，就拒不收受。但这足以说明，下至芝麻官，上至女王，都有收受贿赂的嗜好。国王伊丽莎白的继位者詹姆士曾对西班牙大使说过，如果他把在他那里服务的所有受贿者都解职，那就无人能留下来为他的王国工作了。看来，洪洞县里确实没好人。但是，且慢，英国历史上伟大的法官爱德华·柯克就生活在那个年代，他既是前任大法官，也是扳倒培根的功臣。培根是国王的宠臣，若柯克是贪官，培根联合国王，收拾柯克易如反掌，但柯克却没遭到任何指控，这足以说明柯克的廉洁。培根的《新工具》一书出版后，曾赠送柯克一本，柯克在书上写道："奉告作者，你想依赖智慧老人的学识，但你应该首先确立法律和公正。"事实上，大法官的薪俸如此之高，只要不是培根那样的无度挥霍，完全不用靠受贿贴补生活费用。歌德曾说："一个人的缺陷来自他的时代；而他的美德和伟大则属于他自己。"培根的伟大属于他自己，而缺陷既属于时代，也属于自己。培根是伟大的智者，也是著名的贪官，他以智者和贪官的名气蜚声后世思想界。

在我国，曾有人提出高薪养廉。培根的薪俸不可谓不高，但他的奢侈不可谓不严重。如果官员像培根那样胡吃海喝，大摆排场，再高的薪俸也养不了廉。培根每升一次官，薪俸都升高许多，但高薪不是用来养廉，而是方便借贷。培根死时尚欠债两万英镑，如此债台高筑，不受贿才不可思议。令人可笑的是，欠了巨额债务的培根，逝世前竟然在遗嘱中指明把他的遗产作为大学设置科学讲座的基金和学生的奖学金。真是做大事不拘小节。

由于培根是伟大的哲学家、杰出的文学家，所以，后世替他辩解的人很多。但是，培根的所作所为已无可辩驳地证明任何人对他的辩解都是徒劳的。还是培根自己说得好："司法之处所是一种神圣的地方，所以不仅裁判所，就是坛阶庭院都应当保持圣洁，不受秽闻贪污之玷。"

（原载《法学家茶座》2010 年第 2 期）

格林兄弟：德国民主运动的先驱

在中国，格林兄弟的名声颇大，除了安徒生外，没人能像他们兄弟俘获了亿万儿童的心。其实，了解一下兄弟俩的生平，发现他们曾是法律共同体中的一员，当过法学教授，留有法学著述。尤其难能可贵的是，他们参与过护宪运动，被视为德国民主运动的先驱。

格林兄弟的曾祖父和祖父是神甫。或许神甫的事业太形而上学了，他们的父亲选择了实用的法学专业；起初担任律师，后任行政助理和法官。兄弟俩的母亲没上过大学，可也出生于法学世家。这种家庭出生的孩子选学法学再正常不过了。

1785年、1786年，格林家接连生了两个男孩，起名叫雅科布·格林和威廉·格林。格林家有五个男孩，有一个男孩长大后成为著名画家，但广为人知的是雅科布·格林和威廉·格林。兄弟俩的著作一百年来有几十亿读者。《灰姑娘》的故事使无数女孩的生活充满了美好的想象，《白雪公主》的故事使人看到人性的卑劣，《小红帽》的故事使人觉得人生之路的艰险，《狼和七只小山羊》的故事使人觉得对坏人时刻要保持警惕。

雅科布·格林和威廉·格林一生几乎形影不离，不但从事的专业相同，而且吃住在一起，工作在一起。就是威廉·格林结婚后，格林兄弟也不曾分离。这么好的兄弟情分，胜过梁山泊上的那帮患难兄弟，鲁迅一定羡慕死了。

格林兄弟少不更事时，邻国吹响了《马赛曲》的号角。几年后，这号角声越过边界，传到兄弟俩居住的德意志的黑森邦。尽管法国一度占领了黑森邦，但对兄弟俩生活影响最大的却不是这件事，而是父亲的死。他们的父亲是1796年病死的，兄弟俩的生活立即受到影响，但这更坚定了母亲让他们长大学法学的决心。

1802年、1803年，格林兄弟俩先后进入马尔堡大学。那时的大学都是袖珍型的，小得可爱，许多学校指头掰来掰去只数到二百多名学生。麻雀虽小，五脏俱全。学校尽管小，但也有专业的设置。法学专业成为吸引格林兄弟的所在。

那时的法学专业除了要学逻辑学、历史学这些课程外，还要学自然法、国家法、私法、刑法、罗马法等课程。有一门司法方法论课程兄弟俩最喜欢，笔记记得最详细，甚至200年后，遥远的中国把笔记内容出版了，因为主讲人是个娃娃教授——比兄弟俩大六七岁的萨维尼。说起来，格林兄弟还是马克思的师兄，因为马克思在柏林大学就学时，萨维尼是他的授课老师。

萨维尼年轻有为，课讲得生动有趣。爱好文学的萨维尼，常在课堂上朗读一些诗句或歌德的《威廉·迈斯特》中的片断。共同的文学爱好，使格林兄弟与萨维尼越走越近。萨维尼向兄弟俩开放自己的书房，任由他们徜徉。在格林兄弟眼中，萨维尼又高又瘦，身穿灰色便服和一件褐色的带蓝条纹的坎肩，站在书架旁边沉思。兄弟俩在装满书籍的大书柜中取出心爱的书籍，仔细阅读，甚至带走。就是在萨维尼的书房中，雅科布·格林发现了一本约翰·雅科布·鲍德麦尔教授根据海得尔堡手稿发表的士瓦本时期爱情歌手歌曲集。正是这本中世纪诗歌集，使格林兄弟迷恋上了古代的语言，认识到古代诗歌、语言中有许多新的东西需要发现。在当时德国学术界，从事日耳曼诗歌、语言研究的学者并不多，此领域无疑是学术研究的处女地，只要勤奋，遍地都有硕果。而法学的原野，耕耘者太多，再倒腾，收获有限。

在萨维尼客舍，格林兄弟结识了萨维尼的舅哥——德国浪漫主义的主要作家克莱蒙斯·布伦坦诺。布伦坦诺的诗歌颇使格林兄弟震撼。充满魅力的布伦坦诺和他的诗歌朋友，牵攘着格林兄弟投奔到诗歌、语言的研究中去。萨维尼尽管其名著《占有权》一书正在扩大着影响，但却无法在法学领域把格林兄弟独断占有。两位天赋极高的人物只把业余时间留给法学，而把大量时间慷慨赐予语言、文学。尽管如此，兄弟俩还是给后世留下了值得拜读的法学著述。

当然，格林兄弟从法学到文学、语言的华丽转向，萨维尼的思想影响也不容低估。萨维尼是历史法学派的代表人物，他对历史的注重，使格林兄弟从注重现实的法律转到注重历史的童话、语言领域内。即使在日后对法学的研究中，他们也偏重于法律史，而不是现行法律制度。威廉·格林曾在纪念授予萨维尼法学博士学位 50 周年的大会上说：老师萨维尼对于自己著作中历史方法的形成赋予了重大的影响。格林兄弟在萨维尼那里学会了在研究社会现象时重视历史主义的态度。格林兄弟是法学教授，可他们毕生的学术研究的重点并不在法学，而是日耳曼学。格林兄弟，尤其是雅科布·格林，是日耳曼学的奠基人，其研究领域涉猎甚广，包括日耳曼民族的语言、文学、历史、文化、风俗习惯等，当然也包括日耳曼民族的法学。作为法学教授的格林兄弟，对法学的研究却是业余的。然而，既然是学术大师，就是业余研究，在法学上的贡献也堪称大家，足以遗芳法界。

格林兄弟大学毕业后，长期任图书馆管理员，1829 年，二人一同去哥廷根大学任教。1837 年因"哥廷根七君子"事件，兄弟二人被免去职务。1840 年赴柏林大学任教。

雅科布·格林在哥廷根大学所授课程内容涉及语言、古代法律文献、文学史和文学资料的研究。在柏林大学除继续讲授这些内容外，还讲授《论古代德国法律》这门课程。威廉·格林则讲授诗歌、小说。

雅科布·格林在法学史上被称为历史法学派的日耳曼学派，对罗马法在德国的继受持批判的态度，主张法是民族精神的体现，认为法、语言和诗歌具有本源的统一性。虽然他对古代的日耳曼法非常重视，但也希望对法律制度进行一定的变革。与萨维尼以几十年的时间研究罗马法不同，雅科布·格林把主要精力用在整理研究古代的日耳曼法上，先后出版了《古代德国法律》、《判例汇编》、《德意志法律遗产讲稿》、《论法中的诗意》等专著。

由于格林兄弟带着语言、文学、历史的透镜，所以，他们对法学的研究也视角独特，别具一格。1816 年，历史法学派的理论阵地——《历史法学杂志》第 2 卷发表的雅科布·格林的题为《论法中的诗意》就属于这样的论文。论文开篇指出："法和诗相互诞生于同一张温床。……所以，诗中蕴涵有法的因素，正像法律中也蕴涵有诗的因素。""法之用语与诗之用语，其始相同者极多；如德意志，其裁判官与诗人，均称为发现者，或称为创作者，即此足为古代法律家与诗人同为一人之例证。"如果说萨维尼从历史中读出了民族精神，那么雅科布·格林则从法中读出了诗意，倘若不是常年浸润在日耳曼的古诗中，哪能有如此深切的感受呢?! 这就是单纯研究法律与业余研究法律的不同。所以，要成为法学大家，决不能整天浸泡在法律文献中，还要广泛涉猎法学以外的书籍。民族文化中最富营养的成分往往潜藏在文史哲中，法学的精深研究往往要靠文史哲来滋养。

《古代德国法律》是雅科布·格林1828年出版的一本厚达千页的法律史专著。还在马尔堡大学跟着萨维尼学法时，雅科布·格林就开始搜集古代法律资料，经过二十多年的积累，一部巨著终于诞生了。"在这部书里，有许多可靠的推论和引文，许多丰富的材料，诸如关于自由和独立，关于果树和家畜的贡赋，关于结婚税和土地税，关于建房费，关于结婚和买卖，关于共同财产和父亲的权利，关于继承、分田地和界限，关于偷窃、杀人和其他犯罪行为，关于惩治和罚款，关于法官、诉讼程序和神意裁判以及关于其他等等——所有这一切使得这本书成了德国法律史方面的真正宝库。"雅科布·格林并不是学究，编撰此书的目的是为了表达他的历史观点：在研究罗马法的同时也应研究日耳曼的古老法律，从中发现德国的民族精神。他同情底层的老百姓，抨击当时的法律制度，认为当时的农民、工人的地位和生活水平甚至不如古代农奴，当时的监狱与过去使人致残的体罚相比侮辱人更甚。他希望进行改革，改变不合理的法律制度；希望所编撰的书能影响舆论，为改革鼓与呼。

雅科布·格林最后编集的法学著作是《判例汇编》。这本书汇编了日耳曼古代乡村法律的书面文献、法院判决和各种命令。1840年，雅科布·格林出版了《判例汇编》的前两卷，至去世前，共出了四卷，去世后又有三卷出版。

格林兄弟所编撰的都是法律史书籍，倘若依此认定格林兄弟只不过是书虫而已，那就错了。发生在1837年的"哥廷根七君子"事件，表明格林兄弟是坚强的民主斗士，

大学毕业后，格林兄弟长期在图书馆工作。兄弟俩喜欢学术研究工作，图书馆给他们提供了方便。他们整理的《童话集》很

受大众欢迎，已再版多次。他们的学术著作也赢得了学界的称赞。但是，他们的一切成就，在黑森的威廉二世侯爵看来一文不值，不仅多年未给他们加薪，而且在图书馆馆长空缺时，把对图书管理一窍不通的人任命为馆长，却把这对已蜚声学界的兄弟弃置一旁。这是一个极大的人格侮辱。兄弟俩忍无可忍，离开故乡，去了哥廷根大学，担任教授和图书管理员。

1830 年 7 月，要求民主选举权和出版自由的法国人民在巴黎举行了起义，推翻了波旁王朝的专制统治，自由派的路易·菲力普公爵被宣布为法国"国王"。同路易·菲力普公爵前后登基的威廉四世做了大不列颠、爱尔兰和汉诺威联合体的国王。威廉四世在登上王位之前，生活放荡，看起来够开放的。但在思想上，这位君王可就差矣，公然支持奴隶制，据说这是因为奴隶制可以满足他的两个嗜好：鞭挞奴隶和与女奴通奸。由于法国民主浪潮的影响，威廉四世不得不于 1833 年批准了《汉诺威宪法》，限制国王的权力，赋予臣民部分权利。然而时间不长，1837 年，威廉四世逝世，其弟爱恩斯特·奥古斯特做了汉诺威的国王。新国王一上任，就决定恢复旧宪法，实行专制统治。

"为民父母""爱民如子"，是中国古代官员面对老百姓时的习惯用语。想不到，汉诺威国王这位老外也想当老百姓的"父母"，说道："忠顺于朕之臣民可以深信，朕对臣民之情即父亲对子女之情。"这位"父亲"悍然解散议会，"子女"为之哗然。

格林兄弟一向认为，科学教给人真理，人们要捍卫真理。大多数人都反对国王的所作所为，但慑于国王的淫威，不敢公开反对。然而，包括格林兄弟在内的七位教授，把抗议信交给大学国王监督委员会，公开表示国王废除宪法的行为构成破坏宪法罪。国王立即"用对待不受赏识的属下的一切手段回击提出抗议的人"。抗议信提交的次日，七位教授就被解职，并在三日之内，把主谋者逐出王国；否则，将其"置于王国之某地"。

"哥廷根七君子"充满了为法律献身的决心，其行为在德国宪政史上留下了光辉灿烂的一页。格林兄弟在那个时代，确实以知识为依托，超越本阶级的局限，自由地漂浮于各阶级之外，介入公共生活，摆脱集团利益束缚，成为批评、引领社会走出漫漫长夜的守更人，无愧于德国民主运动的先驱。德国人把兄弟俩看作"市民认同法治、确信自由的模范体现与代言人"。童话大王并不想让德国人永远生活在幻想的天地中，以实际行动唤醒人们为权利而斗争。

（原载《法学家茶座》2012 年第 1 期）

发生在德国的法律故事

张君劢是中国近现代史上著名的政治活动家和思想家，是新儒家代表人物之一。张君劢先后在日本早稻田大学和德国柏林大学留学。在德国留学期间，适逢第一次世界大战，不少留学生因安全原因而提前结束学业回国。但热衷于政治的张君劢，认为这是千载难逢的机会，于是留在德国观战。

张君劢买了不少地图、书籍、报纸，每日研究战争进展情况。他在墙上挂了一幅大地图，将战争进展情况标记出来，以预测交战双方的胜败。

当时的德国和奥土组成同盟国，与组成协约国的英法俄交战。由于英国与日本有同盟条约，所以，德国人对日本人很不友好，对大街上的日本人常掷瓶子等物。在德国人看来，中国人与日本人长得一个模样，中国人便跟着日本人倒了霉。

一次，德国老师来到张君劢的住处上课，张君劢指着报纸上报道的德舰被击沉两艘的消息说，你们德国人若再不改变战略，必败无疑。话音刚落，房东老太太闯了进来，直指张君劢是间谍，并给警察局打了电话。德国警察很快就来了。尽管是战时，但德国警察仍遵循"风能进，雨能进，国王不能进"的原则，不侵犯住宅自由，没进住宅搜查，只在门外看守，不允许张君劢外出。学过法律的张君劢主动让警察进屋搜查。警察搜查完后，没发现异常情况，就解除了对张君劢的禁令。

　　这事发生在九十年前，当时的德国还是帝制，但他们对法律的尊重令张君劢终生难忘。今日中国倡言依法治国，警察却动辄抓人、打人。昔日德国警察面对"间谍"这样的惊天大案也不进屋搜查，而中国警察仅因公民在家看黄碟，就破门抓人。看来，法治在中国路途漫漫。送法下乡固然重要，不过更重要的是缚住公权力的手，别让这只手遮盖太多。

　　　　　　　　　　　　　（原载《法学家茶座》2016 年第 4 期）

伏尔泰如何对付政敌

日升昌是中国第一家票号，系中国现代银行的开山鼻祖。日升昌票号掌柜雷履泰对日升昌的发展做出过重要贡献。但雷履泰心胸狭窄，许多事不让二掌柜毛鸿翙插手，甚至生病时也不放权，导致二人不和，毛鸿翙遂去了蔚泰厚布庄。后二人相互拆台，连自己孙子的名字也叫成对方的名字，名正言顺地指桑骂槐。

商人，文化层次低，人们一笑了之。但是，文化大师也走火入魔，玩起了此等把戏。

法国启蒙运动的精神领袖伏尔泰，是著名的哲学家、文学家、史学家。他一生政敌无数，国王自然不敢招惹，但公侯伯子男却不放在眼中。伏先生喜欢养动物，尤其是猴子。他养了四只猴子，分别叫弗莱隆、博麦尔、农诺特、弗兰克·德·庞比尼昂。可别小瞧这四只猴子，个个都在当时的法国赫赫有名。朋友听过伏尔泰的介绍后都笑得岔过气，因为这四个名字可都是法国的名人啊！

伏尔泰是如何对待四位"名人"的呢？

生活上没亏待它们，好吃好喝不说，住的也不赖。不愧是启蒙思想家，绝对人道。这些工作做完后，伏尔泰就得有点作为。他把那个名字带"德"的猴子抓来，照着屁股就是一脚，不带

"德"的猴子要么耳朵遭拧，要么鼻子遇刺，要么尾巴被踩。有时伏先生可喜爱它们了，竟然把神父的帽子戴在它们的头上，神气极了。要知道，在那个时代，神父在全社会受到尊敬。那四个猴子跑到外面，眼睛不好的说不定会跪着向它们忏悔呢。当然，被国王豢养的那些人发现，伏先生保不住要在烈火中永生，那个布鲁诺已经实践过一次了。

（原载《法学家茶座》2016 年第 4 期）

不可思议的事情

最近在读西美尔的《货币哲学》。该书在谈到英国的卖官鬻爵时认为，卖官鬻爵造成的效果是买官者力争当好官，因为他不可能为了一些微不足道的渎职行为而情愿丢官，这样他就太得不偿失了。西美尔认为在小规模的古代城邦中，单单一个人不诚实不至于动摇整个社会的根基，因为社会只有非常小的一部分奠基在货币经济之上，人际关系简单透明，很容易保持平衡。而在现代高度复杂的公众生活环境中，货币经济数不胜数的地下力量延伸到各个方向，官场的贿赂行为就具有大得多的负面影响。

看来，英国人买官只是为了过把官瘾，而中国人则不一样，要加倍地捞回投资。

（原载《法学家茶座》2016 年第 4 期）

议会的暴政

英国史学家阿克顿无疑是史学界的明星，他的名言"绝对的权力带来绝对的腐败"在腐败泛滥的中国引用率极高。近一二十年，他的著作接二连三地被介绍到中国，其中包括《法国大革命讲稿》这一名著。

国外有关法国大革命的论著可以说是汗牛充栋，国内翻译的著作也不少。但同样的史实，同样的史料，出于不同人的手笔，结论就会迥异。大史学家一般都具有点石成金的本领，能从常人熟知的史实、史料中发现新问题、得出新结论。阿克顿就是这样的史学家，在本书中，他的新见迭出，总结出不少对我们有用的经验。

以往，我们常常注意并谴责的是君主的暴政、行政官员的暴政、法官的暴政和乱民的暴政，却忽视了一个必须认真对待的问题，即议会的暴政。而阿克顿在《法国大革命讲稿》一书中却把此问题明确地提了出来，指出法国大革命的暴政在很大程度上就是议会的暴政。

那么，法国大革命为什么会造成议会的暴政呢？阿克顿认为法国革命与英美革命存在根本的区别。法国革命的主要领导者所要追求的目标是大众民主政体，而英美革命的领导者所要追求的目标是自由政体。目标若是自由政体，那么，君主和贵族在对其权力进行制度性限制的情况下就可以被接受，君主立宪制和有贵族参与的议会就可保留。目标若是大众民主政体，那么，君主和贵族制度在任何情况下都不能保留，所有权力应该毫无限制地交给人民。法国大革命的主要领导者受卢梭的思想影响甚深，极力主张主权在民，认为人民的主权至高无上，无论是立法权还是治理权，人民都享有绝对的权力；而且人民与政府不一样，永远都不会犯错误，这就排除了限制人民权力的任何理由。由于在理论上人民享有绝对的权力，所以，君主立宪制是不可能在法国实行的。又因为人民的意志只能有一个，不能互相制约，所以，两院制议会也不能实行，只能实行单院制议会。至于联邦制，阿克顿认为那是对制约绝对民主起天然作用的制度。阿克顿深深地意识到，民主制度不仅可能是虚弱无力的和不明智的，也可能是专制的，带有压迫性的。而联邦制是限制绝对民主的很好的办法，它能使中央与地方适度分权，限制权力的滥用。但遗憾的是，联邦制由于同样限制人民的权力，也被法国大革命的领导人摈弃。这样，在"人民主权至高无上"的口号下，法国确定下来的是单院制的议会，权力不受任何限制。这样的议会权力确实非常大，效率也确实非常高，但它犯的错误特别多，在历史上造成的恐怖也非常罕见。在民主的旗帜下造成了恐怖，确确实实够得上议会的暴政。

　　我国的人民代表大会制度与法国大革命时期的公民议会制度在许多方面比较接近，法律规定人民代表大会及其常务委员会的权力在许多方面也是没有限制的，所以，在我国，防止议会的暴政也具有现实意义。2003 年发生在河南的李慧娟事件，从中可以看出"议会暴政"的一丝影子。

洋人在中国闯红灯

　　许多到过西方国家的人，都异口同声夸赞西方人能自觉地遵守交通规则，即使在夜半一人的情况下，也不闯红灯。但近日我却亲眼看到四位西方的洋人，两男两女闯了红灯。不过地点不是纽约，不是伦敦，不是巴黎，而是中国的西安。

　　西安，我在这座城市已生活了 30 多年。这些年，我去过国内的许多大城市，可以说，西安在国内大城市里交通秩序算是最混乱的，行人闯红灯司空见惯。1980 年代，没人敢闯红灯，因为警察在抓。到了 1990 年代的前期，警察对闯红灯的人就不太管了，睁一只眼闭一只眼就过去了。既然警察态度这么友好，闯红灯的人便越来越多。发展到今日，不管红灯亮不亮，不但妹妹大胆地往前走，而且老大爷们也大胆地往前走。至于小学生们，有大人们的身教，那阵势只能用鱼贯而入形容。既然中国人都如此，入乡随俗，外国人也不愿傻站在那里，也跟着闯红灯的中国人肩并肩勇敢地往前走。

　　不遵守交规的中国人到了外国自觉地遵守起了交规，而遵守交规的外国人在中国却自觉地闯了红灯。可见我们生活的这片酸性土壤是得改造一下了，否则会把好东西腐蚀掉。

（原载《法学家茶座》2016 年第 4 期）

美国法官为何敢替坏人说话

　　国人一定还记得刘涌案，二审法院以"可能存在刑讯逼供"为理由，把黑社会头子刘涌从死刑立即执行改判为死缓。虽然一些学者认为这是程序正义的胜利，是走向法治的一个勇敢的举动，但公众却不买账，舆论哗然，激起了一片声讨。最高法院不愿让法院系统担个祖护坏人的"不良记录"，不得不"屈尊"再审，使刘涌到了该去但却实在不愿去的地方。

　　但是，在美国，法官的胆可大了，说"胆大包天"算是小瞧了他们，只有用"肆无忌惮"形容才恰当。他们赤裸裸地替坏人说话，而不用玩小伎俩，比如用"专家意见书"作挡箭牌，著名的米兰达案就是例证。米兰达用汽车劫持并强奸了一位白人姑娘，既有受害者的指认，也有米兰达的供述，侦探也没有像一些中国警察那样经常干些与嫌疑犯身体有关的体力活：刑讯逼供。按说米兰达被判刑是板上钉钉的事，不会有问题的，事实上，初审法院也是火眼金睛，裁定米兰达有罪。然而，美国最高法院那些七老八十的法官却勇气可嘉地亮出了肌肉，公然向公众叫板，替坏人米兰达说话，不但这个不折不扣的强奸犯无罪释放，而且还整出个"米兰达规则"，替天下坏人说话。要不是米兰达素质太差，惹恼了老婆，揭发了其强奸的犯罪事实，使其重回监狱故地，这才失去了躲在"阴暗的角落里"嘲笑法官的机会（当然，倘若美国的监狱修建得不够豁亮，米兰达的机会仍然没有失去）。

那么，美国法官为何敢替坏人说话？这与美国文化有关。

美国人有一种根深蒂固的观念，认为罪犯作恶是有限度的，并且容易消除；而政府作起恶来，能量大，危害巨，消除不易。正如美国著名大法官霍姆斯所说："罪犯之逃之夭夭与政府的非法行为相比，罪孽要小得多。"所以，定要采取"野心必须用野心来对抗"（汉密尔顿语）的措施，防范政府及其工作人员作恶。在制度设计上，美国先哲对天使缺位的"具有一种侵犯性质"的政府部门的权力，"通过给它规定的限度在实际上加以限制"（麦迪逊语）。这就使稍有疏忽便会作恶的政府在作恶道路上无所事事、荒废精力。由此我们不难理解，美国社会竟然同情甚至歌颂与警长武力对抗的电影《第一滴血》中的主角兰博，使这个除了他尊敬的上校，无人、无法律、无武器可阻止的人成为英雄。明乎此也就理解了当小人物米兰达一脸污垢地站在最高法院那些饱经风霜的大法官面前时，那些在中国人看来似乎站错位的大法官竟然向小人物伸出了"援助"之手，推翻了此前各审级的有罪判决，使审理该案的几级法院要不是米兰达老婆的"友情"相助就成了错案追究的对象。如此明目张胆地替坏人说话，尽管反对的公众不少，但却远没有形成燎原之势，比例大概超过不了最高法院通过"米兰达规则"5∶4的票比。而且随着时间的推移，当初反对最烈的警务部门不但不反对了，还希望维持现状，因为遵守"米兰达规则"并没有降低破案率。

反观中国，几千年来，在制度设计上，对政府完全不设防，因为政府是追求至善的，怀抱的理想常比老百姓要远大。政府为达目的，可以不择手段，打打老百姓的屁股，圈养蚁民以限制其自由，砍杀几个不听话的刁民都是必要的。司法部门虽然不是政府的一个部门（在历史上府县一级行政司法部门常合二为一），但往往自觉地与政府站在一边，惩戒那些不服政府管教的刁民。日久天长，老百姓也习以为常，所以，不仅法院不愿替坏人说话，即使法院偶尔慈心大发，替坏人说几句话，老百姓也不答应。

当然，美国法官敢替坏人说话还因为身正不怕影子斜。美国立国二百多年，法官犯贪者寥寥无几，只需扳指头就能数清。尤其是 20 世纪以降，法院好多年才蹦出一个贪官，跟出土文物一样，太稀罕了。而中国呢？新中国成立后仅一个甲子，法官中涌现的贪官就有点令人眼花缭乱，扳指头可是无法数过来的，只能用计算器。仅深圳、武汉、阜阳等地的中级法院及湖南高院出现的窝案，其贪官人数就令人惊心动魄。而"吃了原告吃被告"的那种贪官生活的最高境界在美国只会出现在魔幻小说中。正因为自身干净，才有公信力，才敢作出惊世的判决，才敢替坏人说话，老百姓虽觉判决"出格"，但却能原谅他们——因为他们没有谋私，心肠不坏，甚至未雨绸缪，替大家着想，免得将来某一天被警察"无端"骚扰。

研究文化的人都知道，中国思维重直觉，西方思维重逻辑。重直觉的结果是概念模糊，用词多歧义，缺乏明确的界说，拒绝任何规则的限制，让人摸不着头脑；思维混乱，用词多独断，没有详细的论证；表述思想往往超出逻辑之外，不讲"充足理由"。一部《论语》，一部《道德经》，分别用"仁"、"道"二字把中国读书人搅得昏天黑地，至今争论不休，高深得远超大学问家孔乙己念念不忘的回字的四种写法。而这种思维在法律中的体现就是把判决书当骈文来写，读起来韵味十足，除了额外的不收费的文学熏陶以外往往让当事人不得要领。重逻辑的结果是概念清晰，判断准确，推理严密，说理透彻。这些思维特点在判决书中的体现就是说服力特强。中国固有思维虽经欧风美雨侵袭，但至今仍焕发出勃勃生机，产生着巨大影响。比如刘涌案，辽宁省高院的二审判决就用模糊的词语写道："不能从根本上排除公安机关在侦查过程中存在刑讯逼供"；"鉴于其犯罪的事实、性质、情节和对社会的危害程度以及本案的具体情况，对其判处死刑，可不立即执行"。云南的李昌奎案也是如此。一审、二审认定事实一样，但判决结果迥异。为什么要改判呢？二审与一审判决理由的简洁媲美，压根儿就不想搞出有说服力的论证，似乎判决书是写给那些有慧根的人看的，靠的是"顿悟"、"会意"，凡人就免读了。但是，美国法官所写的判决书就不一样了。用逻辑思维熏陶出来的这些法官，事说得清，法讲得明，理析得透。他们似乎对书写判决书理由有一种天生的癖好，不写得让人"惊奇拍案"就不肯罢休。如此，人们对其判决自然容易接受。

（原载《法治周末》2011 年 12 月 20 日版）

法律文化的数学解读

考察西方法律文化，会发现数学对其有着巨大的影响，西方的许多法律观念、法律制度、法律体系都是在数学观念的影响下产生的。

数学为何会对西方的法律观念、法律体系、法律制度产生如此大的影响？这是由于西方文化把数学视为理性的化身，在数学的基础上发展出了数学理性，成为西方理性精神的核心。所谓数学理性，就是在对自然界的研究中，采取客观的、定量的、超验的、简单的思维趋向，追求确定性的知识，注重演绎推理。数学理性是在西方社会孕育和发展起来的一种精神文化和价值体系。它孕育于古希腊文明，伴随着近代西方自然科学的发展而成熟和定型。由于数学理性影响了西方逻辑，影响了西方人的思维方式，因此，数学理性对西方文化的影响是全面的，几乎各个学科都受其影响，法学也不例外。现代中国法律的观念、体系、制度主要从西方移植而来，所以，从数学角度解读西方法律文化，会对现今我国法律文化有更深更新的理解。

数学对法律文化有哪些具体影响呢？

一是使法典体系由松散变得严密。古希腊数学家欧几里得流传下来一部影响仅次于《圣经》的书，这就是《几何原本》。欧几里得用23个定义、5个公理、5个公设，经过演绎推理，把

《几何原本》里讲的 465 个定理全部推导出来，犹如用一条金线把一堆散乱的珍珠串起来。可别小瞧了欧几里得的这个穿金线的"手艺"，《几何原本》的诞生不但在数学史上，而且在思想史上都具有划时代的意义。这根把珍珠串起来的金线，就构成了几何学的学科体系。《几何原本》的极大成功，使之成为一种范式，迅速地影响到其他学科领域。近代的法学家曾借鉴公理化方法对法典体系进行建构，使以往松散的法典体系变得严密起来。如《拿破仑法典》、《德国民法典》等近现代著名法典在制定过程中都曾借用了公理化方法。

二是使罪刑法定原则得以确立。确定性是数学的一个重要特点，任何学科都比不上数学的确定性。受数学确定性的影响，从笛卡儿开始，寻求确定性成为近代西方哲学追求的主要目标，亦是近代启蒙思想家想要解决的主要问题。所谓法定，就是对确定性的追求。罪刑法定也就是对罪刑的确定性的追求。罪刑法定思想在古代已有萌芽，但由于追求确定性尚未成为人们思考问题的范式，所以，罪刑法定原则难以成为一项法律原则。由于笛卡儿哲学极为关注确定性问题，把确定性问题看作形而上学思考的前提，而且不承认任何东西在具备绝对的确定性之前为真，这就为人们接受罪刑法定原则奠定了思想基础。罪刑法定原则正是在此文化大背景下形成的。

三是使西方法学更加重视学理。与中国古代法学相比，西方法学非常重视学理性研究，几乎每一个大法学家都有自己独特的理论体系。西方法学重视学理与西方法学的哲学基础有关，而西方哲学重视学理与西方哲学深受数学影响具有极大的关系。西方人重视数学，自然就会重视演绎推理，这是因为演绎推理的最典型、最重要的应用就存在于数学证明中。若没有数学，就不会有亚里士多德形式逻辑中的演绎推理。亚里士多德形式逻辑中的演绎推理是从古希腊演绎数学的基础上发展而来的。没有演绎数学就没有演绎推理，演绎推理只不过是演绎数学中公理化方法在逻辑中的成功运用。演绎数学的出现，对于西方哲学和西方法学重视学理有重大影响。

四是使西方法学更加关注程序。中国传统法律文化是不大注重程序法的，更为关注的是实体法；而西方法律文化却是实体法与程序法并重，甚至更为关注程序法，其中一个重要原因在于西方法律文化受数学影响极深。我们知道，亚里士多德的形式逻辑是从数学中得出来的。古希腊人在发现正确的数学推理规则时就已奠定了逻辑的基础，亚里士多德只不过是把这些规则典范化与系统化，使之成为一门独立学科。而西方的数学和逻辑都非常注重形式，西方注重形式的思维方式就是在数学和形式逻辑的影响下形成的。西方不但在法律中注重程序法，而且在自然科学、社会科学各个学科中都注重形式。例如，"为艺术而艺术"就是从古到今西方许多艺术家提出的口号。

五是对自然法学派、历史法学派、功利主义法学派和实证主义法学派的影响。考察16—18世纪的哲学理论，可以发现，最为哲学家看重的是数学的公理化方法，即从不证自明的公理出发，经过严格的逻辑推理，得出必然性的结论。运用公理化方法首要的是确立公理。公理必须简单、直观、不证自明。自然法学派受此影响，借鉴公理化方法，以确立人类社会不证自明的公理。自然法学派把那些多如牛毛的法律追溯到几条原则，视作自然法的公理，运用演绎法，推演出新的法律体系。自然法学派所确立的基本公理有：法律面前人人平等，私有财产神圣不可侵犯，契约自由，等等。这些公理成为近现代法律的基本内容，推动了法治理论的发展。

近代以定量代替定性科学方法的确立是从伽利略开始的，经过牛顿的发扬光大，到了19世纪，定量分析方法已获全胜，在各个领域都取得了辉煌的成就，以致德国著名社会学家西美尔说"把质化约为量"是"我们时代的一个主要趋势"。由于近代注重量化分析方法，从而形成了一个信念，即最高的价值植根于日常生活中，植根于这种生活的每一环节中。所以，强调"习俗"和"日常生活细节"的历史法学派正是在这种理论背景下形成的。

边沁创立的功利主义法学不仅是理性的、演绎的，而且是定量的。边沁所说的功利原理也就是最大幸福和最大快乐原理。边沁认为幸福和快乐都是可计算的，立法因此成了代数问题。所以，功利主义法学是受定量分析方法影响较大的法学流派。

实证主义法学的创始人是边沁和奥斯丁。边沁把功利主义法学的定量分析方法应用到实证主义法学。实证主义法学采用的方法有社会调查、资料统计和定量分析、历史考察等。通过这些方法得到的事实是可以观察和用数学描述的。可以说，没有数学，便没有实证主义法学，事实真相便无法精确地反映。

（原载《光明日报》2013年3月26日第11版）

数学：理性的化身

一

　　现代人很难想到，在十七八世纪的欧洲，数学会对文学产生重大影响。当时的文学，从语言、语法形式、语言风格到文学内容，无不受数学的影响。许多文学大家竞相模仿数学，日常会话变得像数学那样抽象，海洋成了充水的平原，天空成了碧蓝的穹隆，火枪成了水平的管子，鸟成了有羽毛的带子。人们普遍认为数学论文或数学演算的文章叙述细致明确、清晰明了，作家们纷纷模仿这一质朴的风格。于是，著名数学家的文章成了文学典范，笛卡尔、帕斯卡、伽利略、牛顿等人的文章风格被人竞相模仿。在这种情况下，文章风格自然会发生极大的变化，暗语和象征由于不够精确而被取消，倒装句由于不符合思维顺序而被清除，华丽的语言由于华而不实而被摈弃。当时文风的特点是：清晰，匀称，准确，简明，对形式、节奏、对称性结构和韵律有建筑师般的本能，严格遵守固定的模式。①

　　由于诗歌语言不够准确、明晰，所以，诗歌在那个时代是遭

---

① ［美］M. 克莱因：《西方文化中的数学》，张祖贵译，九章出版社 1995年版，第 282 页。

到贬斥的，被认为是"天才的妄言""职业谎言家的作品"。洛克
说诗歌所给予的只是悦目的图画和宜人的景象，这些与真理和理
性相悖，见到理性之光的人无需诗歌。边沁则说诗歌什么也不
是，它满篇都是伤感和模糊的词汇的堆积，这些蹩脚的声音只会
使野蛮人感到高兴，而有头脑的人却对此无动于衷。当时的评论
家认为一位诗人首先应该是一位数学家，要成为优秀诗人，就必
须通晓几门科学，具有数学头脑。在诗中，秩序、明晰、平衡、
和谐是追求的目标。双行史诗最受青睐，因为它具有平衡性和对
称性，还因为它的形式类似于一个等比数列。如果诗中想象力过
于丰富，感情过于奔放，作者不但进不了文学界的"圈内"，而
且还有可能被看作精神不正常的人。

与诗歌的凄惨境况不同，散文步入辉煌，进入鼎盛时代。散
文受青睐的原因在于，散文与事实相连，感情色彩较诗歌淡了许
多，适宜于表达理性。当时人认为，一个人可以有诗一样的感
受，但却应该用散文的形式来思考。受此观念影响，几千年在
文学殿堂居主位的诗歌被散文取代了（这里所说的散文是一个
大概念，包括小说、书信、游记、日记以及狭义的散文等文学
形式）。从此，小说对社会的影响越来越大，成了文学创作的
主要形式。

当然，在那个时代，受数学影响的不仅仅是文学。

近现代西方法律中的一些极其重要的内容都是在数学的影响
下产生或确立的，如西方的人权理论，其基本原则就是在数学的
公理化方法影响下产生的。运用公理化方法首要的是确立公理。
公理必须简单、直观，不证自明。自然法学派借鉴公理化方法，
把那些五花八门的法律追溯到几条确定的原则，作为自然法的公
理。然后，他们从公理出发，"以欧几里得般的精确性，推演出

人类全部的道德义务和法律义务"①。格老秀斯之后的 17 世纪人们普遍接受自然法同几何学公理类似的看法。由于自然法学派所确定的公理内容差不多都是人权的基本内容，这就为人权理论奠定了基础。公理是不证自明的，说明人权是生来就有的，是不可剥夺的。人权理论的基本原则以精辟的口号式的公理形式出现，无疑大大提升了人权理论的地位，使人权理论进一步神圣化，既便于广泛宣传，也便于人们树立内心的确信。这些以公理形式出现的人权理论以后就成为美国的《独立宣言》和法国的《人权宣言》的重要内容之一，以后更成为美国宪法和法国宪法的重要内容之一。这充分说明了数学对西方国家的宪政也有着重要的影响。

数学对罪刑法定原则的确立起着至关重要的作用。黑格尔说："从笛卡尔起，哲学一下转入了一个完全不同的范围，一个完全不同的观点，也就是转入主观性的领域，转入确定的东西。"② 我国著名哲学家张世英先生说："寻求确定性是西方近代哲学的主要目标。"③ 对启蒙思想深有研究的美国学者维塞尔指出："推崇理性的思想家们想要解决的根本问题是确定性的问题。"④ 这就是说，追求确定性是近代西方文化的大背景，所谓法定就是对确定性的追求。在近代之前，就曾有罪刑法定的思想，

----

① ［美］爱德华·S. 考文：《美国宪法的"高级法"背景》，强世功译，生活·读书·新知三联书店 1996 年版，第 61 页。

② ［德］黑格尔：《哲学史讲演录》（第 4 卷），贺麟、王太庆译，商务印书馆 1978 年版，第 69 页。

③ 张世英：《天人之际——中西哲学的困惑与选择》，人民出版社 1995 年版，第 168 页。

④ ［美］维塞尔：《莱辛思想再释——对启蒙运动内在问题的探讨》，贺志刚译，华夏出版社 2002 年版，第 44 页。

但却没有得到社会的广泛共鸣，没有上升为刑法中的一项基本原则，一个极其重要的原因就是追求确定性尚未成为人们思考问题的范式。而近代哲学之所以追求确定性，其思想渊源就是数学的确定性。① 笛卡尔是近代哲学之父，他的哲学是在数学的影响下产生的。笛卡尔的名言"我思故我在"就是追求确定性的尝试。

数学对西方民主制度的形成与发展也有着重要的影响。古希腊的米利都学派哲学家大都是数学家，他们用几何学家的眼光看待世界，他们的自然哲学具有一个显明的特点，即几何学性质。他们把对自然世界的构思投射到一个空间背景上，这种空间背景具有几何学的性质。这种对自然界的解释完全摒弃了宗教迷信的色彩。哲学家阿那克西曼德认为地球处于宇宙的中心，与天体圆周所有点的距离都相等，因而保持不动。地球不需要任何支点和根基，不受任何东西的统治。阿那克西曼德有关新宇宙模式的观点表明了组成宇宙的各种力量是平等和对称的，任何自然力量都不能占据和支配一切，自然界的最高权力只属于一种平衡和互动的法则，这就有别于神话赋予人们的那种等级世界的结构、秩序和法则。这种新宇宙模式对古希腊人的世界观产生过深远的影响，古希腊的城邦制度就与新空间观念密切相关。由于新宇宙模式具有中心，所以，城邦的社会空间也有中心。城邦中受到重视的是"中心"而不是"最高层"，过去处于"最高层"的主权或其他等级特权不再受到人们的膜拜。"中间者"在城邦中最为重要，因为他们与各级的距离都相等，是维护城邦稳定的基本力量。② 公众集会

---

① 对此问题的详细论述参见何柏生：《法律与作为西方理性精神核心的数学理性》，《法制与社会发展》2003 年第 4 期。

② ［法］让-皮埃尔·韦尔南：《希腊思想的起源》，秦海鹰译，生活·读书·新知三联书店 1996 年版，第 111 页。

广场是公共空间的中心，凡是进入其中的人应该被视为平等的人。总之，"中心"的政治含义、几何含义和自然含义相互影响，使古希腊几何平等的思想不但在自然观上有所影响，而且在政治领域都有过重要影响。几何平等是一种自然平等，古希腊人追求与自然一致的生活。这种通过自然平等论证人类社会平等的思维方式，在某种程度上通过自然法而流传后世。

另外，数学还对西方的法典体系、法律的科学化、法律条文的抽象化等都有重要的影响。这些受数学影响的法律内容都是西方法律文化的核心，是西方文明的重要组成部分。这就是说，西方法律文化是深受数学影响的。

其实，岂止是文学、法学，在西方，几乎所有学科都受到数学的影响，正如美国著名数学史家 M. 克莱因所说：在西方文明中，数学一直是形成现代文化的一种主要的力量。数学在工程设计中具有极其重要的实用价值，在物理科学理论中起着核心作用。数学决定了大部分哲学思想的内容和研究方法，摧毁和构建了诸多宗教教义，为政治学说和经济理论提供了依据，塑造了众多的绘画、音乐、建筑和文学风格，创立了逻辑学，而且为我们必须回答的人和宇宙的基本问题提供了最好的答案。作为理性精神的化身，数学已经渗透到以前由权威、习惯、风俗所统治的领域，而且取代它们成为思想和行动的指南。最为重要的是，作为一种宝贵的、无可比拟的人类成就，数学在使人赏心悦目和提供审美价值方面，至少可与其他任何一种文化门类媲美。① 的确，数学在西方文化中的地位是许多中国人所无法理解的。若说数学

① ［美］M. 克莱因：《西方文化中的数学》，张祖贵译，九章出版社 1995 年版，前言。

对自然科学有着巨大的影响，中国人会点头称是；若说数学对社会科学有着巨大的影响，中国人也无多大异议；但若说数学在西方文化史上曾起过哲学、宗教那样的作用，具有文化解释的功能，除了一些对西方文化有深入了解的人外，大多数中国人则会显出疑惑的表情。

二

要说数学为什么会对西方文化产生那么大的影响，还得从古希腊谈起。

如果把其他文明作为一个参照系，那么，古希腊人无疑是一群怪人。当其他文明中人的话语都还集中在神鬼身上时，古希腊人却从散发着海腥味的口中，蹦出一串当时世界上其他文明中的人听不懂的词语：理性、逻各斯、本原、公理……

古希腊人不是数学的创始者，比他们文明悠久几千年的巴比伦、埃及，在古希腊文明诞生之日，就把一叠厚厚的写满数学试题的纸草书和羊皮纸交给了他们。这些聪慧的幼儿，不但很快把试题正确地解了出来，而且解法特别新颖。巴比伦人、埃及人创立的数学是经验数学，而古希腊人则把经验数学发展为演绎数学，这是数学发展史上一个伟大的里程碑。经验数学采用的是经验的法则，重视实际技艺，数学结论对否往往由经验确定。经验数学的根本缺陷在于，结论不具有确定性。而古希腊人成功地把演绎法植入数学之中，把经验数学发展为演绎数学。演绎数学不但使数学结论具有了确定性（前提确定，推出的结论必然确定），而且可以抛开时空的限制，对无限广阔的时空进行研究，使人类认识和研究问题的视角扩大了许多。

尽管获得结论的方法有多种，如类比法、归纳法、反复试验法，而且各种方法都有缺陷，但希腊人还是执拗地认准了演绎法，把演绎法作为数学证明中唯一的方法。"它使得数学从木匠的工具盒、农民的小棚和测量员的背包中解放出来了，使得数学成了人们头脑中的一个思想体系。在这以后，人们开始靠理性，而不是凭感官判断什么是正确的。正是依靠这种判断，理性才为西方文明开辟了道路。因此，希腊人以一种比其他方法更为高超的方法，清楚地揭示了他们赋予了人的理性力量以至高无上的重要性。"①

如果说把演绎法作为数学证明中唯一的方法是希腊人在数学发展史上的第一个贡献，那么，把数学抽象化则是第二个贡献。对埃及人来说，一条直线只不过是一段拉紧了的绳子，或者地上画出的一条线。但对于希腊人来说，一条直线完全是抽象的，既源于实际中存在的直线，又不等同于实际中存在的直线。希腊人将物质实体从数学概念中剔除，仅仅留下了外壳。《几何原本》对点的定义是：点是没有部分的；对线的定义是：线只有长度而没有宽度。这就把点和线抽象化了，不再是现实中存在的点和线了。希腊人更注重"理念"，认为物质实体是短暂的、不完善的和易腐朽的，而抽象理念则是永恒的、理想的和完美的。希腊人认为数学思维为心灵做好了更高级思维形式的准备。"通过使心灵抛弃对可感知和易逝事物的思考，而转向对永恒事物的沉思，这样数学就净化了心灵。这种超度的方式，通过数学达到了对真、善、美的理解，并进而接触到上帝。"② 更因为数学在希腊带

---

① ［美］M. 克莱因：《西方文化中的数学》，张祖贵译，九章出版社 1995年版，第 30 页。

② ［美］M. 克莱因：《西方文化中的数学》，张祖贵译，九章出版社 1995年版，第 33 页。

有抽象化的特征，所以，哲学家格外看重数学。柏拉图就认为，数学是为哲学做准备的，数学家所处理的抽象观念跟其他的抽象观念，比如善良、公正，是同一类的。柏拉图在他的学园门口写下了"不懂几何学者不得入内"的名言。

希腊人不但把数学作为一门学问进行研究，更重要的是，他们认为世界的本原是数。毕达哥拉斯提出"万物皆数"的哲学观点，认为具体事物是由立体构成的，立体是由平面构成的，平面是由线构成的，线是由点构成的，点则归结为"一"或单位，从而认为数和几何图形是构成具体事物的本原。留基伯、德谟克利特、柏拉图等哲学家都认为世界是由数和几何结构构成的。这一哲学观点不但对希腊，而且对后世的思想影响都非常巨大。我们且不论"万物皆数"观点是否正确，这一观点的提出本身就具有重要的哲学意义，它表明自然界不是神秘的，是可理解的，从而强调了理性的重要作用。

谈论希腊的数学，自然绕不过欧几里得的《几何原本》。《几何原本》在历史上的印刷数量仅次于《圣经》，不过，它对人类文化的影响却要远大于《圣经》。《几何原本》的内容大多是现今初中、高中几何课本里所学内容。当然，《几何原本》的内容不限于几何，还涉及一部分代数。《几何原本》里讲了465个定理，这些定理除了极少数外，绝大多数都不是欧几里得自己发现的。欧几里得的贡献在于，他用23个定义、5个公理、5个公设，经过演绎推理，把465个定理全部推导出来。《几何原本》的诞生不但在数学史上，而且在思想史上都具有划时代的意义。《几何原本》的体系让欧几里得搞得如此严密，简直让人叹为观止。试想想，全部定理都由这些不证自明的定义、公理、公设推导出来，前面的被证明了的定理往往成为后面尚未被证明的定理的推理前提；一个定理，完全是抽象的、脱离实际的想象、理论虚设，经过几十次甚至上百次的演绎推理，把结论拿到实际中进行检验，竟然丝毫不差。这是怎样的震撼?! 这是理性的伟大胜利! 也许在欧几里得《几何原本》诞生之前，许多人还在怀疑理性的伟力，但《几何原本》的诞生，便彻底地把这些人对理性的顾虑打消了。所以，人类历史上的杰出思想家并不仅仅局限于哲学领域、政治领域、宗教领域、法学领域、经济领域、社会学领域，思想名著也可用数学符号写成，如欧几里得的《几何原本》。洛克说牛顿是杰出的思想家，欧几里得也是一位丝毫不比牛顿逊色的杰出思想家。《几何原本》的极大成功，使之成为一种范典，迅速地影响到其他学科领域。其他学科领域也采用《几何原本》所采用的公理化方法构筑学科体系。所以，与中国古代所形成的各门学科相比，西方的各门学科理论体系普遍严密，这不能不说在很大程度上是《几何原本》的一大功劳。

也许有人要说，西方各门学科体系严密的功劳要归功于逻辑学。其实，考察逻辑学的起源与发展可发现，几何学在其中起了主要作用。从亚里士多德的著作中可以十分清楚地看出，他是从数学中得出逻辑学的。古希腊人在发现正确的数学推理规律时就已奠定了逻辑的基础，亚里士多德只不过把这些规律典范化和系统化，使之成为一门独立的学科。① 当然，逻辑学形成后，由于体系更加系统和完善，对数学的发展也会产生巨大的推动作用。但是，作为演绎推理的典范，《几何原本》对后世的影响比亚里士多德的逻辑学更大，许多人是在看了《几何原本》以后才认识

① ［美］M. 克莱因：《古今数学思想》（第 1 册），张理京等译，上海科学技术出版社 2002 年版，第 62 页。

到理性的巨大威力的。另外，《几何原本》就是很好的逻辑教材，欧氏几何体系是演绎逻辑的实践基地。许多人未必系统地学过逻辑，但在初等教育中，欧氏几何却是要学的，通过学习欧氏几何也在一定程度上代替了逻辑学的学习。

在古罗马由于太讲实用，在中世纪基督教统治下的欧洲由于太讲信仰，它们对抽象而又潜藏着理性精神的数学是不重视的。但中世纪末期，在西方基督教世界，一个新的观念开始确立：上帝是依照数学而设计了自然界。此观念古希腊人就有。在中世纪晚期，东罗马帝国的大批学者携带希腊古籍逃到西欧，把此观念传播给了西欧。从此，西方科学家在上帝的旗帜下，开始了探求自然界的数学规律。西方科学从此揭开了新的一页。一方面，由于研究了数学，就了解了自然，了解了自然，就发展了科学与文化。这样，数学观念就贯穿到别的学科门类中去了，数学就起到了文化解释的作用了。另一方面，当数学处于思想意识层面时，已有的学科门类也自觉地借鉴数学观念、数学方法，对自己加以改造，使数学观念和方法更加深入这些学科门类中去。

近代学者也继承了古希腊学者用数学解释世界本原的观点。伽利略认为，宇宙是用数学语言写成的，没有数学语言的帮助，人们对宇宙一个字也读不懂。开普勒认为，数学关系表达了世界的本质。笛卡尔认为，现实世界是在时空中可用数学描述的物体运动的总和，整个宇宙是通过数学原理建立起来的庞大的、和谐的机器，科学以及事实上任何用来建立顺序和测量的原理都可归于数学。牛顿被誉为发现了藏在黑暗中的自然法则。牛顿三大运动定律的发现，使科学家更加确信宇宙间一切都可用数学来解释。

在近代，科学的数学化成为科学家追求的目标。康德说：“在任何特定的理论中，只有包含数学的部分才是真正的科学。”科学的目的是为了寻求数学描述而不是物理解释。科学家发现了一个量化了的世界，他们用数学公式代替所描述的物理现象。量化了的世界也是精确化了的世界。定量的、数学化的方法构成了科学的本质。科学在内容、语言和方法上越来越趋向于数学化。

谈数学作为理性精神的化身，自然不能不谈数学对哲学的影响。我们知道，哲学是时代精神的精华，自然也是文化的精华，而西方数学又是西方理性精神的化身，所以，西方数学与西方哲学的关系是非常密切的。数学思想和方法在很长时间内一直支配着西方人对自然界的态度，决定着西方人对待宗教和社会的态度。可以说，在西方哲学史上，绝大多数一流的哲学家在创构哲学体系时都受过数学的影响，而且许多哲学家所受过的影响是决定性的。西方人常说是几何学家的成果启蒙了哲学。古希腊哲学家不但懂数学，而且，从毕达哥拉斯开始，哲学家大都认为世界是依照数学设计的，数的规律与宇宙的规律是一致的。在古希腊，受数学影响较深的哲学家有毕达哥拉斯、赫拉克利特、巴门尼德、芝诺、德谟克利特、柏拉图等人。近代西方哲学家受数学影响的比比皆是。近代哲学的奠基者笛卡尔所创立的哲学体系就带有数学化的特征，具有更多的理性精神。笛卡尔的哲学打垮了神学与哲学的联盟，使神秘的、非理性的东西在人们的观念中少了许多。笛卡尔的哲学再一次证明了数学方法在人们对真理的探索中具有巨大作用。笛卡尔之后的哲学大家如霍布斯、斯宾诺莎、莱布尼茨、康德、黑格尔等人的哲学体系都深受数学的影响。数学是近代理性主义哲学家理论大厦的基石，是推翻现存世界的杠杆支点，是建造新秩序的主要工具。数学被认为是获取真理的最有效工具。数学推理是一切思维中最纯粹、最深刻、最有效的体现。数学规律普遍地存在于自然界中，各个学科都要与该领域的数学规律（与自然规律等同）相适应，概念和结论都要在数学的关照下重新定义。在非欧几何出现之前，数学一直是知识的典范，处于理性的最前列。就知识的精确性而言，数学是一种理想，牵引着知识的列车奋勇向前。就知识的确定性而言，数学是真理的化身，只要推理的前提正确，结论则是无误的。正因为如此，从古希腊到19世纪上半叶，认为数学是真理、理性的化身，是确定知识的典范，这一观念为数学吸引了最深刻、最著名的思想家。关注并研习数学，在西方不仅仅是数学家的事情，也是思想家的事情（马克思就很精通数学）。西方思想家曾一度（18世纪）竭力为所有问题寻求数学的解决办法。他们对数学方法在科学中的应用非常自信，企图把数学方法扩大到所有知识领域。

三

对数学是真理、理性化身观念致命一击的是非欧几何的发现。《几何原本》里的第五公设是：如果一条直线与两条直线相交，使得一侧的内角不都是直角，则如果将这两条直线延长，它们在内角不都是直角的直线一侧相交。第五公设也称平行公设。19世纪上半叶，经过高斯、鲍耶，特别是罗巴切夫斯基的努力，在对第五公设进行研究的过程中，发现在欧氏几何之外，还存在另一种几何，即非欧几何，这说明欧氏几何的真理性是有条件的。非欧几何的发现，使数学丧失了确定性，也使以往人们视数学为绝对真理的看法改变了，最终人们把数学从神圣不可侵犯的庙堂赶了出来。人们认识到以往视为绝对真理的数学原来竟是经验的产物，存在着那么多的瑕疵。数学是理性化身的观念开始动摇了。数学规律究竟是客观规律，还是人造的，人们开始产生怀疑。非欧几何的诞生是人们思想的一次大解放，对包括哲学在内的许多学科产生了不可估量的影响。

［原载何柏生：《法律文化的数学解释》（附录），商务印书馆2015年版］

质疑韦伯的一个著名观点

一

　　韦伯是社会学家中的巨擘，其巨著《经济与社会》不但对社会学贡献巨大，而且对政治学、法学、经济学、宗教学、管理学等学科贡献巨大。对法学来说，韦伯的贡献莫过于提出了法律形式合理性理论，认为形式合理性的法律就是法治社会中的法律。这就等于给法治社会的实现提出了一个具体的奋斗目标和完成步骤。尚未实现法治的国家只需按照法律形式合理性的要求对法律进行改造，就可成为法治国家。

　　韦伯在《经济与社会》一书中重点对法律形式合理性形成的过程做了论述，认为法律形式合理性在形成过程中起重要作用的因素主要有宗教仪式、罗马法形式化、经济理性化和法律职业化。如果局限于法学领域，韦伯的观点似乎是有一定道理的；如果从整个西方文化角度来看，韦伯的观点在理论上很难站住脚，因为他的观点无法解释整个西方众多学科为什么都具有形式化的特点。

二

　　我们知道，通过对中西方文化进行对比就可发现，中国文化的突出特征是重视实用理性，而印度文化的突出特征是重视宗教理性，西方文化的突出特征则是重视数学理性。西方文化也重视实用理性、宗教理性，但与中国文化、印度文化相比，西方文化中的数学理性是别的文化所没有的，这是它与别的文化的最重要的区别，从而构成其最鲜明的特征。

古希腊是西方文明的家园，西方文明的重要特征在古希腊时就烙上了深深的印记。古希腊第一个哲学家泰勒斯在爱上哲学之时也爱上了科学、数学。从此，在古希腊就形成一个传统，研究哲学的人往往也是科学家、数学家，哲学大师许多就是科学大师、数学大师。这个传统一直延续到西方的近代，如笛卡尔、帕斯卡、莱布尼茨无不如此。连马克思这样缺乏数学天赋的思想巨人也在孜孜不倦地做着数学笔记，演算着数学习题。只是到了19世纪以后，学科越分越细，哲学家对科学再也无能为力，即便如此，在一些科学领域内，哲学家也大显身手，如数理逻辑。

古希腊对数学的发展影响最大的人物要数毕达哥拉斯。毕达哥拉斯证明了勾股定理（这是中国的叫法，西方称为"毕达哥拉斯定理"），也就意味着把经验数学发展到了演绎数学。古巴比伦、古埃及的数学也很发达，但它们的数学知识是在生产、生活经验的基础上总结出来的，而古希腊的数学知识大多是学者坐在书斋中靠着演绎推理方法得出的。古希腊人是在演绎数学的基础上发展出演绎推理的。亚里士多德是形式逻辑的创始人，他的逻辑学主要是在几何学的基础上创立的，尤其是三段论推理。在亚里士多德的形式逻辑创立之前，数学中公理化方法已经产生，亚里士多德借鉴公理化方法创立了三段论推理。所以，亚里士多德的形式逻辑带有数学的特征，这一点许多学者已有共识。著名逻辑学史家威廉·涅尔和玛莎·涅尔认为："希腊逻辑的一个趋势大都是由考虑如何把几何学表述为演绎系统的问题所决定的。"
美国著名的数学史家莫里斯·克莱因在《古今数学思想》一书中
指出："亚里士多德的一个重大贡献是创立逻辑学。希腊人在搞
出正确的数学推理规律时就已奠立了逻辑的基础，但要等到有亚
里士多德这样的学者才能把这些规律典范化和系统化，使之形成
一门独立学科。从亚里士多德的著作中，可以十分清楚地看出，
他是从数学得出逻辑来的。"

那么，带有数学特征的亚里士多德的形式逻辑具有什么特点
呢？我们只要把亚里士多德的形式逻辑与中国古代名辩学和印度
古代的因明学相比较，就可发现亚里士多德的形式逻辑带有形式
化的特征。中国古代的名辩学和印度古代的因明学以对话、辩论
的原则和技术作为主要的研究对象，而亚里士多德的形式逻辑主
要以几何学作为研究对象。我们知道，数学概念没有直接的现实
原型，因为数学对象是现实世界的空间形式和量的关系，没有具
体的物或场与之对应。由于没有直接的现实原型，它的形式就非
常的突出。亚里士多德的形式逻辑就借鉴了数学的这一特性，撇
开了具体的内容，单从形式结构方面研究思维，用字母等符号表
示逻辑变项，并用逻辑变项代替构成推理具体内容的成分。而印
度古代的因明学和中国古代名辩学缺乏对推理的形式结构的研
究，也没有用字母等符号表示逻辑变项，并用逻辑变项代替构成
推理具体内容的成分，所以，其形式化特征就不明显，对推理内
容非常注重，尤其墨辩逻辑更是如此。当然，墨家学派对数学也
是关注的，在《墨子》一书中就有研究数学的内容，但在古代中
国，也包括古印度、古埃及、古巴比伦等文明古国，数学都是经
验数学，经验的几何学本身就缺乏形式化，而不像古希腊的数学
早已发展为演绎数学，演绎的几何学注重推理、证明，注重形式

化。可以说，古希腊的几何学一直引领着逻辑的发展。正是从这个角度，爱因斯坦指出："西方科学的发展是以两个伟大的成就为基础，那就是：希腊哲学家发明形式逻辑体系（在欧几里得几何中），以及通过系统的实验发现有可能找出因果联系（在文艺复兴时期）。"在这里，爱因斯坦把欧几里得几何学与亚里士多德的形式逻辑视为一体，原因是二者都采用了公理化方法，都采用了演绎推理。所以，亚里士多德创立的三段论及其规则"成为在数学领域之外用数学方法写书的第一个人"。

逻辑影响着思维方式，对一种文化的影响非常巨大，决定着文化的特点和发展方向。亚里士多德的逻辑学就决定着西方文化的特点和发展方向。因此，西方文化的一大特点就是追求形式化，在各个学科领域内都有体现。在自然科学领域内，各个学科追求的一个基本目标就是程式化，其表现就是公式、定理、规律、基本原理的广泛运用。西方的语法、修辞、美学（可涵盖文学、美术、音乐、建筑等学科领域）等学科都重视形式。在西方，从古希腊迄今，主张美的形式重于美的内容的学者构成多数。哲学大师康德就曾说："在一切美的艺术中，最本质的东西无疑是形式。"众多作家、艺术家追求"有意味的形式"，信奉"为艺术而艺术"的创作信条。当然，作为时代精神精华的哲学也深深地受数学、逻辑的影响，在不断地形式化。

在这里，有必要指出，归纳推理也是逻辑学的重要组成部分，但在西方文化传统中，归纳推理的地位远比不上演绎推理。培根推崇归纳法，却没有说它是逻辑。到了19世纪，密尔才称归纳推理为逻辑，但大多数逻辑学家对之并不认可，原因是归纳推理并不必然地得出结论，缺乏演绎推理的必然性，从而失去其权威性。现代逻辑又回到演绎推理的道路上，强调必然性地得出结论。这说明，归纳推理在近现代科学发展的过程中地位虽然重要，但在逻辑发展史上，在对西方文化形式化的影响上，其作用无法与演绎推理相比。

三

西方的法律文化是西方文化的重要组成部分，在其发展过程中自然会受西方文化注重形式化特点的影响，而且这一特点是在逻辑影响下产生的，是思维方式的影响，所以，带有决定性的因素。

韦伯认为法律形式合理性在形成过程中起重要作用的因素主要有罗马法形式化、经济理性化、法律职业化和宗教仪式。其实，细加分析，就会发现，罗马法形式化是在亚里士多德形式逻辑的影响下形成的。如果说古希腊的自然法对罗马法的影响主要表现在内容方面、价值取向方面，那么，古希腊逻辑对罗马法的影响主要表现在技术风格方面，即形式化方面。经济理性化也就是实行数目字管理，采用统计学和复式簿记等数学方法。财务管理是数目字管理的核心。在经济领域内实现数目字管理，意味着经济活动的各个环节都可用数目字表示，表明经济活动已经理性化，经济管理已经科学化。法律职业化影响到西方法律注重形式化，看似有道理，但若不是在逻辑思维、数学思维影响甚大的西方，未必就会形成法律的形式合理性。注重形式未必会节省成本，有时甚至会浪费财力、人力。为了及时处理纠纷，也可增加司法人员，或使实体法细密化。当然，宗教仪式对法律的形式化也有影响，特别是早期的法律，但绝不是决定性的影响，否则，伊斯兰教、佛教、印度教等宗教所及的国家法律，也会注重形式化的，但事实上并非如此。

总之，近代西方文化有一个理性化、形式化的过程，而数学是理性的化身，是形式化的强大推动力量。法律在理性化、形式化的过程中，以数学为榜样，改造自己。西方法律形式合理性的形成尽管原因众多，但决定性的原因应是数学影响的结果。

（原载《法学家茶座》2014 年第 3 期）

第二辑 —— 望尽天涯路

拥有法学知识背景的社会精英

　　阅读名人传记，常常发现法学领域以外的许多名人早年曾在校攻读过法学专业，或通过其他途径系统地学习过法学知识。

　　整个写作生涯差不多都在为债权人打工的巴尔扎克（1799—1850）大家都很熟悉。他无疑是历史上最伟大的作家之一。年轻时，巴尔扎克曾在大学法律系统地学习过法律，以后又在律师事务所当见习生，看到过形形色色的家庭内幕和尔虞我诈的社会现象，这为他日后的文学创作提供了丰富的生活素材。

　　被称为"英国小说之父"的亨利·菲尔丁（1707—1754），给世人留下了《汤姆·琼斯》这样的鸿篇巨制。钱锺书在写作《围城》时借鉴过《汤姆·琼斯》中的一些幽默的写作手法。笔者在阅读《围城》时对钱老先生的幽默惊叹不已，但阅过《汤姆·琼斯》后，方知钱老先生的老师原来隐居在此。亨利·菲尔丁早年在荷兰莱登大学修习法律，因家庭财力不足，就读一年即辍学，遂以戏剧为谋生手段。由于触怒政府，无法演出，生活没着落，三十岁时再习法律，三年后取得律师资格。先任治安法官，后任伦敦首任警察厅长，写小说对他来说属于业余爱好。但就是这个业余爱好，却给他带来了盛名，使他成为闻名世界的文豪。

　　弗兰西斯·培根（1561—1626）是近代归纳法的创始人，是一位革新了人类价值体系和思维方式的哲学巨人。他智力超人，十二岁就上了剑桥大学，攻读神学和形而上学。大学毕业后，又自学法律，获得律师资格。培根长袖善舞，官运亨通，担任过总检察长和大法官。他留给后人的法学名言是："一次不公正的裁判，其恶果甚至超过十次犯罪。因为犯罪虽是冒犯法律——好比污染了水流，而不公正的审判则毁坏法律——好比污染了水源。"培根的成就主要体现在哲学和文学上，但他的哲学思想在方法上对法学研究起了很大的作用。

特奥多尔·蒙森（1817—1903）是获得诺贝尔文学奖的史学家，是《罗马史》的作者。蒙森在大学接受的是法学教育，曾获法学博士学位，在法学研究领域留有《罗马公法》、《罗马刑法》、《民法集》等著作。最初他研究的是罗马法，以后扩及对整个罗马史的研究，最终成为他那个时代"最伟大的历史写作艺术大师"。《罗马史》"既有完整而广泛的学术价值，又有生动有力的文学风格……他的直觉能力与创作能力，沟通了史学家与诗人之间的鸿沟"。

约瑟夫·熊彼特（1883—1950）是《经济分析史》和《资本主义、社会主义和民主》两本书的作者，是闻名全球的经济学家。这样一位经济学家，年轻时获得的却是法学博士学位，并且开过夫妻店之类的律师事务所。

在经济学家中，获得过法学博士学位的还有弗里德里希·哈耶克（1899—1992）、卡尔·门格尔（1840—1921）、欧根·冯·庞巴维克（1851—1914）等人。获得过法学学士学位的就更多了。

法学属于社会科学，它对社会科学内的各学科之间的影响自然是巨大的，所以，拥有法学知识背景的人从事法学以外的其他社会科学学科的活动应该是自然的，且是容易的。但是，在历史上，却有许多拥有法学知识背景的人从事了自然科学的研究。

哥白尼（1473—1543）的日心说标志着近代自然科学的开始。《天体运行论》的发表，犹如晴天霹雳，震撼了欧洲大地。日心说是天文学上的一次伟大革命，引起了人类宇宙观上的一次重大变革，沉重地打击了神权的统治。哥白尼大家熟悉，但知道他拿过法学博士学位的却不多。哥白尼就读的第一所大学是意大利的博洛尼亚大学，该所大学成立于 11 世纪，是西方第一所真正的大学，比巴黎大学、牛津大学、剑桥大学成立得都要早。哥白尼在博洛尼亚大学攻读的专业是教会法。此后，他又在帕多瓦大学、费拉拉大学学习法学，并在后一所大学获得教会法博士学位。回国后，哥白尼当了教士，在工作之余，开始了天文学研究，经过几十年的研究，终于在临死前出版了饱含着毕生心血的巨著——《天体运行论》。

拉瓦锡（1743—1794）是化学界的牛顿，他批判了燃素说，创立了氧化学说，使质量守恒定律得以确立，化学从此步入了一个崭新的时代。拉瓦锡是一个富有的律师的儿子，1743 年诞生于巴黎。尽管他对自然科学有兴趣，但在选择专业时却还是落了当时的"俗套"——选择了法学。大学毕业后，他取得了律师执业证书，准备以法学为业。然而，科学的魔力实在太大，他最终还是从律师事务所逃到了实验室，搞起科学研究来了。这一搞就搞出来了个伟大的化学家。

哈勃（1889—1953）是有史以来最伟大的天文学家之一，被称为"星系天文学之父"。发现宇宙在膨胀是他最主要的贡献，现代天文学中的许多理论都是建立在他的发现之上。1990 年，美国宇航局用航天飞机将一架造价 30 亿美元的太空望远镜送上了太空，这架太空望远镜的清晰度是地面天文望远镜的 10 倍以上，其观测能力相当于从华盛顿看到 1.6 万千米外悉尼的一只萤火虫。这架望远镜的芳名叫哈勃太空望远镜，用以纪念美国的天文学巨人——哈勃。哈勃年轻时先在芝加哥大学天文学院取得了理学学士学位，后到牛津大学学习法律。毕业后回到美国，开办律师事务所。律师的高收入并没有拴住他那颗迷恋天文的心。不久，他重返芝加哥大学，再次学起了天文学，并取得了天文学博士学位。

在所有拥有法学知识背景的人中，在自然科学诸学科中，以从事数学研究的人最多。

因初中数学中有一个韦达定理，于是许多中国人知道了韦达（1540—1603）。但大多数人对韦达的生平并不清楚。韦达是法国数学家，确切地说是业余数学家。因为韦达在大学学的是法律，毕业后也一直从事与法律有关的工作，曾做过法国行政法院审查官和皇室私人律师、最高法院律师。韦达的业余时间全用于从事数学研究，成为法国 16 世纪最伟大的数学家，被称为"代数学之父"。韦达曾用他的数学知识为祖国服务，在法国与西班牙的战争中破译了西班牙的密码信件，气得西班牙人咬牙切齿，说他是巫师，要教皇治他的罪。

费马（1601—1665）也是法国著名的业余数学家，1631 年获奥尔良大学民法学学士。费马当过律师、议员，去世前两天还在办理案子。费马被称为"业余数学家之王"，位居一流数学家之列。他给后世数学家留下来的"费马大定律"，使多少人费尽了心血。1995 年英国数学家安德鲁·怀尔斯终于解开了这道难题。费马的业余爱好简直太多了，他精通法语、拉丁语、希腊语、西班牙语、意大利语，写过诗，研究过哲学。公职如此繁忙，业余爱好又如此多，他如何在数学上取得杰出成就的呢？这里顺便说说法国当时一项值得中国人学习的好制度。那时法国法律有一项规定：为了避免在履行职责时因受贿或其他原因而腐化，议员必须避开他们的同乡，避开不必要的社交活动。这一规定便给费马从事大量的业余活动提供了空闲时间。

在数学家中，拥有法学知识背景的人还有许多，如荷兰数学家维特（1625—1672）、胡德（1628—1704）、惠更斯（1629—1695），德国数学家莱布尼茨（1646—1716）、哥德巴赫（1690—1764）、麦比乌斯（1790—1868）、魏尔斯特拉斯（1815—1897），英国数学家泰勒（1685—1731），法国数学家笛卡尔（1596—1650）、比丰（1707—1788）、达朗贝尔（1717—1783）、蒙蒂克拉（1725—1799）等等。

那么，法学知识背景对这些社会精英的事业有无帮助呢？

对有些社会精英来说，法学知识背景对他们确实帮助不大。

俄罗斯音乐大师柴可夫斯基，曾上过法律专科学校，并在法务部做过办事员。工作四年后，年已二十三岁的柴可夫斯基才辞职到音乐学院学起了音乐。假如他提早就在音乐学院学音乐，或许出名更早，贡献更大。

近代哲学之父笛卡尔在二十岁时曾获得过法学学位，但他在法学上没有什么称道的建树，也没从事过法律实务工作。以他的聪明才智，如从事法学研究，定会有重大的斩获。然而，他却对法学没兴趣，且遗产丰厚，也不需靠法学知识谋生。这样，法学界给世界贡献了一位一流的哲学家和一流的数学家，自己却损失惨重。笛卡尔取得的法学学位对他来说没有多大意义。

对有些社会精英来说，法学知识背景对他们帮助是蛮大的。一般来说，从事社会科学以及文学创作的社会精英拥有的法学知识背景对他们的事业帮助较大，有些甚至帮助巨大。

　　奥地利小说家卡夫卡是西方现代主义文学的先驱和大师。他从小喜爱文学，但迫于父命，不得不进入大学学习法律，直至取得法学博士学位。法学博士文凭不但帮他取得了保险公司的职位，而且对他的文学创作益处多多。卡夫卡有部长篇小说名叫《审判》，描写了司法制度的虚伪和腐败。《审判》有一段精彩的描述，兹录如下：

　　　　法律门前站了一个守门人，有个乡下来的人朝守门人走去，请求他允许他进入法律的门内。然而守门人说：此刻不能入内。乡下人仔细考虑，然后就问：以后是否允许他入内。"以后有可能"，守门人说，"可是此刻不行。"因为大门像往常一样敞开着，守门人看在眼里，大笑着说："如果里边的东西对你那么有诱惑力，你可以不顾我的禁令，竭力闯进去。不过你得注意，我很强大。而我只不过是守门人中最微不足道的一个。从大厅到大厅，守门的人接二连三，一个比一个强大。第三个守门人已经那么可怕，连我也瞧瞧他都受不了。"这些都是这个乡下人没有料到的困难；他原来认为：法律应该确确实实是人人随时都可以接近的。然而，如今他仔细看看那个守门人，穿着裘皮外套，生着大而尖的鼻子，长而稀的黑色鞑靼胡子，他就打定主意：还是得到允许后再进去好。守门人给他一个小凳子，让他坐在大门的一边。乡下人在大门口坐了好几天，好几年。……

　　卡夫卡要人们知道：法律之门似乎为你开着，但永远无法进入。假如卡夫卡没学过法律，他能否以司法制度的虚伪和腐败为题材就很难说了。法学知识背景无疑对卡夫卡的文学创作起到了锦上添花的作用。

司各特（1771—1832）是英国著名作家，以写历史小说而闻名于世。在大学学的也是法学。他最难忘的是"苏格兰法"这门课程。这门课程由一位知名法学家讲授，这位法学家不是照本宣科的英雄，而是讲故事的能手。他用许多生动具体的案例，解读苏格兰法的演变过程，深深地吸引了司各特。司各特从而了解了苏格兰的历史传统和风俗习惯，对他后来的文学创作帮助极大。大学毕业后，司各特又当了律师，承办了形形色色的案件，案件中的许多人物成了他小说中的原型。

高尔斯华绥（1867—1933）是一位获得诺贝尔文学奖的英国作家。他遵从父愿，进入牛津大学学习法律，毕业后，成为律师。父亲鼓励高尔斯华绥学习海洋法，希望他能成为这方面的专家，为此特为他安排了一年的环球航海旅游。然而，高尔斯华绥对文学实在太痴迷了，环球航海旅游不但没坚定他成为海洋法专家的信念，反而使他下定最后的决心奔向文学的圣殿。高尔斯华绥放弃了律师职业，专事写作。尽管高尔斯华绥后来在文学创作上极有成就，但他却时时感谢父亲，正是父亲让他拥有了法律知识，为他的文学创作增添了光彩。他的小说和剧本涉及许多法律事务，由于他精通法律，所以都写得真实准确。他对资产阶级法律机器腐败现象的刻画入木三分，显示了行家里手的水准。

摩尔根（1818—1881）是美国人类学家，著有《古代社会》一书。摩尔根在大学学的是法律，终生以律师为职业。摩尔根家乡附近生活着易洛魁人，童年时，他就与他们交往，熟悉他们的风俗习惯。当律师后，他常替易洛魁人辩护，赢得了他们的信任，被收为养子，这就为他研究易洛魁人提供了方便。经过四十多年的研究，《古代社会》一书终于在 1877 年问世，成为人类学的名著。

德国学者韦伯（1864—1920）在中国学界有着非常高的知名度。他曾获得过法学博士学位，干过律师。尽管他后来以社会学家知名，但早年学过的法学知识对他的社会学研究帮助巨大，只要翻开他的名著《经济与社会》就会清楚这一点。《经济与社会》在中国法学界引用率极高，尤其是有关法律内容的论述部分。

获得诺贝尔经济学奖的哈耶克，获得过法学博士和政治学博士学位，但后来，他从事的却主要是经济学的研究。当然，他的许多书也涉及法学和政治学，甚至就是法学专著和政治学专著。所以，他的法学博士和政治学博士学位没有白拿。

还有许多学者，他们拥有的法学知识尽管对他们成就的事业没有多大帮助，但他们却用来谋生，得以安心从事他们喜爱的工作。

德国哲学家、数学家莱布尼茨获得过法学博士学位，使他得以进入外交界。以后又担任一位公爵的法律顾问，衣食有了保障，才好从事哲学、数学研究。

凯莱（1821—1895）是英国数学家，在大学学的一直都是数学，毕业后出任剑桥大学的助教、研究员，由于校方要他出任圣职，他便辞职进入英国林肯法律学院；后从事律师工作，一干就是十四年。他有着极好的口才，办事干练，收入颇丰，为从事自己喜爱的研究积攒了足够的钱。他脑瓜聪明，工作效率非常高，十四年律师生涯，发表的数学论文就达 300 多篇。待他得到数学教授席位，就与律师界作揖道别。

除了法学领域外，应当说，在政界，拥有法学知识背景的社会精英最多。美国总统中的一半就曾干过律师。

在经济领域内，拥有法学知识背景的社会精英也很多。笔者手边有本美国学者史蒂文·普雷斯曼著的书，名曰《思想者的足迹——五十位重要的西方经济学家》，介绍了历史上最重要的五十名西方经济学家。这五十名经济学家，其中学过法律的有十二位，具有法学博士学位的有四位，名字已见前。

在作家中，拥有法学知识背景的社会精英占有相当的比例。据笔者对吴富恒主编的《外国著名文学家评传》中所收录的195名作家的统计，拥有法学知识背景的作家有28人，约占14%。

在自然科学领域，特别是数学领域，拥有法学知识背景的社会精英也占一定比例。但20世纪以后，这一比例明显下降。

在一些领域内，拥有法学知识背景的社会精英很少，如人类学、心理学领域。据美国学者 Rom Harré 著的《他们改变了心理学——50位杰出的心理学家》的记载，拥有法学知识背景的心理学家只有一人。

美国学者迈哈尔·H. 哈特写过一本《历史上最有影响的一百人》的书，入选的人物没有一位是纯粹的法学家。但在学校中接受法学教育的人却有10人，加上身兼法学家的亚里士多德、柏拉图、洛克、圣·奥古斯丁、卢梭、马基雅维利，共有16人。这还不算那些著名的立法者，如查士丁尼一世、拿破仑等。这就说明，在以往几千年人类的历史中，法学教育的影响是巨大的，证明了法学作为一门显学的崇高地位。

随着社会的发展，在自然科学领域内，拥有法学知识背景的社会精英越来越少；而在社会科学领域内，人数不会有显著的变化。这是因为，社会科学领域内的各学科，它们具有家族相似性、共性、普遍性较多，学了法律后，若兴趣有了转移，再搞别的学科较易，甚至具有优势。而在自然科学领域内，各学科已向纵深发展，从法学已很难再转过去。况且，现在是工业化社会，谋生的途径多，不再靠法学解决温饱问题，人类学、心理学领域拥有法学知识背景的社会精英很少的原因就在这里。这两门学科发展较晚，从业人员靠本专业知识就可谋生，不用借靠法学。

历史上，有些社会精英与法律专业擦肩而过。

达·芬奇是意大利文艺复兴时期最伟大的画家。在当时，绘画被看作低人一等的职业，父亲希望达·芬奇能子承父业，成为一名律师。但达·芬奇对绘画实在太喜爱了，立志要成为一名画家。达·芬奇为了说服父亲，就把父亲领到自己的卧室。父亲刚一踏进房门，就看见一条张着血盆大口、喷着火焰和毒气的恶龙向他扑来。老芬奇大叫一声，转身而逃。还是达·芬奇眼尖手快，一把把父亲攥住，说那不是真龙，是自己的画作。老芬奇把那幅画作仔细打量了一番，觉得儿子确有绘画天才，就满足了儿子的求学愿望。达·芬奇从此一心扑在绘画上，与法律再也无从续缘了。

16 世纪的宗教改革家马丁·路德（1483—1546）口若悬河，是个学法律的好苗子。谁知天上的一声惊雷阻却了他的法律之旅。1505 年 7 月 2 日，探望双亲的归途，突遭雷电袭击。他很害怕，祈求神明保佑，于是皈依基督，改学神学。这样，仅在法律大门内徜徉数月的他，就与法律拜拜了。

德国文豪歌德（1749—1832）"早岁哪知世事艰"，父亲掏着昂贵的学费，他却过着花天酒地的花花公子的生活。好在他脑瓜机灵，一旦浪子回头，荒废的学业很快就补上了。父亲拿过法学博士学位，他不甘落后，也拿了一个。谁知毕业后不久，他的小说《少年维特之烦恼》轰动全国，名有了，钱有了，与法律也就长别离了。

当然，大家都知道，马克思早年也学过法律，但敌不过黑格尔、康德的诱惑，毅然投入哲学的怀抱。天才就这样从法学界流失，实在痛惜！看来，法律由于太过功利的缘故，拴住的只是"小人"，思想巨人则嗤之以鼻。

（原载《法学家茶座》2008 年第 2 期）

法律只考虑正常人

《尤利西斯》是爱尔兰作家乔伊斯的长篇代表作，是西方现代派文学的扛鼎之作。1918 年，小说《尤利西斯》开始在美国报刊连载；1920 年，出版方被告上法庭。法官以小说有伤风化，会诱惑很多过于敏感的人为由，禁止发行。但到了 1933 年，法官却为此小说开禁，理由是法律只考虑正常人，不照顾那些时时等待着被诱惑的过于敏感者。

好一个"法律只考虑正常人"！应当说，这是该法官对法律的一个重要贡献，应当成为法律的一项重要原则。

许多法律，就是因照顾"那些时时等待着被诱惑的过于敏感者"而出台的。例如，1982 年，日本东京两位游客和一名司机发生争执，气头上一方用雨伞伞尖戳穿了另一方的咽喉，于是，日本法律作出规定：男子携带的雨伞伞尖必须平而粗，伞尖的直径不得小于六毫米；女子携带的伞尖直径则可小于一毫米。违者，则会遭受处罚。立法者之所以这么规定，就是因为对那些过于敏感者考虑过多。其实，在现实生活中，用伞尖作为犯罪工具的有几人？立法者何必小题大做。话说回来，要想犯罪，什么都可作为犯罪工具，立法者岂能禁得过来？不过，这类法律虽然没有"只考虑正常人"，在社会生活中给人造成小小的不便，但负面影响不大。而有些法律或执法部门却由于过多考虑"那些时时等待着被诱惑的过于敏感者"，给社会生活带来极大不便，且负面影响极深。

在我国，法律或执法部门对"那些时时等待着被诱惑的过于敏感者"考虑的就太多，从而影响了社会生活的丰富多彩，甚至有文化禁锢的嫌疑。1980年代，电视台放映美国电视连续剧《加里森敢死队》，有关部门就认为此剧会引发青少年犯罪，禁止播放。以后，包括《查泰莱夫人的情人》、《废都》在内的许多书籍、电影、电视剧都因为考虑那些过于敏感者而被禁止发行或勒令停映、停播。

法律只考虑正常人，也就是说，法律的制定和执行都要从正常人的理性、情感出发，不要迁就那些非理性的、情感过于脆弱的人。在正常社会中，那些非理性的、情感过于脆弱的人毕竟是极少数，他们的心理属于病态。比如"文革"中那个把纪念章别在胸部肌肉上的人，其心理就很难说是健康的。这类人就是标准的"过于敏感者"。如果让正常人迁就这类"过于敏感者"，那社会的丰富多彩就无从谈起，百花齐放就难以实现，思想多元化就永远是梦想。

年纪四十以上的人还记得美国前总统里根在1981年3月30日遭枪击一案，刺客是约翰·欣克利。据说，约翰·欣克利行刺里根之举是受了影片《出租汽车司机》的影响。大明星罗伯特·德尼罗在片中饰演一名越战退伍军人，企图谋杀总统候选人以引起其暗恋的女子的注意。约翰·欣克利暗恋女影星朱迪·福斯特（主演过《沉默的羔羊》等影片，三次捧得奥斯卡金像奖），为了引起朱迪·福斯特的注意，约翰·欣克利把影片《出租汽车司机》看了十五遍，仿照那位越战退伍军人刺杀里根。里根虽然身中一弹，但并未殒命。美国是法治国家，也没给精神病患者约翰·欣克利判刑，当然，"教唆"约翰·欣克利的影片《出租汽车司机》更没被禁映。这就是说，在处理约翰·欣克利刺杀里根一案时，美国法官严格遵守"法律只考虑正常人"的精神，没有牵连无辜。

"法律只考虑正常人"说起来容易做起来难。首先"正常人"的标准就难以判断。

美国罗得岛州克兰斯顿市有一名洗衣工在洗衣房工作时口干舌燥，就把几枚硬币投入自动售货机，想购得一杯咖啡。谁知自动售货机毫无反应，这位洗衣工折腾了半天也喝不上咖啡，就像鲁提辖痛打镇关西一样，挥拳向自动售货机打去。然而，这位工人不是鲁提辖，自动售货机也不是镇关西，自动售货机没被砸烂，洗衣工人的手却骨折了。洗衣工以工伤为由向劳工赔偿委员会申请赔偿金。该委员会没支持洗衣工，洗衣工便不依不饶地打起了官司。初审法院认为此案太荒唐，对洗衣工的行为不予支持。但州最高法院却认为，在机器时代，这位工人的所作所为是一种正常的行为，应该予以一定的赔偿。

发生在南京的彭宇案也很典型。彭宇是见义勇为，还是企图逃避撞人责任的"恶人"，暂且不论。本案主审法官的"精神分析"却够得上拍案惊奇。法官是这么分析的：如果彭宇是见义勇为做好事，更符合实际的做法应是抓住撞倒徐老太的人，而不仅仅是好心相扶；如果彭宇是做好事，根据社会情理，在徐老太的家人到达后，其完全可以在言明事实经过并让徐老太的家人将徐老太送往医院后自行离开，但彭宇未作此等选择，其行为显然与情理相悖。（不知该法官认可的情理是什么？难道他不知中国的一句俗语就是：好人做到底。）在医院，彭宇替徐老太垫付了二百多元钱，法官又"根据日常生活经验"，认为彭宇、徐老太素不相识，一般不会贸然借款。即便彭宇借款，在有承担事故责任之虞时，也应请公交站台上无利害关系的其他人证明，或者在向徐老太亲属说明情况后索取借条（或说明）等书面材料。但是，彭宇在本案中并未存在上述情况，所以，法官便坦然地（或悍然地）认定彭宇是恶人，应承担民事赔偿责任。彭宇案法官之所以遭到媒体和社会舆论的抨击，就在于他认为助人为乐者都属不正常的人，而且助人为乐者精神越高尚，按该法官的逻辑越该划归恶人，这就把整个社会的价值观念颠覆了。说该法官的心理阴暗一点不冤枉他，因为该判决书是"根据日常生活经验"，亦即该法官自己的日常生活经验作出的。

另外，一些制定、执行法律的人往往不是正常人，是道德亢奋者。在法律史上，许多法律和判例都是不正常人对正常人作出的，不少法庭审判的结果都是对是非的颠倒，对正常社会的扭曲。

学过法律、哲学的人都不会忘记公元前 399 年雅典的那场审判。成天光着脚片、不断找人谈话的"爱智者"苏格拉底，被人以亵渎神灵、传播异说、败坏青年的罪名告上了法庭。苏格拉底透过理性，对人的生命作了透彻的了解，完成了希腊哲学的伦理学转向，但却被自己城邦的人宣布为不正常的人并为此付出了生命的代价。

布鲁诺是哥白尼日心说的信仰者，提出了宇宙无限的思想，认为在太阳系外还有无数天体世界，丰富和发展了哥白尼的学说。他对宗教的看法更为激进，认为宗教对于统治那些无知的人们可能是有效的，但哲学家不应受宗教的束缚。这是一位正常人发出的正常话语，他却被宗教法庭视为大逆不道，烧死在火刑柱上。

张志新在非理性盛行的年代仅仅因为思想，仅仅因为说出了一些大白话，竟被残暴地结束了生命，而且在结束生命前被残忍地割断喉管。

古往今来，总有那么一些人，热衷于道德判断，认为自己手握真理，把超越自己理解程度的思想者视为罪犯，其结果，不仅扼杀了新思想，甚者还会戕害思想者的肉体。福柯说道：人们出于一种疯癫，"用一种至高无上的理性所支配的行动把自己的邻人紧闭起来"。那些道德亢奋者往往就是这么做的。不过，他们的宏愿可不仅仅是把"邻人紧闭起来"，他们的目标是整肃社会。

所以，对思想的启蒙是重要的。那些不正常的人制定的法律之所以畅通无阻，就是因为人类处于不成熟状态。康德说："启蒙运动就是人类脱离自己所加之于自己的不成熟状态，不成熟状态就是不经别人的引导，就对运用自己的理智无能为力。"所以，只有在正常理性，而不是非理性或至高无上的理性（实际上已成非理性）或他人权威的指引下，人类才会走出不成熟状态。

在康德时代，启蒙运动的重点主要放在宗教事务方面，因为统治者在艺术和科学方面没有向他们的臣民尽监护之责的兴趣。然而，在现在的社会，一些统治者在诸多领域都尽监护臣民之责，甚至臣民的吃喝拉撒都想管，在这方面甚至连普鲁士的腓特烈国王也不如。腓特烈国王当政时就允许他的臣民直言不讳地批评现行法律，提出更好地编撰法律的意见。

尽管想"整肃社会"的人不少，但这个社会正常的人还是越来越多，包括制定、执行法律的人和遵守法律的人。比如，同性恋者在以往几千年的岁月中多被视为不正常的人，遭到法律的严惩，而现在已不受法律处罚了，有些国家甚至允许同性恋者结婚。在我国，曾遭查禁的小说《查泰莱夫人的情人》、《废都》已重见天日，贾平凹也不再是"流氓作家"了。当正常人越来越多，法律对那些易受"诱惑"的人和易引起"敏感"的人"照顾"就有限了，这个社会的自由度就扩大了，社会就确确实实进步了。

还有一些法律也是不正常的人制定的。这些人精心制定的法律，却被人视为笑话。与其说他们是立法者，不如说是笑话创作者——幽默家。例如，在美国，新泽西州法律规定在公众餐馆里喝汤发出咕嘟咕嘟的响声会被捕；肯塔基州法律规定女子如果穿泳衣在街上行走，必须手持球棒或有两名警员陪伴；犹他州法律规定不得在正执行急救任务的救护车后座上做爱。美国联邦法律规定：不得与豪猪发生性关系；每周四晚上六点以后不得在办公室放屁。阿根廷1987年制定的一项法律规定，没有正当理由拒绝求婚的任何妇女，均应向失望的求婚人缴纳罚金。英国法律规定，如果男子在大庭广众之中发誓并在一年之内不与妻子吵架，就可从国库里领到一只火腿。日本法律规定，如果丈夫认为妻子睡姿不雅，就可提出离婚申请。这些法条被人们视为笑话，意味着法律的制定者不是正常人。这样的法律必须废除或修改，以免继续贻笑大方。

（原载《华东政法大学学报》2010年第4期）

从发现美国宪法逻辑漏洞谈起

　　哥德尔被认为是自亚里士多德以来最伟大的逻辑学家，是堪与爱因斯坦比肩的人。爱因斯坦把歌德尔对数学的贡献与他对物理的贡献相提并论。歌德尔不完全定理的发现，宣布了建立牢固数学基础的企图彻底破产，极大地推动了数学、逻辑、哲学等学科的发展。

　　哥德尔是奥地利人。奥地利被纳粹吞并后，他为了逃避迫害，逃亡到美国，供职于普林斯顿高等研究院，与在此工作的爱因斯坦成为要好的朋友。1948 年，哥德尔要加入美国籍，需经入籍考试。爱因斯坦和著名经济学家摩根斯坦作为见证人一同前往。按照规定，入籍考试要询问宪法中的问题，哥德尔就事先把美国宪法看了一遍，这一看不得了，研究数学和逻辑的哥德尔的眼光一下就瞧出问题来了，发现美国宪法存在逻辑漏洞，有向独裁制演变的逻辑可能性。摩根斯坦认为，歌德尔的假设可能性和似乎可行的补救方案包含一大串复杂的推理，不宜在入籍考试这样的场合提起。第二天一早，三人来到新泽西州首府特伦顿的联邦法院。面试的法官对歌德尔并不熟悉，但当见到两位赫赫有名的见证人时，肃然起敬，破例让他们在考试中一直坐着。法官对哥德尔说："到目前为止你一直拥有德国国籍。"哥德尔纠正说，他是奥地利人。法官继续说道："不管怎么说，那个国家曾处在罪恶的专制制度下。不过幸运的是，这在美国是不可能的。"当"专制"这个词像变戏法一样地蹦出时，一下子使歌德尔想起他"逻辑地"阅读美国宪法时的心得，面对法官，不由大声喊道："不，恰恰相反，我知道这如何可能发生，而且我可以证明。"哥德尔要把他的详细证明过程讲完犹如听天书的法官，两位见证人急了，忙上前制止，让哥德尔安静下来，以免他把冗长的"发现"说出来，让法官下不了台。

哥德尔的高超本领就是鸡蛋里挑骨头，从习以为常处发现问题，所以，他才成为杰出的数学家和逻辑学家。

我们从这个故事中可以发现，数学与法律有着密切的关系，有许多法律问题着实需要从数学角度解决。法学家"只缘身在此山中"而发现不了的法律问题或法律漏洞，数学家却能发现。

哥德尔发现的美国宪法的漏洞是什么呢？几本哥德尔的传记都没告诉我们。但我们从美国经济学家、诺贝尔经济学奖获得者阿罗的工作中可找到印证。阿罗提出的"不可能性定律"，从数学上严格地论证了西方民主制度与专制独裁之间并无鸿沟，表明了一个十全十美的民主选举在原则上是不可能的。美国著名经济学家，同样是诺贝尔经济学奖获得者的保罗·萨缪尔森说道："它证明了探索完全民主的历史记录下的伟大思想也是探索一种妄想、一种逻辑上的自相矛盾。现在全世界的学者们——数学的、政治的、哲学的和经济的——都在进行挽救，都试图挽救阿罗的毁灭性发现中能够挽救出的东西……"

数学由于具有严密性、确定性，所以，人们会更加认可从数学角度解决法律问题。而法律从属于社会科学，主观性、阶级性较强，因此，从法律角度来解决法律问题有时会带来困难，答案常常得不到普遍的认同。

　　数学和法律分属于自然科学和社会科学，似乎相差甚远，但数学的品格与法律的品格又相差很近。严格精确，客观公正，坚持原则，忠于真理，不屈服于权威，此乃数学的品格。在法治社会，数学的这些品格与法律的品格相差不大。所以，在许多国家的法学院，如英国剑桥大学法学院，数学是必修课程，学习数学并不仅仅在于传授数学知识，更重要的在于陶冶情操，锻炼思维。数学最重要的特征之一是"证明"。从古希腊开始，西方人就认为"证明"挑战的是权威，有助于知识的民主化。数学和逻辑都离不开证明，所以，它们是最高层次的学科，不了解这两门学科的人不能称为受过良好教育的人。

　　说到这里，使我不由得想起古希腊哲人柏拉图来。柏拉图在他的学园门口匾额上写着这样几个字："不懂几何者不得入内。"我们知道，柏拉图一生热衷于政治，总想辅佐"哲学王"成就一番事业。无奈乌托邦的鼻祖乃地地道道的书呆子，在现实政治中难有大的作为，心目中的"哲学王"实为僭主，到头来把他这个"哲学王"的老师卖身为奴，要不是朋友解囊相助，思想巨人此生休矣。让人难以理解的是，柏拉图难称政治家，但却是思想史上著名的政治学家，他创办的学园实际上类似于政治学校。他在政治学校门口挂这样的匾额其意何在？说白了，就是用数学精神熏陶学生，使学生在数学的引导下寻求真理。所以，从古希腊到现在，在西方，数学精神已经深入文化的深层，探求知识，寻求真理是离不开数学的。数学品格是培养合格政治人、法律人的一个极其重要的途径。美国总统林肯对此深有体会。他在当律师时，床头经常放着的一本书就是欧几里得的《几何原本》，书中所有数学定理的证明他都很熟悉。他除了用《几何原本》训练思维、使之周密外，更重要的目的是培养自己健全的法律人格。

其实，在西方政治家和法律人中，喜欢数学的还真不少。有些甚至由于喜欢数学而放下他的政治、法律事业，成为赫赫有名的数学家。这主要是由于数学与法律在根上是相通的。《拿破仑法典》是法律史上的一座丰碑，丰碑的设计师就是拿破仑。拿破仑不但喜欢数学，喜欢数学家（拿破仑因高斯之故而没有攻打耶拿），而且具有专业水平，留有"拿破仑定理"。拿破仑希望把法律化为简单的几何公式，使识字的人就能作出法律上的裁决。美国许多总统对数学都非常熟悉。第二十任总统杰姆斯·加菲尔德，是个倒霉的遇刺的总统，但钻研数学有成，以独特的方法证明了勾股定律。他说数学是一种思想体操，并且还调皮地声称，他的这个证明得到了两党议员的"一致赞同"。格老秀斯、霍布斯、普芬道夫、贝卡利亚、孟德斯鸠、莱布尼茨、斯宾诺莎、边沁等法学大家对数学极为重视，并把数学精神引入他们的法学研究中去。韦达、费马、笛卡儿、维特、胡德、惠更斯、莱布尼茨、泰勒、哥德巴赫、比丰、达朗贝尔、魏尔斯特拉斯、凯莱等著名数学家都曾接受过法学教育，有些当过律师、法官、议员，他们或把数学当作终身的业余爱好，或以数学为业。

在中国，既懂法律又懂数学的人很少。法律人的共识是学法律不需学数学，数学对法律的帮助不大。因此，除个别学校外，国内高等院校的法律专业普遍不开数学课。法律专业学生的数学知识很少，程度很浅。一般法律人提起数学头就痛，法律的数学化无从谈起。更可笑的是，有些人对数学不懂，别人一提起法律的数学化，他就本能地反对。其实，人家西方人反对法律的数学化是因为懂数学，知道法律数学化会带来某些弊端。而我们的反对者根本不懂数学，跟在人家后面瞎起哄。仔细分析，西方学者并不一味地反对法律的数学化，反对的只是不该数学化的地方数学化，该数学化的时候他们赞成的态度可是很坚决的。

法律是一门科学，而科学就在于寻找规律性和客观性。数学在帮助别的学科寻求规律性和客观性方面具有特殊的作用。在人文社会科学中，经济学是数学化程度最高的学科，诺贝尔经济学奖的设立其中一个重要原因即在于经济学的数学化程度高。所以，在人文社会科学中，经济学中的定理、定律特别多。这些定理、定律就是经济学中的规律，有许多就是借助于数学寻找到的。所以，法律的数学化程度越高，这门学科中的定理、定律就越多，从而说明在法律中寻找的规律越多。

人们一般认为，社会科学的客观性要比人文科学高。哲学属于人文科学，法律属于社会科学，按说，法律的数学化程度要比哲学高，但事实恰恰相反。目前，哲学中的基本概念大多都可以用数学来表达，如微积分为渐变建立了数学模型，突变论为突变建立了数学模型，耗散结构理论为互动建立了数学模型，概率论为偶然性建立了数学模型，定量数学为因果关系和必然性建立了数学模型，模糊数学为模糊问题建立了数学模型，系统论、信息论、控制论为全面描述世界建立了数学模型，就连或然无序、随机变化、混沌等以往让人棘手的问题，现在都建立了数学模型。国外许多学者撰写的哲学书，数学公式比比皆是，不知看晕了多少不懂高等数学的中国学者。这充分说明，比起哲学来，法律的数学化程度远远不够，任重道远。

法律的数学化并不意味着法律都要与我们（我国法律人整体的数学知识只限于初等水平）目前一看就晕的高等数学打交道，有时，法律的数学化其实很容易。例如，在震惊世界的美国辛普森案中，律师在替辛普森辩护时所用的数字其实就是量化的运用，就是在运用数学中的概率。

1994 年 6 月 12 日深夜，在洛杉矶西部一高级住宅区的一栋别墅里，著名的黑人橄榄球明星辛普森的前妻尼歌·布朗·辛普森与其男友餐馆侍应生郎·高曼被发现身中数刀，惨死家中。警方没找到目击者，四名侦探来到辛普森住所，在门外发现辛普森白色的不朗哥型号汽车染有血迹，车道上也发现血迹。按铃无人回应，侦探爬墙而入，在辛普森家的后园找到一只染有死者血迹的手套和其他证据。案发后的翌日早上，警察见到辛普森，发现辛普森左手受伤。辛普森解释说是接到前妻死讯过于激动打破镜子而受伤的。警察经过调查，辛普森遭到指控，以一级谋杀罪被起诉到法院。

被害人律师以辛普森经常殴打辱骂妻子作为辛普森可能杀人的证据。辛普森的辩护律师引用统计数字指出，平日遭受丈夫暴力侵犯的妻子被丈夫杀死的比例不到 0.1%，因此，以辛普森平时的所作所为来推测他是凶手是站不住脚的，难以服人。

在案发现场取到的 DNA 样本与辛普森的一致。一般来说，两个人的 DNA 样本一致的概率只有万分之一，所以，控方认为辛普森是凶手。但辛普森的辩护律师指出，洛杉矶市有 300 万人，与 DNA 样本一致的就有 300 人，辛普森只是 300 人中的一个，他杀人的概率只有三百分之一。若判辛普森有罪，误判率高达 99.67%（299/300）。

在案发现场，留有凶手的脚印以及血迹。脚印与辛普森的鞋码一样，而辛普森的左手恰有匕首划过的伤痕。辩护律师辩解说这个世界与辛普森鞋码大小一样的人和左手留有伤痕的人不计其数，这样的证据对于断案没有多大价值。

就这样，辛普森这个许多人认为是杀人凶手的人在深通概率的律师辩护下，竟逃脱了法律的惩罚。

其实，在辛普森一案中，法官和陪审团成员如果精通概率，辛普森辩护律师的理由根本就不值一驳。辛普森的妻子已经死亡了，所以，这时就不能考虑杀害妻子的人与殴打妻子的人的比率，而应该考虑平时经常遭受家庭暴力的女性，在非正常死亡的情况下，作为施暴者的丈夫被证实为杀人凶手的概率有多大？据统计，这个概率是80%。此数字自然对辛普森极为不利。

另外，由于辛普森已经是犯罪嫌疑人，所以，也不应该把他置于一大群人中（300万人），而应把他置于"可能的犯罪嫌疑人"群体中考虑。这个群体人数就少多了，与DNA样本一致的恐怕除辛普森外再无他人。

最后，从整个案子来说，同时满足这些不利证据的可能性有多大。这就是说，在案发当天左手被划过伤且鞋码与辛普森相同，且DNA与案发现场一致的人会有几人呢？这样，其他人杀人的概率就极低了，几乎可以忽略不计，而辛普森无疑会凸显出来，杀人的概率几乎是百分之百。

我们从辛普森案中不难发现数学的重要，如果法官、陪审员懂数学，辛普森断难逃脱法网，"法网恢恢，疏而不漏"的格言也会在辛普森身上得到再次印证。

法律的数学化意味着用数学思维思考法律问题，用数学方法解决法律问题，实现数学人与法律人的杂交，使法律变得更加科学、更加实用、更加具有操作性。当然，任何方法都有局限，法律的数学化也有它的适用范围。在目前法律数学化程度还很低的情况下，这方面的深度思考为时尚早。但现时应冲破所有禁区，大胆进行创造，在法律领域，杀出一片数学化的天地来。

（原载《法学家茶座》2008 年第 1 期）

天才远离法学

——中国法学人才素质问题探讨

一

北京大学教授朱苏力①在自述中讲道，1977 年高考，喜欢写诗的他在第一志愿中填报了北大中文系，但因考分低而没被中文系录取，发配到了法律系。这说明一个现象：当年文史哲专业在人才竞争中的吸引力远胜法律专业。也就是说，法律专业招不到最优秀的人才，最优秀的人才瞧不起法律专业。其实，在那个年代，最优秀的人才非但法律专业招不到，文史哲专业也招不到，因为优秀人才都念着"学好数理化，走遍天下都不怕"的箴言，跑到自然科学门内淘金去了。所以，文史哲专业招到的所谓优秀人才已经不是一流，而法律专业招到的人才也只能是三四流了。几十年前是如此，现在也变化不大。要说有变化的话，就是现在法律专业的录取分数线比文史哲专业的高一点；尽管如此，法律专业录取的学生就天赋来说依然是二流。不信，请看如下事例：

2004 年，13 岁的鲍宇阳因在全国数学联赛中获湖北赛区一等奖，被北京大学数学科学学院录取。鲍宇阳只接受过 8 年正规

---

① 朱苏力个人简历，北大法律信息网，http：//article. chinalawinfo. com/Author_ Page. asp？ AuthorId ＝4。

教育，小学读了 4 年，初中读了 1 年，之后直接进入华中师大一附中理科实验班读高一。① 比起常人来，鲍宇阳上大学的年龄够小的，但在神童的行列中，年龄已"偏大"。2005 年，辽宁省盘锦市神童张炘炀 10 岁那年以 505 分的高考成绩被天津师范工程学院数学与应用数学专业录取，成为当年全国年龄最小的大学生。三年后，大学三年级的张炘炀以总成绩 334 分考取北京工业大学硕士研究生，成为全国年龄最小的硕士研究生。当然，张炘炀也不值得骄傲，因为早一年，有位只比他大一岁的名叫王大可的兰州孩子，考进了北京大学数学科学学院，成为该院的一名硕士研究生。张炘炀虽然上研究生的年龄比王大可小一岁，可人家上的是北京大学呀！张炘炀小学读了两年，初中读了两年，高中只读了一个月；而王大可仅在学校读了一个月，干脆在家里自学。在父母亲的辅导下，大可 6 岁学完了小学数学，7 岁学完了初中数学，8 岁学完了高中数学。从 9 岁开始，用了四年时间，拿到了专科、本科文凭，然后考研，一举成功。

神童鲍宇阳、张炘炀、王大可无疑是天才，但这些天才却远离法学。据北大招生办人士吐露，每年都有四五个 15 岁以下的少年进北大，但却没人进法学院，学的全是理科。事实上，在中华大地上，从 1977 年恢复高考到现今，涌现的神童大学生不在少数，但这些神童攻读的几乎全是自然科学专业，社会科学领域内很难觅到他们的身影。所以，比起自然科学各学科来，包括法学在内的社会科学门内天才稀少是不争的事实。

其实，再往前追溯，在 20 世纪上半叶乃至更前一段时间内，自然科学各学科并未囊括天才，在社会科学领域内，活跃着一大

---

① 赵莉、钱红亮：《走近少年鲍宇阳》，《楚天金报》2004 年 1 月 30 日。

批天才，但遗憾的是，这些天才在选择专业时，同样远离法学。也就是说，在吸引天才的大战中，法学缺乏魅力，与文史哲这些传统学科相争，屡屡败北。

我们不妨细数一下当时公认的天才。

先看看怪杰辜鸿铭如何学外语。

凌叔华是20世纪二三十年代我国著名女作家，长期在海内外多所大学从事中国近现代文学教学。她是广东番禺人，父亲与康有为系同榜进士，官至直隶布政使。辜鸿铭是凌叔华父亲的朋友，常到凌家聊天吃饭。一天，辜鸿铭在凌家与一朋友打赌，说他能背诵弥尔顿的《失乐园》。朋友不信，辜鸿铭立马表演。凌叔华和他的堂兄盯着书，看辜鸿铭的表演。辜鸿铭果然摇头晃脑，拖着辫子，把上千行的《失乐园》一字不错地背出。① 其实，了解辜鸿铭的人知道，背个《失乐园》对他来说是小菜一碟。想当初，年少的辜鸿铭，随英人布朗夫妇去西方学习，其超绝的才华，把洋人着实震了一下。辜鸿铭学外语的诀窍是充分发挥背功的优势，学英语就背《莎士比亚全集》，学德语就背歌德的《浮士德》，学法语就背米涅的《法国革命史》。就这样，在欧洲十一年，他精通了英、德、法、梵、拉丁、希腊等语言；而且，通过罕见的背功，学到了"原汁原味"的西方文化。由于辜鸿铭许多文章用外文发表在外国的刊物上，生前死后又没人热心地收集，这就显得辜鸿铭的著作很少，但他在国外的影响却很大。蔡元培在德国莱比锡大学求学时，辜鸿铭已声名显赫；而当林语堂来到莱比锡大学时，辜鸿铭的著作已是学校指定的必读书了。辜鸿铭

---

① 参见凌叔华：《我所知道的槟城与辜鸿铭有关》，载藏东编：《民国教授》，中国妇女出版社2008年版。

无疑是旷世天才，然而他在大学学的是文学和土木工程，以后多从事文学、哲学写作和研究，远离法学。

再看看章疯子和黄疯子。黄疯子是章疯子的弟子。章疯子大名叫章太炎，黄疯子的大名叫黄侃。他们都是天才，都是国学大师。先时，章疯子和黄疯子同住日本一公寓楼上，但他们并不认识。章疯子住楼下，黄疯子住楼上。一天晚上，黄疯子内急，来不及上厕所，就从窗口来了个"飞流直下三千尺"。章疯子正夜读，嗅到一股臊味，便破口大骂。黄疯子不认错，对骂起来。都是英雄好汉，吵架也互报姓名。不报不知道，一报吓一跳。黄疯子遇到了国学大师，叩头便拜师。① 两位疯子皆聪明绝伦。黄疯子一生背过不少书，诸如《昭明文选》、《说文解字》、《杜工部全集》、《李义山全集》等。章疯子能背十三经。黄疯子在章疯子的教诲下，也成了赫赫有名的国学大师。他们虽然曾身在日本，但却没像许多留日学生那样学法律。

能背十三经的还有陈寅恪。陈寅恪的天才还表现在他通晓十多种语言。当然，能背诵《史记》篇目中十之七八的梁启超，拥有"照相机式"记忆力的钱锺书，能背诵《红楼梦》的作家茅盾，等等，都称得上天才，但他们却对法律不感兴趣（在他们的文章中也有涉及，但远远谈不上爱好）。

在 20 世纪中国的法学家中，称得上天才的人也有。

王宠惠曾获耶鲁大学法学博士，精通英、德、日数种语言。1907 年，王宠惠英译了德文版《德国民法典》，在英国出版后获得好评，成为英美一些大学的教材。一个以汉语为母语的人，其英文水平如此之高，没有几分语言天赋是难以做到的。

---

① 参见藏东编：《民国教授》，中国妇女出版社 2008 年版，第 51 页。

杨兆龙，曾获哈佛大学法学博士学位，通晓英、法、德、意、西、俄、捷、波八国语言，对大陆、英美两大法系均有精深造诣。

但法学家中的这些天才根本无法与以陈寅恪、钱锺书为代表的那一批一流天才相比。即便是精通外语，一个林语堂就盖过王宠惠，更不用说赵元任。林语堂曾留学美国、德国，用英语创作了大量的文学作品，畅销欧美，而文学作品对语言要求更高。被称为"中国语言学之父"的奇才赵元任，会说33种汉语方言，并精通多国语言。他是国际知名的语言学大师，中国现代语言学的奠基者之一，曾当选为美国语言学学会主席、美国东方学会主席。语言学虽是赵元任着力最深的领域，然而他在大学还兼授物理、逻辑、音乐、哲学等课程。著名的歌曲《教我如何不想她》就是赵元任谱的曲。他不但精通中国许多方言，对外国方言的掌握也到了以假乱真的水平。二战后，他到德国柏林，操着柏林口音的德语与当地人闲聊。一位老人竟把他当作本地人，对他说："上帝保佑，你躲过了这场灾难，平平安安地回来了。"他到法国参加会议，在巴黎车站，行李员听着他的巴黎土语，把他当作土生土长的巴黎人，感叹道："你回来了啊，现在可不如从前了，巴黎穷了。"①

相比而言，在西方，法学始终位居显学之列，吸引着不少天才。

国际法鼻祖格老秀斯自幼聪慧，人称"神童"。11岁进入莱顿大学学习，15岁在法国奥尔良大学获得法学博士学位，16岁随团出使法国，被法国国王亨利四世誉为"荷兰的奇迹"。格老秀斯的研究范围非常广泛，除法学外，还涉及政治学、文学、语言学、史学等领域。一位荷兰的法学家是这样描述格老秀斯的：

① 百度百科"赵元任"词条。

作为一个哲学家，他阅读了所有古典作家们的文献，熟悉对于他有所帮助的所有语言，并懂得比较语言学的重要性。作为历史学家，他熟知所有从古到今的有关历史，并把它们进行比较。在信仰方面，他有着丰富的《旧约》、《新约》、教父及后期宗教作家们的知识，认为基督教高于犹太教、异教和伊斯兰教。作为律师，他认为人类服从于一种普遍的法律，但是在另外一方面，他对于随时间、地点不同而发生变化的、不同国家的法律也有着同样的兴趣。①

功利主义法学派的鼻祖边沁也是一位天才。边沁还在蹒跚学步的年纪就在读大部头《英格兰史》了。他读过许多小说，西塞罗的《讲演集》等书能倒背如流。3 岁开始学拉丁语，12 岁进入牛津女王学院，18 岁取得文学硕士学位。

莱布尼茨也是一位法学家，不过由于他的哲学家和数学家的名声太响，法学界往往遗忘了他，但他在法学上的成就仍使他位居著名法学家之列。何勤华教授主编的《西方法学家列传》就有他一席之地。② 莱布尼茨拿过哲学和法学两个博士学位，是一位罕见的天才，具有"过目不忘"的本领。一次，他跟父亲去一位哲学教授家。教授早闻莱布尼茨是个神童，就想见识见识。教授从书架上抽出一本拉丁文的《神诗集》，让莱布尼茨上午看一下，

---

① 参见徐爱国主编：《世界著名十大法学家评传》，人民法院出版社 2004 年版，第 14 页。

② 於兴中教授说他翻译了一本莱布尼茨的法学专著，希望早日面世。

饭后挑选一首诗让莱布尼茨默写。快要吃饭了，教授问莱布尼茨书看得怎样了，莱布尼茨说他把全书都背过了。吃完饭，教授让莱布尼茨默写第三首诗。莱布尼茨很快就默写完了。核对无误，一点差错没有。教授心想，把全书默写一遍，总会有差错吧。然而，长达三百行的圣诗被莱布尼茨默写完了，竟无一处差错。①

在全世界法学家中，智商最高的大概要数约翰·穆勒了。美国心理学家科克斯（Catherine Morris Cox）曾作过模拟智商测验，测验对象是 1450 年至 1850 年的杰出人物。约翰·穆勒以 190 分的智商夺冠，让牛顿、高斯、莫扎特、贝多芬这些天才人物相形见绌。穆勒 3 岁时已经在阅读吉本的史学名著《罗马帝国衰亡史》了。流传下来的一封穆勒给法学家边沁的信是这样写的："边沁先生：你借给我的《罗马帝国衰亡史》第一册，我已经读完了，觉得很有兴趣，现在托人交还给你。希望你继续将第二册借给我，我会很仔细地阅读的。"从信后的日期知道，穆勒是在 3 岁时写这封信的。据《穆勒自传》记述，他 3 岁开始跟着父亲学希腊文，读的第一本希腊语著作是《伊索寓言》，以后又读了色诺芬的《远征记》、《对话集》，苏格拉底的《回忆录》，希罗多德的全部著作，柏拉图的部分著作等许多希腊文著作。当然，英语著作他不会轻易放过，除了吉本的著作外，像罗伯逊的历史著作、休谟的著作等，都读过。这些著作差不多是在 8 岁前读的。他 8 岁开始学拉丁文，阅读视野进一步扩大。总之，穆勒童年读过许多历史、文学、哲学、科学名著，并帮助父亲编写《印度史》。穆勒对实验科学颇有兴趣，读过物理、化学、生物等方面的著作。12 岁时学习逻辑学，读亚里

---

① 倪东宁等主编：《步入哲学殿堂的故事》，山东教育出版社 2006 年版，第732—735 页。

士多德的《工具论》。13 岁时又学习政治经济学，读李嘉图的书和斯密等人的著作。到 14 岁时，他父亲对他的教育基本结束。穆勒回忆，"由于父亲的教导，我开始（受教育）的时间比同代人早 25 年。"以后他又跟着分析法学的鼻祖约翰·奥斯丁学习法学。穆勒这位天才在多个学科领域都有重要建树，在政治、法律方面留有名著《论自由》、《代议制政府》，在经济学方面留有《政治经济学原理》，在逻辑学方面留有《逻辑体系》，在哲学方面留有《功利主义》。他是李嘉图之后最伟大的古典经济学家，是归纳逻辑的重要开拓者，是自由理论的经典阐述者。①

二

那么，在中国，为什么天才远离法学？

一个重要原因是法学在中国地位不高。

法学在中国地位不高吗？井底之蛙会发出质问，并提供证据：每年多少高考状元（应该是高考解元）都报考了法律专业。是的，确实如此。法学实在是托了改革开放之福，由冷僻学科变为热门专业。这其中一个重要原因就是因为法学乃应用学科，学法学容易找工作，容易赚钱，至少比昔日的竞争对手——文史哲容易找工作，容易赚钱。但是，法学可能仅此一点本领，在文史哲面前还能沾沾自喜，而面对自然科学的庞大学科群，法学的找工作和赚钱本领可要大打折扣了。君不见，由于众多文科学子挤在法学这条狭窄的道路上，法学专业的就业率已低于哲学专业，

---

① ［英］约翰·穆勒：《约翰·穆勒自传》，吴良健、吴衡康译，商务印书馆 1987 年版，第 1 章；梁小民：《话经济学人》，中国社会科学出版社 2004 年版，第 56—57 页。

容易找工作的优势早已失去。至于赚钱的本领，倘与工科专业、医学专业、管理专业、经济学专业相比，恐难赶上。这么多年，收取专利费过亿元的人比比皆是，靠打官司挣亿元的人寥寥无几，而企业家、经济学家的收入也相当可观。所以，一流人才之所以奔理工，其中一个重要原因就在于理工科收入高，可搞发明创造，可依据自己的专业优势创办企业。比尔·盖茨的成功，成为无数学子的偶像。

当然，这是从小的方面、从个人方面说的。从大的方面、从国家方面来说，选择自然科学专业与振兴中华有关，这是无数抱有鸿鹄之志的学子的宏大理想和选择。近现代中国积弱贫穷，常遭强国欺凌，无数青年学子为了拯救祖国于水火，使祖国早日繁荣富强，而选择了自然科学。科学救国，工业救国，是无数有志青年喊出的响亮口号。中华人民共和国成立后，在政治上，中国人民站立起来了；但在科技文化上，距发达国家差得还很远。因此，爱国学子的"富国强兵"理想仍然没有改变。由于学法学不能富国强兵，不能振兴中华，所以，它的地位自然不会很高。

还有一个重要原因是，搞理工的追求的是真理，而搞法学的却距离真理似乎很远。在政治强人统治下，法学只能充当政治的附庸、婢女，独立性无从谈起，为追求真理而研究法学只能是天方夜谭。况且，在很长时间内，搞法学的政治风险非常大，稍有不慎，就会成为专政对象。

另外，文科学生成才的路途艰难也是阻碍天才奔向法学的一个不可忽视的原因。一名理科学生，只要在国际、国内数理化竞赛中获大奖就可向国内名校保送，但文科学生就没这个福分。例如，湖北考生蒋方舟，7 岁开始写作，9 岁出书，19 岁时已出版 9 部作品，算得上才华出众。蒋方舟 2008 年参加了高考，清华大学降60分破格录取了她，谁知却引起轩然大波，有不少人反对清华大学的做法。获数理化竞赛奖的理科考生不用参加高考就可保送上名校，而对文科天才降分录取却遭反对，如此"坎坷"的成才路，自然不利于天才往文科方向发展，也就堵塞了天才奔向法学之路。说起来蒋方舟算是幸运的，当年的天才少年韩寒、胡坚，北大、清华的门就没向他们敞开。

三

那么，法学为什么在很长一段时间内吸引力比不过文史哲呢？

这与中国的传统文化有很大关系。中国传统的学问主要划分为经史子集，虽然也涉及法学，但法学的地位很低。科举考试主要内容集中在儒家经典上，读书人主要读经。八股文诚然教条，但要做好还需有点文学细胞。而要精通经典，不懂史也不行。就学科划分方法而言，若要与西方对接，经史子集大致就是文史哲。科举虽然废除了，但读书人对文史哲的喜好一时丢不了。在20世纪的中国，尤其是上半叶，许多天才从事了文史哲研究。

另外，文史哲属于基础学科，其他学科的研究者都要具备这方面的知识。所以，文史哲研究者的受众广，易出名。王国维、梁启超、陈寅恪、钱锺书等等从事文史哲的学者名声之大，法学家难以望其项背。当然，在20世纪，文史哲学者易出名还与政治有关。文史哲学者往往一篇文章、一本书就轰动全国，如李希凡的一篇研究《红楼梦》的文章，孙达人的一篇研究农民起义的文章，胡福明的一篇有关实践是检验真理的唯一标准的哲学论文，卢新华的一篇暴露左倾路线给国人造成伤痕的短篇小说，而法学家就无此福气了。法学家被政治绑架，毫无学术自由，集体沉默，自然无出名之时。朱苏力教授上大学的年代，文科学生不爱好文学的少，大多数学生希望考上中文系，学习文学创作，一夜成名。事实上，当时在校学生有好几位就因写小说而名扬全国，如陈建国、卢新华、韩少功。而法学专业的考生，他们走出社会只图混个一官半职，成名成家就别想了，即使想了成功的机会也不多。

　　文史哲吸引力强过法学，还在于法学专业没有文史哲专业富有诗意。整个人文科学都弥散着、浸润着哲学味、历史感、文学性，饱含着诗性。法学属于社会科学，文史哲属于人文科学。法学的功用主要在于增加积极的知识，而文史哲的功用主要在于提高心灵的境界。心灵的境界富有诗意。中国思维重直觉，多暗示，诗意盎然，而法学却注重确定性，枯燥乏味，所以，受传统思维影响的读书人自然会偏爱文史哲。王国维曾有数年醉心于哲学，但发觉"哲学上之说大都可爱者不可信，可信者不可爱。……知其可信而不能爱，觉其可爱而不能信"，于是，这就成为他"近二、三年中最大之烦闷。而近渐由哲学而移于文学，而欲于其中求直接之慰藉者也"。① 王国维认为只有充满诗意的文学才能慰藉他的心灵，连哲学都做不到（其实，王国维喜好叔本华的哲学，而叔本华看重直觉，其哲学已经诗意盎然了）。那么，毫无诗意的法学怎会激起他的兴趣呢?! 王国维这一转变的直接后果就是数年后《人间词话》的横空出世。

四

　　天才在学科发展中究竟能起多大作用？这是需要探讨的一个问题。

---

　　① 《静安文集续编·自序》。转引自吕慧鹃等编：《中国历代著名文学家评传》（第6卷），山东教育出版社1985年版，第356—357页。

为了不引起歧义，需对天才的定义作一澄清。

天才，指拥有一定天赋，包括卓绝的创造力、想象力、天然资质的人。天才的天赋不是可以学到的东西。天才分两种：一种是先天型天才，一种是努力型天才。先天型天才指先天具有某种才能，且该项才能达到了很少人能到达的境界。努力型天才指认清了自身的现状，认识到某一条路，以强大意志力，通过坚持不懈的努力到达某种甚至连先天型天才都无法达到的境界。本文所说的天才主要指先天型天才，当然在一定意义上也包括部分努力型天才，即小时候聪慧异常，长大后经过少许努力就可作出杰出成就的人；但一般不包括经过多年努力方作出杰出成就的人。就是说，这种天才是从小就可看出的天才，神童就是这种天才的典型；有些成年人拥有出众的天赋也算在这种天才之列，如华罗庚二十多岁时在清华大学三年学通了三门外语，除了英语有点基础外，德语、法语都是新学。

提起神童，中国人常会想起宋代王安石笔下的方仲永。仲永的悲剧导致的结果是许多中国人对神童不以为然。这当然有一定的道理，因为在现实中有大量实例可证明。"小时了了，大未必佳。"此话具有一定的真理性，但万事最忌以偏概全。就概率而言，神童的成才比率要远远大于一般人，是一般人成才比率的好多倍。事实证明，许多天才人物小时是神童，长大了依然才华四溢，中国的天才曹植、骆宾王、王勃、李白、杜甫、李贺、柳宗元、晏殊、苏轼、王安石、黄庭坚、朱熹、吴承恩、纳兰性德、纪昀、章太炎、梁启超、苏曼殊、陈寅恪、郭沫若、钱锺书等等是如此，外国的天才阿维森纳、达·芬奇、帕斯卡、格老秀斯、培根、哈雷、伏尔泰、莱布尼茨、欧拉、高斯、济慈、安培、开尔文、麦克斯韦、阿贝尔、迦罗瓦、哈密顿、尼布尔、马考莱、黎曼、拉马努金、庞加莱、韦伯、爱因斯坦、维纳、冯·诺伊曼、图灵、芥川龙之介等等皆是如此。众多伟人，他们的出众才华小时就显露无遗。他们以自己的聪明才智改写了历史，使文明之火炬代代相传。这些天才，他们的贡献往往是超一流的，起到了开拓者的作用，众多学科的鼻祖就是他们。努力型天才的数量远远大于先天型天才，但先天型天才在人类史上放射出的耀眼光辉丝毫不亚于努力型天才，而且在一定意义上更为辉煌。况且有好多看似努力型天才，实际上是先天型天才，如牛顿、爱迪生。① 若把动手

①　美国数学史家 E. T. 贝尔认为："牛顿幼年身体羸弱，被迫躲开同龄孩子需要体力的游戏。他不能像普通孩子那样玩耍，就发明了自己的娱乐，在这些游戏中，他的天才首次展露出来。人们有时说，牛顿不是早慧的孩子。就数学而论可能是对的，但是如果说在其他方面也对的话，那就得给早慧下一个新的定义了。牛顿作为对光的奥秘的探索者，显示出了无可比拟的实验才能，这种才能在他幼年时代独创性的娱乐活动中一定就已经很明显了。夜晚使轻信的村民受到惊吓的带着灯的风筝；完全由他自己做成的构造极好而且会工作的机械玩具——水车；把麦子磨成雪白的面粉的磨，这个磨有一张贪婪的嘴［几乎吞下了所有的线盒和玩具；图画，日晷，以及为他自己做的木头钟（可以走动）］——这些就是这个'不早慧'的孩子制作的一些东西，他试图用这些东西把他的玩伴们的兴趣转向'更富于理性的'途径。除了这些过人才能的比较明显的证据以外，牛顿还博览群书，并且在笔记本上草记下了各种各样神秘的方法和不同凡响的意见。如果把这样一个孩子看作仅仅是智力正常、身心健康的少年，就像他的乡村朋友们认为的那样，那就漏掉了上述明显的事实。"（［美］E. T. 贝尔：《数学大师——从芝诺到庞加莱》，徐源译，宋蜀碧校，上海科技教育出版社 2004 年版，第 108—109 页）牛顿的早慧最早没表现在书本知识的学习上，所以，给人留下了他不是聪明的孩子的印象。但牛顿的舅舅早就发现了牛顿的聪明才智，坚持让牛顿上学。而且，牛顿自从打败了欺负他的"小霸王"孩子后，考试成绩迅速跃升，成为学校最好的学生。

在动手实验上，爱迪生算得上天才；不过，在文化知识的学习上，他也称得上天才。爱迪生虽然 7 岁上学时考了全班倒数第一，但由于母亲良好的教育方法，爱迪生对读书发生了浓厚的兴趣。"他不仅博览群书，而且一目十行，过目成诵。"8 岁时，他读了莎士比亚、狄更斯的著作和许多重要的历史书籍；9 岁时，他能迅速读懂难度较大的书，如帕克的《自然与实验哲学》。参见百度百科"爱迪生"词条，http://baike.baidu.com/view/2323.htm。

能力方面的天才创意也算作天才的体现，那一大批发明家就理直气壮地进入了天才领域，先天型天才人数会更多。

在当今中国法学界，天才极为少见。超一流的天才我们不敢奢望，普通的天才也难以寻觅。

放眼法学界，法学研究成果原创性极差，法学家提不出有创见性的重大的问题。优秀的法学研究者用学到的西方理论研究中国现实问题，而差的法学研究者则对西方理论囫囵吞枣，食洋不化，生拉硬扯。即便是能用西方理论研究中国问题的优秀的法学研究者，提出的问题也多是外国法学家已研究问题的复制。如果说改革开放初期法学的幼稚与政治环境关系甚大，而现在理论已呈多元化趋势，政治高压已大大减轻；在这种情况下，法学幼稚的责任就与法学家自身是否努力及自身素质有关了。在笔者看来，现阶段，中国法学的幼稚在很大程度上与大批从业人员的素质有着很大关系。也就是说，法学界至今出现不了辉煌的理论，与法学家缺乏天才素养有着重要关系（当然这种关系究竟能占多大比重有待探讨）。先天型天才在法学界无从寻觅，努力型天才也打灯笼难找。倒是有好多学者著作"等身"，但很难把原创性极缺的这些法学研究成果的炮制者归入努力型天才的行列。

其实，下列事例可以反证我的观点的正确。20 世纪，尤其是下半叶，由于理工科吸纳了大批天才，所以，我国理工科不少领域接近世界先进水平，有些领域甚至走在世界前列。华罗庚、陈省身（至少成为美籍华人之前已作出杰出成就）他们的成就已在各自领域领先世界。改革开放以后留学的人员中，自然科学出身的学子，他们在国外作出伟大成就的已不少，但毕业于国内法学专业出去留学的有几人在国外成绩卓著、名声很响？可说无一人。

在缺乏天才的中国法学界，不管是刚出道的无名小卒，还是已名声"赫赫"的法学"大家",都应谦虚,尤其是法学"大家"。须知,当今的成名颇有点"世无英雄,遂使竖子成名"的味道,现有的名声只不过是浪得虚名,应正确看待;否则,不踏踏实实地做学问,心气浮躁,以为自己是法界名人,沾沾自喜,尾巴翘得老高,待一日天才纷纷奔向法学,横溢的才华不把汝辈翘起的尾巴打断才怪呢!

当然,我声明一下:我在此呼唤天才加盟中国法学界,并不是看轻现有的法学队伍,而是认为,只有在大批天才加盟法学队伍时,中国法学的研究才会走向深入,法学成果才会变得辉煌。天才在法学领域往往会带来点的突破,而大批才华出众的研究者会带来面的拓宽。当大批法学天才加盟法学队伍时,才表明法学研究的大环境有了根本的改变,法学研究的春天才会到来。

改革开放三十多年来,法学研究人员的素质已有极大的提高,但法学要想吸纳到天才,谈何容易。所以,法学界还需仰仗大批二三流人才经营。从这种意义上来说,现有的法学研究人员都是过渡性人物,而过渡性人物往往带有悲壮的色彩。比如20世纪80年代,法学研究人员都在奋力做学问,著书立说,但现在来看,绝大多数成果都属垃圾。今之视昔如此,后之视今亦如是。

五

法学界如何才能吸纳到天才?

法学界吸纳天才任重道远,短期内做到的可能性小,只能逐步实现,期待以后出现的天才青睐法学。

前面已分析过,法学现在之所以成为热门专业,其中一个重要原因是它属于应用学科,学法学容易找工作(至少比文史哲等专业容易，当然法学专业人数众多而难找工作是另外一个层次上的问题），容易赚钱。但法学专业与理工专业相比，赚钱效益并不明显，且在赚大钱上难以超越后者。所以，奔着赚大钱而选择理工专业的这类天才，便很难吸引到法学上来。

若奔着科学强国、工业强国的目的而选择理工专业，这类天才到了国家富强、科学发达之日，可能有一部分会分流到法学专业上来。

若讨厌法学被政治绑架，忧心法学没有独立地位，不欲研究法学是搞无用功；这类天才到了我国成为法治国家之日，则会开赴到法学阵地上来。

随着国内名校大门逐渐向文科天才打开，文科天才也可被国内名校破格录取，这类天才中的一部分自然会奔向法学。

总之，在现阶段，天才远离法学的原因实在太多，而能够吸引天才加盟法学的原因实在太少。所以，要想在现阶段吸引一大批天才人物加盟法学，难度很大。只能在条件逐渐成熟的基础上，一步步地把天才吸引到法学上来，使他们热爱法学，甘愿为法学贡献聪明才智。

但这并不等于说在现阶段法学界就注定与天才无缘。有些天才由于各种原因也会跑到法学园地来采花。如出身于法学世家，从小耳濡目染，对法学有感情，这样的天才也会与父母亲一样在法学宝藏中淘金。如精通法文、德文、意文、西班牙文、梵文、希腊文、拉丁文、希伯来文（对中文、俄文也有研究），对植物学、语言学深有研究的美国法学家庞德，从小喜爱植物学，曾获得过生物学博士学位，但由于受当法官的父亲影响，改学法学，从而使法学领域多了一位天才。

随着社会的进步，人们为权利而斗争会越来越普遍。为了保护自身的权益，为了保护弱势群体的权益，天才也会走向法学。

　　当然，像钱锺书那样升学考试英语百分、数学只有十五分的偏科天才也可能会投奔法学。

　　所以，由于种种原因，法学也会招来天才，但这只是零星的点缀，我们希望的是一批天才聚集到法学中来。不过，一流的天才永远不会太多，而这些天才才是法学事业的真正推动者，因为他们往往会成为法学大家，会成为法学界的领军人物。

　　一个学科吸纳天才的多少标志着这个学科在社会中地位的高低，也标志着该学科繁荣的程度。天才人物在法学领域的出现会带动一大批人（包括努力型天才）的进入。法学事业的进步既需天才，也需有才华的研究者，他们共同开创法学的新世界。

　　　　　　　　　（原载《社会科学战线》2009 年第 11 期）

失去自由后的辉煌

在阅读的名著中，有一些是在监狱、流放地、战俘营诞生的，也就是说，这些名著是作者在失去人身自由的情况下创作出来的。

《变形记》是与《伊利亚特》、《奥德赛》、《埃涅阿斯纪》齐名的西方古典时期最有影响的作品之一。《变形记》的作者（亦是《爱经》的作者）奥维德（公元前43—17），曾在罗马接受过司法官训练，担任过公职，因言行失检而被奥古斯都流放。在流放地，奥维德创作了传诵千古的气势磅礴的长篇爱情史诗《变形记》。不同于描述历史的史诗，《变形记》基本上是抒发感情的史诗。全书250多个故事取材于古希腊、古罗马的神话和传说，采用灵魂轮回的形式，把人变成动物、植物、星星、石头等以贯穿全书。

布罗代尔（1902—1985）是法国著名历史学家、年鉴学派的第二代领袖。他的几部皇皇巨著，如《菲利普二世时代的地中海和地中海世界》、《十五世纪至十八世纪的物质文明、经济和资本主义》、《法兰西的特性》都已译成中文出版。布罗代尔名扬世界的成名作《菲利普二世时代的地中海和地中海世界》字数逾百万，奠定了他史学大师的地位，但这样一部名著却是在战俘营完成的初稿。布罗代尔在巴黎大学历史系毕业后，前往北非的阿尔及尔任中学教师。在北非一待就是十年，对地中海产生了浓厚的兴趣。他踏遍了地中海周围的山山水水，查阅了大量的档案资料，准备写一部有关整个地中海世界的历史。就在动笔之际，布罗代尔应征入伍，投入抗击德国法西斯侵略的战争中去。1940年7月，马其诺防线崩溃，布罗代尔沦为德军俘虏，在战俘营中度过了五年。战俘营里是没有人身自由的，但思想家可以神驰八方地思考，文学家可以"自由联想"地创作，因为他们除了一支笔外，不需要别的东西。布罗代尔是研究历史的，历史著作的撰写离不开资料。陈寅恪在失明的情况下能写出《柳如是别传》，是因为有助手帮忙查阅资料，而布罗代尔在失去人身自由的情况下，生命且不保，资料何从查阅？然而，天下事难不倒天才。他硬是凭着非凡的记忆，在战俘营中用获释战友寄来的练习簿完成了《菲利普二世时代的地中海和地中海世界》的初稿，创造了历史撰写的奇迹。1947年，布罗代尔将该书初稿作为博士论文提交答辩，1949年正式出版，从此，布罗代尔的名字被人们牢牢记住。

一般来说，流放要比在监狱自由一些，所以，奥维德创作《变形记》显得"从容"了许多。希特勒统治下的法西斯德国野蛮残暴，布罗代尔却能在战俘营中撰写比砖头还厚的巨著。然而，在一个曾经被我们称为"伟大"的国家里，监狱监管的严厉程度要用"无与伦比"形容了。这个国家就是现已土崩瓦解的苏维埃社会主义共和国联盟。

2008年8月3日，俄罗斯曾获诺贝尔文学奖的著名作家索尔仁尼琴逝世。索尔仁尼琴年轻时曾是共产主义的坚定信徒，卫国战争中因在战场上的勇敢表现被授予荣誉勋章。然而，就在法西斯德国快要灭亡之际，索尔仁尼琴却因在通信中提到"有八字须的人"（指斯大林）而被判处八年劳改。索尔仁尼琴自幼爱好文学，结婚时与妻子约定不要孩子，以便专心写作；只因战争爆发，打乱了他的计划。在监狱里，劳动尽管繁重，但与浴血的战场相比，还是有不少闲暇时间。可是，当局规定，犯人被允许有铅笔和纸，但不允许保留任何写下的东西。由于苏联监狱中告密者异常出众，所以，在严酷的现实面前，索尔仁尼琴想找个练习簿之类的东西以便把创作成果记录下来的想法彻底落空。于是，索尔仁尼琴只有依仗超常的记忆力了。他写一句诗，就记一句，后来写得多了，则用折断的火柴棒提示记忆。再后来，他请人制作了一串念珠，帮助记忆。文明人竟借用野蛮人的记忆方法，说起来也算一桩奇闻。就这样，索尔仁尼琴将自己创作的几千篇作品熟记于心。出狱后，他把记忆储存搬出来，一部部震惊世界的杰作遂宣告诞生。

写到这里，需要思考的问题是：为什么在监狱、流放地、俘虏营这些恶劣的环境下会诞生名著呢？

还是从南唐李后主说起吧。

后主李煜是杰出的词人。大凡中国的文人学者，都会吟诵他的词作，一句"问君能有几多愁，恰似一江春水向东流"，一句"别时容易见时难"，不知打动了多少人的情感。离乡的，别离的，失恋的，遭贬的，亡国的，都会从他的词句中得到共鸣。王国维在《人间词话》中说："词至李后主而眼界始大，感慨遂深，遂变伶工之词为士大夫之词。"一般学者皆认为李煜的词分作前两期，前期作品享乐淫靡，一无足取。后期作品因身历亡国之痛，用血书写，能以沉雄奔放之笔，写故国哀痛之情；气象之开阔，眼界之广大，是词之发展中的一大突破。李煜词作杰出成就的取得，与他成为阶下囚（李煜被俘后虽被封为陇西公，但"有旨不得见人"，实质上与囚徒无二）有关。在"此中日夕，只以眼泪洗面"的生活中，他的词作自然以"情胜"，成为"词中之帝"，开北宋婉约派的词风。

这就是说，生活在自由的环境下，对情感触发的深度往往不及失去自由之人，思考的深度当然有限。而失去自由后，人们会对往昔的生活进行反思，在反思中思想变得深刻，情感变得真挚，眼界变得开阔，视角变得独特。

这使我想起苏联一位作家。这位作家原先坚决反对现代派文学，但当他因莫须有的罪名在监狱内蹲过数年后，他对现代派文学的看法便改变了，认为现代派文学对现实生活的反映更为深刻。卡夫卡的《变形记》是不朽的杰作，其笔下的小人物格里高尔·萨姆沙变成甲壳虫，这不能说不荒诞，但比这更荒诞的是现实生活，无数的荒诞事件都是掌权者制造的。

监狱是社会的万花筒，生活着形形色色的人，对于作家来说，那是收集创作素材的极好场所。

被评论家称为有史以来最伟大的小说、"人性的圣经"的《堂吉诃德》，就是作者塞万提斯在监狱构思和开始创作的。塞万提斯一生大部分时间都过着颠沛流离的生活，与贫穷结伴。他曾三次入狱，监狱生活虽然失却自由，但却能与强盗、艺人、妓女、小偷、骗子、杀人犯亲密接触，从而了解社会下层人们的生活，为创作准备难得的素材。

还有一类人，把监狱作为人生的一个栖息地。他们是社会中的一批大忙人，整日间形迹匆匆，忙得不亦乐乎，无暇坐下来写作，忽一日失去自由，来到监狱，变得清闲，正好展纸挥笔，把生命华章谱写。意大利共产党总书记葛兰西（1891—1937）就是此等人。

葛兰西大学一毕业就开始了职业革命家生涯，先后担当的社会角色有：左派报刊记者、总编辑，社会党左派领袖，意共创始人和总书记，国会议员。1926 年墨索里尼下令取缔意共，逮捕葛兰西，被判 20 年徒刑。经过斗争，葛兰西获得了狱中写作的自由。他利用狱中难得的空闲时间，开始了学习和研究计划。他学习了俄语、德语，把格林童话中的部分故事翻译成意大利文。当然，众所周知，葛兰西在狱中留下来的最宝贵遗产是 32 本、将近 3000 页的札记。这些在失去自由的情况下写下来的札记，使葛兰西一跃而成著名的马克思主义理论家。他的《狱中札记》已成为经典理论著作，给他获得了巨大的荣耀。葛兰西创立了一套适合于发达资本主义国家的新的马克思主义理论，代表了马克思主义发展中一股最富于独创性的潮流，对今天中国社会的发展方向具有启迪指导作用。

行文至此，不能不提一下希特勒的《我的奋斗》。

《我的奋斗》是名副其实的恶之花，是希特勒 1924 年在监狱里口授的。该书原版有 800 多页，被翻译成多种语言，销量过千万。《我的奋斗》反映了希特勒的基本政治思想，即种族主义、民族主义、生存空间和第三帝国的理想国。由于希特勒非常有名，发动的第二次世界大战使数千万人丧生，所以他是人类历史上最大的恶人，反映他的政治思想的《我的奋斗》自然会流传下去。希特勒口授《我的奋斗》的目的就是想蛊惑民众，为法西斯运动服务，为夺取最高权力制造舆论。

还有一类人，在走向刑场之前，用如椽巨笔挥写壮丽诗篇，在生命的最后时刻，发出耀眼光芒。《绞刑架下的报告》作者伏契克（1903—1943）就是如此。

伏契克是捷克斯洛伐克人，曾任捷共中央委员。德国法西斯占领捷克后，捷共中央组织遭到破坏，伏契克勇敢地建立并领导了第二个党中央，秘密出版《红色权利报》，鼓舞人民抗击法西斯。1942 年 4 月，因叛徒出卖，伏契克被捕。尽管受尽酷刑，但他坚强不屈。在生命的最后六个月，在一位捷克看守的帮助下，他用铅笔头在碎纸片上写出了那部日后被翻译为八十多种文字的《绞刑架下的报告》。伏契克揭露了法西斯的残暴，撕开了人性阴暗丑恶的一面，给后人留下了一首回肠荡气的战斗诗篇。

大量的名作诞生于监狱、流放地、俘虏营，这就给我们从事法律活动的人士提出了一个严峻的问题：监狱固然不乏社会渣滓，但也藏龙卧虎，冤屈者不少，所以，一定要善待犯人，给犯人人道主义待遇，给他们提供条件，让他们从事写作、研究工作。

可以说，新中国成立后很长一段时间内，我们对待犯人的态度是不好的，不讲人权，阶级斗争的弦绷得太紧，眼中的犯人全是敌人，要用无产阶级专政的铁拳把他们打垮砸烂，不能有任何怜悯。不但监狱里的犯人不能写文章，监狱外的地富反坏右以及臭老九也慑于随时抄家的威力而不敢留下片言只语。经济学家、人口学家马寅初撰写过一部上百万字的著作，但在"文革"期间，只好偷偷地烧掉，实在惋惜。

当然，马寅初烧掉的书稿是否就是一部名著，我不敢肯定，但历史上被烧掉的巨著却是有的，如华佗在遭曹操杀害时在监狱留下的著作。看守胆小怕事，不敢把华佗的医学著作保存下来，致使一代医圣万分悲痛又无限绝望地把他用毕生心血写成的著作付之一炬。

在这里，我要给彭德怀元帅的侄女彭梅魁唱赞歌。彭德怀在庐山遭难后，不断地写检讨材料，不断地面对诬陷进行申辩，几年时间，写了几十万字的材料，这些材料都是无价之宝，对研究革命历史价值巨大。彭德怀把材料交给侄女彭梅魁，彭梅魁把它带回湖南湘潭老家，埋在地下。彭德怀元帅平反后，这些材料得以问世。《彭德怀自述》就大量地参考了这些材料，才得以以今天这个面貌出版。

可以说，在失去自由的环境下，最不适宜的是从事自然科学（数学例外）研究，最适宜的是哲学思考。闻名于世的三大狱中书简就是佐证。

波爱修斯（Boethius，480—524）是欧洲中世纪初期一位百科全书式的人物，精通哲学、逻辑学、神学、文学、音乐、数学。我最早熟悉他是在英国学者威廉·涅尔、玛莎·涅尔撰写的《逻辑学的发展》一书中。威廉·涅尔和玛莎·涅尔对波爱修斯在逻辑上的贡献做了详细的论述。亚里士多德的逻辑学之所以在西方广为人知，波爱修斯的翻译绍介功不可没。波爱修斯既是古罗马最后一位哲学家，也是最伟大的一位哲学家。精通希腊语的他，把古典文化传播给了中世纪的人们。

波爱修斯系官宦世家，是位出色的政治家。他与司马迁一样，有着正直学者的纯真，因替被指控犯有背叛国王罪的政治家辩护，被国王以谋反罪下狱，两年后处决。著名的《哲学的慰藉》一书就是在关押期间，于死牢里撰写的。

波爱修斯是位文学家，在监狱里写诗本是不错的选择。然而，在生死关头，缪斯女神对大师已没有多少吸引力了。他假借想象的哲学女神之口，斥责站在波爱修斯身旁想象的艺神，认为艺神"从未对身陷忧愁的人们给予任何良药，却用甘甜如蜜的毒药助长悲忧的滋生。他们用情感的荆棘阻止理智果实的丰收；他们不能解放人们的思想，使其远离疾病，却徒然让他们生病。如果你们（指艺神——本书作者注）将尚未入门的凡人从我身边引诱拉走，尤其是发生在低级庸俗的人们身上时，我还不至于非常难过。在那种人身上，我的劳力不会受到任何损害，但这人深受伊利亚（Eleatics）和柏拉图学派的教诲。你（指艺神——本书作者注）已经达到目的了吗？快走开！你的花言巧语引诱人们走向灭亡！"（《哲学的慰藉》，江西人民出版社2007年版，第13—14页）就这样，波爱修斯与哲学女神展开了娓娓动听的对话，一部流传千古的哲学名著诞生了。

德国基督教神学家朋霍费尔（Dietrich Bonhoeffer，1906—1945）是一位死在纳粹绞刑架下的殉道者。

朋霍费尔系柏林大学教授，二战前夕在美国讲学，朋友劝他留在美国，躲避纳粹的迫害。但他却认为自己来到美国是个错误，应该回去，与国内广大的基督徒待在一起，分担苦难，共度危局。

事实上，自纳粹上台伊始，朋霍费尔就开始了"力阻狂轮"行动。尽管个人力量微不足道，但这种牺牲在他看来却不是无谓的，它预示着这个民族还保留着正义精神，这个民族还有人在作为"人"而生活，这个民族还可能获救。他认为自由是上帝赋予给人的权利，必须捍卫；人类对自由的捍卫，就是对上帝之爱的回应；要与剥夺自由权利的纳粹政权进行不懈的斗争。为了绝大多数人的自由，刺杀束缚自由的独裁者希特勒是正义的，符合《圣经》的教导。他不但说得到，而且做得到。这样的思想勇士在希特勒统治的德国自然不会待在家里，当然的去处是监狱。朋霍费尔1943年4月5日被捕，就在纳粹灭亡前夕的1945年4月9日，被盖世太保绞死。两年的监狱生活，朋霍费尔给人们留下了一批书信，后人把它编为《狱中书简》出版。这部书，连同朋霍费尔此前出版的《伦理学》，在英美社会引起极大反响，从而引发了激进的世俗神学运动。

第三个写狱中书简的是当国王的哲学家。柏拉图毕生追求的信念是哲学家当国王，但却在永生之年没能看见。人类文明史几千年，哲学家当国王的寥寥无几。然而，20 世纪，哲学家当国王至少有两例：一是列宁，一是瓦茨拉夫·哈维尔（Václav Havel，1936—2011）。哈维尔是捷克的剧作家、思想家，1990 年担任捷克斯洛伐克总统，斯洛伐克独立后，1993 年到 2002 年间又担任捷克共和国总统。哈维尔是 20 世纪 50 年代登上文坛的，60 年代开始写剧作。他不满当局的言论控制，多次在公开场合予以批评。在布拉格之春期间，哈维尔不但发表文章呼吁实行两党制，更要求筹组社会民主党。以后又要求特赦政治犯，与激进人士发表"七七宪章"，要求政府尊重人权。哈维尔的一系列反政府举动，终于"惹恼"了当局，1977 年以"危害共和国利益"为名被判处 14 个月有期徒刑，1979 年以"颠覆共和国"为名被判处 4 年半有期徒刑。哈维尔失去了自由，但思想却更加活跃。在身陷囹圄的日日夜夜里，他给妻子写了数百封信，使他的哲学思维和生命体验得到了最集中的呈现。这些信使他有机会用一种新的方式审视自己，并且检验他对人生根本问题的态度。如果说他以前只是文学家，那么这些狱中书简使他有资格进入思想家的行列。哈维尔提出要以道德、良心作为政治的出发点和归宿点，反对把政治定义为权力的游戏，认为政治是求得有意义的生活的一种途径，是保护人和服务人的一种途径。他对后极权主义社会进行了描述和分析，作了犀利的批判，教导人们如何在后极权主义社会有尊严地生活，做一个真正的人。

"生命诚可贵，爱情价更高；若为自由故，二者皆可抛！"自由是人生的至上追求，失去自由是人之大不幸，但在失去自由后创造出人生的辉煌，又是人之大幸。固然，在逆境中奋起的只是少数意志坚强之人；唯其是少数，才值得我们礼赞，才值得我们铭记！

[原载《西北法律评论》（第8卷），陕西人民出版社 2012 年版]

千年沧桑话悬赏

一

利用悬赏破案，缉捕人犯，是古往今来世界各国普遍采用的一种方法。由于这种方法迎合了人性的弱点——对金钱的贪欲，因而效果比较显著，常常能很快地抓获对手或罪犯。当然，这种方法不是万能的，若碰上那些视金钱如粪土者，它的作用就非常有限了。

悬赏破案产生于什么年代已不可考。

楚汉战争时，刘邦发扬一贯豪爽的作风，给他的对手项羽定出的赏格是：凡擒获或杀死项羽者，赏 1000 斤黄金，并封王。此赏格是非常高的。秦代的 1 斤合现在的 258 克，按最近十年国际市场黄金每克平均 256.05 元人民币的汇价计算，1000 斤黄金约合人民币 6606 万元。况且，除了赏金外，还封王位。真是既有钱，又有势，不想当暴发户都由不了自己。历史记载，项王乌江自刎，尸体被五人分割抢去。项王生前值钱，死后"臭尸堆"也没贬值多少。抢得项王肉身的五人都封了侯，其中一人名杨喜，被封为赤泉侯，后代甚是了得，出了一大批像杨震、杨修、杨坚、杨玉环、杨炯、杨业、杨万里、杨虎城、杨振宁这样名扬华夏的人物。司马迁的外孙杨恽也是杨喜的后代，《史记》的流传端赖杨恽。弘农杨氏从汉代开始势大，或许是因分了项王一杯羹而吃肥了的缘故。

此后，历朝历代悬赏破案的故事层出不穷，不过都无刘邦大气，悬赏金没超过项王的那颗头。戊戌变法失败后，康有为、梁启超遭到通缉，清政府的赏银也就是十万两。后来，两广总督李鸿章觉得这点钱替老佛爷出不了恶气，解决不了老佛爷的"最恨"，就增加赏银到十四万两。

民国时期，悬赏破案非常多。最值钱的头颅一个是王亚樵，另一个是郭松龄。

"斧头党"首领王亚樵专搞暗杀，蒋介石怕得要死，悬赏100万元大洋，命戴笠缉拿。

戴笠本来跟王亚樵是师生关系，最易把王拉到蒋介石一边。但王对蒋叛变革命的行径非常不满，便与反蒋派联合，伺机向蒋索命。

1931年6月，蒋介石到庐山避暑，王亚樵侦知后，派人去谋杀。只因行事仓促，蒋得以逃脱。王亚樵虽没刺死蒋介石，却在上海火车站差点把宋子文干掉。

1935年11月，国民党召开六中全会，王亚樵又派人去刺蒋。蒋介石因事未到，汪精卫做了替罪羊，被刺伤。

王亚樵多次派人刺蒋，蒋十分恐慌，悬赏100万元大洋，让戴笠不惜一切代价，尽快擒获王亚樵。戴笠派出大批特务，终于在1936年11月将王亚樵枪杀于广西梧州。

除了王亚樵外，民国时期，头颅值100万元大洋的还有郭松龄。

郭松龄是奉系将领，具有爱国思想，与冯玉祥的国民军联合，举兵反奉。当时，奉军的精兵大都在郭手中，郭率兵从天津出山海关，所向披靡，很快就打到沈阳附近。张作霖急坏了，赶忙调兵遣将，攻打郭部。为了鼓舞士气，张作霖悬赏100万元大洋要郭松龄的人头。由于郭部将领大多是张作霖、张学良提拔上来的，不愿背叛张氏父子，故而郭松龄很快就败亡了。

国民党在对付共产党人时也大肆悬赏，红军的高级将领头上都顶着几万、几十万大洋的赏金。毛泽东是25万元大洋，周恩来是8万元大洋，邓发是5万元大洋，彭德怀、林彪、徐海东都是10万元大洋。当时，林彪在红军大学任校长，学员的悬赏金加起来超过200万元大洋。国民党的悬赏通缉令由飞机从天空撒下来，纸张奇缺的红军正好用撒下的传单的空白面印制宣传品，使废物得到了极好的利用。

巨额赏金旁人羡慕，悬赏缉捕的对象也非常羡慕。陈其美是陈立夫、陈果夫的叔父，系孙中山的得力助手，曾任上海都督。二次革命时，他起兵讨袁，失败后流亡日本，加入孙中山领导的中华革命党。

1915年，陈其美潜回上海，从事反袁斗争。袁世凯闻知陈其美的行踪，立即悬赏70万大洋巨金，企图把陈缉拿在案。陈其美的耳目甚多，多次化险为夷，袁世凯一直捉不到他。然而，有一天，陈其美却想自投罗网，让友人引来外国巡捕，把他逮捕。

这是怎么回事呢？原来，革命党人的活动经费非常缺乏，许多活动都无法开展。为了筹措经费，陈其美便想出了个"好主意"，让人告发他，所得悬赏金充作活动经费，然后他再设法逃出。

陈其美帮助孙中山讨袁的决心由此可见一斑，只是这种做法太冒险，闹不好会使脑袋搬家，所以，他的"好主意"被朋友坚决拒绝了。

二

利用悬赏缉拿罪犯、政敌、敌酋在国外也源远流长。

格拉古兄弟是古罗马著名的有良心的改革家，成为罗马好人的代名词，至今被欧美老百姓念叨。但这样的好人却因改革触犯了保守势力的利益而被杀死。执政官奥皮米乌斯悬赏缉拿盖约·格拉古及其同伙弗拉库斯，赏金是与人头重量相等的黄金。这预示着一场屠杀就要来到。盖乌斯·格拉斯带着一名奴隶逃跑，追兵蜂拥而至，无路可跑，奴隶先杀死主人，然后自尽。

苏拉是古罗马的执政官，对付政敌残酷无情，命令谁若杀死被他通缉的人，以被抓者的财产作为奖赏，并可另外得到一笔丰厚赏金。这样的悬赏缉捕颇有创意。被苏拉处罚的人数达4700人，托苏拉之福而致富的人一定不在少数，因为这些被处罚的人中元老院议员就近80人，"骑士"1600人，议员、骑士全是有钱人，颇多巨富。为了争夺赏金，人们展开了人性之恶的竞赛，儿子、亲戚、奴隶竞相发挥聪明才智，加入屠杀行动。当然，可歌可泣的感人故事也不断发生，有以身掩护丈夫逃亡的，有宁肯牺牲自己也要保护主人的。

比起地大物博、人口众多的古罗马，日本人的悬赏显得小气得多。

日本朱雀天皇（930—946在位）时期，平将门和藤原纯友谋反，朝廷将两人的画像张贴通衢，以五品官作为悬赏，号召生擒或斩杀叛臣。

丰臣秀吉死后，儿子秀赖与德川家康为争夺权位而爆发了关原大战，德川家康悬赏巨金擒拿秀赖的部下石田三成和小西行长。石田三成逃到山里，以野果果腹，不断拉肚子，苦不堪言。

后来一位熟人把他藏在山洞里，但不久被人发现。他明白天地虽大，但已无他藏身之地，索性送个人情，劝故人将他告发，好领悬赏金。这位让朋友发家致富的好人，仅靠生前的功名，史上会籍籍无名，但他刑场上的表现却让他暴得大名。行刑前，石田三成口渴，刽子手给这位"顾客"准备不充分，一时找不到水，就从口袋里摸出一个柿饼，让他稍解口渴。石田三成却以柿饼会生痰为由拒食。刽子手诧异地注视着这位对身体过于呵护的养生健将，说："头马上就要掉了，还管什么生痰不生痰！"养生健将认真地说："心怀大义的人，时时刻刻都留心自己的身体，一直到首级落地的那一时刻。"

躲在山中的小西行长也有济世之心，被人发现，他告诉发现者，他是小西摄津太守，把他交给德川家康，可以领赏金。发现者不肯，劝他快逃，但他不愿，说自己早该切腹，因是基督徒，不能那么做，只好到家康大营就戮。发现者听从这位"财神爷"的劝告，把小西行长"护送"到家康大营，领取了十枚黄金，比中国人提早数百年跨入小康社会。

近二三十年来，人们暴富的机会突增，因为国际上的悬赏金额大涨，一不留神就会成为巨富。

1988 年，英籍作家拉什迪出了本小说，名叫《撒旦诗篇》。写了多年书，拉什迪稿费没挣几个，没想到一本《撒旦诗篇》，让他的头颅价值超过 320 万美元，使他成为全球闻名的人物，真让他悲喜交加。

拉什迪的小说内容与伊斯兰教有关，穆斯林教徒认为该书亵渎了伊斯兰教，纷纷抗议。抗议活动很快就掀起浪潮，并从一国波及另一国。世界各国的穆斯林教徒都在诅咒拉什迪，焚烧他的书籍。对该书反响最为强烈的无疑要数伊朗。当时的伊朗宗教领袖霍梅尼发布命令，判处《撒旦诗篇》作者拉什迪及其出版商死刑。为了能使判决付诸实施，霍梅尼还设置了巨额的悬赏金，规定任何伊朗人若能处死拉什迪，可获得520万美元的奖赏；任何外国人若能处死拉什迪，可获得320万美元的奖赏。

霍梅尼的判决公布后，拉什迪被英国政府保护起来了；尽管他的生命没遭到侵害，但他时时都处于恐慌之中，担心他的巨大"价值"会被人发现，那笔巨额的赏金会被人领取。时过境迁，后来伊朗政府解除了对拉什迪的悬赏通缉令，使拉什迪的脑袋一下子贬值了好多，好在他再也不用过那种提心吊胆的日子了。而且，通过伊朗政府的免费广告，他的书畅销起来，口袋鼓胀不少，真该感谢霍梅尼的英明决策。

埃斯科瓦尔曾是世界头号大毒枭，靠贩卖毒品积聚了几十亿美元的财产。此人诡计多端，心狠手辣，组织成立了杀手团，暗杀了包括政府要员、总统候选人、总检察长、大法官、警察、记者和一般普通百姓在内的数千人。为了捉拿埃斯科瓦尔，哥伦比亚政府组织了一支2500人的搜捕队，并悬赏700万美元巨金。

埃斯科瓦尔慑于政府的威力，被迫向政府自首。但一年后，他又越狱潜逃，重新开始组织贩毒和恐怖暗杀活动。埃斯科瓦尔尽管是个杀人魔王，但对妻儿感情深厚。他闻听妻子和儿女住在首都的一家饭店，就拨通了电话。电话仅通了2分26秒，他的藏身地就暴露了。警察根据电话监听人员提供的线索，包围了他的住宅。经过激烈枪战，警察击毙了这个作恶多端的大毒枭。

美国是当今第一富国，一向阔绰大方，悬赏金额一高再高，屡破纪录。

本·拉登被美国认为是1998年美国驻坦桑尼亚、肯尼亚大使馆爆炸案和2001年"9·11事件"的幕后策划者，被列为美国联邦调查局通缉的十大要犯。本·拉登虽是亿万富翁，但其价值并不被富翁遍地的美国人认可。随着本·拉登策划的恐怖活动规模越来越大，美国人再也不敢小觑他了，悬赏金一路飙升，从500万美元到2500万美元；2004年众议院通过法案，把悬赏金增加到5000万美元。尽管赏金丰厚，但本·拉登却一直安然无恙，周遭尽是忠诚之士，没人出卖他。直到2011年，美国海豹突击队发现蛛丝马迹，在巴基斯坦阿伯塔巴德的一座豪宅里把本·拉登击毙。

美国通过武力推翻了伊拉克萨达姆政权，又支持叙利亚反政府武装，使伊叙境内许多地方处于权力真空状态，致使极端组织ISIS（"伊拉克和大叙利亚伊斯兰国"的简称）迅速发展起来，成为一只重要的反美恐怖组织。叙利亚阿萨德政权尚未推翻，美国又不得不把大量精力用在对付ISIS上。美国悬赏通缉ISIS头目，但遗憾的是，除了美国炸死通缉犯外，很难把赏金发放出去。2015年6月，ISIS高级头目塔里克·本·塔赫尔·奥尼·哈尔齐在美军空袭中毙命，美国由此省下了300万美元的悬赏金。

当然，ISIS自称国家，就要自我表现一下，显示其存在。ISIS在网上发布"通缉令"，号召支持者处置列入名单的100名美国军事人员。赏金有无，尚不清楚。好在美国五角大楼先前已预估到这些人会"捣乱"，提早告知军职人员把照片、简介从网上撤下来，做到了未雨绸缪。

三

有巨额悬赏，也有微额悬赏。微额悬赏是变了味的悬赏。悬赏的本来意义在于尽快地缉拿到悬赏对象，而微额悬赏仅是对缉拿对象的人格侮辱，并不能起到悬赏的应有作用。

明末兵部尚书杨嗣昌领兵镇压农民起义，贴出告示，悬赏万金，欲擒斩张献忠。起义军针锋相对，派人在杨嗣昌行营贴上传单，写道："有斩阁部者，赏银三钱。"吓得杨嗣昌疑神疑鬼，多加防范。

韦拔群是红七军的创始人之一。敌人为了捉到他，到处张贴布告，重金悬赏。韦拔群看过悬赏布告，笑了笑，就让人拿来纸笔，也写了一份悬赏布告，叫人贴出去。敌军军长廖磊看过韦拔群写的布告后暴跳如雷，狂叫："快给我把布告撕毁！"敌兵吓得赶快去撕布告，但是，撕布告的敌兵在撕布告的同时，自己也被撕成了许多肉块。原来，布告牌下面埋有地雷，敌兵被炸得血肉横飞。廖磊为什么要发脾气呢？因为布告上面写着这么一句话："谁砍得廖磊的狗头，赏一个铜板。"

曾任英国首相的丘吉尔，年轻时当过记者。布尔战争爆发后，他来到南非进行战地采访。不幸的是，他当了布尔人的俘虏。布尔人把他跟其他英国士兵关在一起，他趁哨兵不注意，偷偷地跑了。

布尔人把战地记者划为军官。丘吉尔跑了，布尔人自然很重视，印了 3000 份附有丘吉尔照片的通缉令发往布尔人控制的地区。

历经千难万险，丘吉尔终于脱险了。但有件事，他一生都耿耿于怀，提起就不快活，因为布尔人给他的悬赏金太低，只有 25英镑，把这位后来的大英帝国首相太不当回事了。

1920 年 7 月，直皖战争爆发。皖系战败后，直系军阀把持北洋政府，让大总统下令悬赏通缉徐树铮、曾毓隽（交通总长）、段芝贵、丁士源（京汉铁路局长）、朱深（司法总长）、王郅隆、梁鸿志（参议院秘书长）、姚震（大理院院长）、李思浩（财政总长）、姚国桢（交通部次长）。这十大要犯的赏格不同，最多的是徐树铮，32000大洋，但徐树铮听到后却哈哈大笑，用手摸着脑袋说：我这头颅，难道连大言不惭的梁任公都不如吗？徐树铮说这话时待在日本驻华使馆内，故而才显得如此"豁达"。否则的话，求饶都来不及，哪还敢说风凉话。

不过，通缉十大要犯也够滑稽的。

通缉令上要贴照片，找来找去只找到八个人的照片，还有二人的照片找不到。怎么办？直系的那些赳赳武夫也真想得出，居然把京城两个著名扒手的照片找来，印在通缉令上，旁边写明扒手的相貌与被通缉者相像。这真是天大的笑话，窃铢者竟然占据了窃国者的位置。

徐树铮等人的悬赏金并不很高，但他们为了保命，却没少花钱。从他们的住地到日本使馆，中间有好长一段路，路上全有直系士兵站岗。

为了能安全地进入日本大使馆，徐树铮等人化妆为日本人，但身上穿的日本服装又不齐全，就想办法购买。财政总长李思浩穿了和服，独缺一双木屐板。正犯难之际，邻人送来一双，开价2万元，李思浩直咋舌，但为了活命，只好咬牙照付。还有一位日商，给通缉犯送来了假面具。这可是好东西，戴上它，保管能安全地逃进日本使馆。但一问价，开口300万元，把十大通缉犯吓得不敢再问。

还有一位日本人想出了一个更绝妙的主意，让十大通缉犯换上日本军服，充当日本兵，逃离京城。此办法倒简单易行，只不过价格更高，每人须付500万元。十大通缉犯只好知难而进，把简单易行的办法放弃了。

逃进了日本使馆，十大通缉犯的安全得到了保障，但日方人员的发财梦才刚刚开始，勒索钱财，强索保护费，十大通缉犯只好掏出几万元至十几万元，以免被日方赶出使馆。

待在日本使馆，自然无人敢抓，但长期待在里面，也是个问题。于是，直系提出只要通缉犯每人交几百万元就可获特赦。经过讨价还价，有人接受了条件，走出使馆；而有人却还继续在里面当"寓公"，等待时局的变化。

四

悬赏往往针对的是个案，悬赏缉捕的对象几千几万的很少。但历史上，针对一类人或一部分行为，以悬赏作为手段，鼓励告密，其结果往往走向了设置悬赏的反面，扰乱了社会秩序，阻碍了经济的发展。最典型的就是汉武帝颁布的告缗令。

汉武帝是中国历史上有作为的皇帝，击败了匈奴，扩张了版图，使中华文化得以传播。然而，数十年的战争，造成国穷民竭，国家急需发掘税源，增加收入，稳定社会秩序。于是，朝廷出台政策，希望富商大户为国家出钱出物，国家则以封侯、补官、减罪方式作为回报。然而，对于朝廷的"良苦用心"，富商大户竟置之不理。软的不行就来硬的。朝廷改变政策，强行剥夺，盐铁实行国家专营，推出均输平准法，对非农业收入的财产征税。由于收入的财产采用自报的方式，隐匿财产的现象非常普遍。为了增加税收，汉武帝颁布告缗令，凡财产呈报不实，被人告发，资产将被国家全部没收，其中一半用于奖励告发者。此令一出，人们认为此乃发财之捷径，告发之风大盛。中产以上的有钱人几乎都被举报，破产者不计其数。人们无心积累家产，吃光喝净成为共识。

就在社会生产如此倒退的情况下，汉武帝不是取消或调整告缗令，而是颁布不告缗令，规定：向边境"入粟不告缗"，"养马输边除告缗"，本人终身免役，全家享受不被告缗的特权。以前希冀富商大户破财而封侯、补官、减罪没人理，现在有告缗令的威力，这些制度都运转起来了，而国家由此敛财无数，一举摆脱了财政危机。

不过，对告缗令唱赞歌为时尚早。财政危机的摆脱只是暂时的，因为富商大户入粟补官后，戴上了安全帽，以后会更加肆无忌惮地偷税漏税，国家的财政收入会更少；当官有权后更会官商勾结，鱼肉百姓。事实上，西汉的吏治之坏世所罕见，都与汉武帝一系列敛财政策有关。而告缗令，以富商大户为主要告发对象，意味着可得到巨额的悬赏，鼓动全民奔着巨额的悬赏，其结果造就了大量的红眼病人，败坏了社会风气，使生产遭到破坏，并加剧了好逸恶劳的不良习气。

总结历史经验，告缗令之类的"悬赏"应该警惕。

与告缗令一类悬赏类似的是军功悬赏。战争也是一种用刑。《汉书·刑法志》曰："大刑用甲兵，其次用斧钺；中刑用刀锯，其次用钻凿；薄刑用鞭扑。"无数事实证明，军功悬赏的效果非常显著，很少具有副作用。譬如，商鞅变法，规定斩敌首一级，赐爵一级。农民辛辛苦苦在田里劳作一年仅得温饱，而杀死几个敌人就可荣华富贵，何乐而不为呢？正因为秦国法令有这样大的激励作用，秦兵在战场上才会奋不顾身，锐不可当。齐国也有奖励军功的法令，但奖金太少，规定斩敌首一级，赏金一锱（一两二十四铢，六铢为一锱），军队的战斗力与秦兵无法相比，遇到小股敌人还可以抵挡一阵，遇到大股敌人就崩溃了。后代汲取教训，面对出生入死的兵士，再也不敢小气了。汉武帝在位54年，只有几数年没打仗，之所以能把匈奴军队打败，与他豪爽的秉性有一定关系。据史载，元朔五年和六年，两次对匈奴作战，均取得胜利，武帝酬赏"斩捕首虏"的将士用去黄金二十余万斤。重赏之下必有勇夫，这是对人性洞察之后的总结。

（原载《民主与法制》2016 年第 35 期，发表时题为《悬赏究竟是从哪个朝代开始的？》）

聚焦中国传统的除夕讨债习俗

除夕是春节的彩排，目的是把春节这个中华民族最隆重的节日演好。但由于彩排太庄重，除夕渐渐地竟成了一个独立的节日。不过，它对春节的依赖性却无法除去，所以，它的仪式、内容都与春节密不可分。贴春联、祭祖、放爆竹、吃年夜饭、守岁等，都是除夕不可缺少的习俗。当然，还有一个习俗，与法律联系在一起，这就是除夕的讨债习俗。

一、神州大地到处都有除夕讨债习俗的影子

五十以上年纪的人看过样板戏《白毛女》的不少，知道恶霸地主黄世仁大年三十来到贫苦农民杨白劳家张牙舞爪讨债的事情。其实，大年三十去人家家里讨债，不是恶人黄世仁的生活习惯，而是许多人都干过。够缺德的吧，没办法，人家只是在完成一个法律行为——讨债，而且这一法律行为还是一个传之久远的习俗。

祖籍安徽绩溪的胡适在乃翁去世后，家境衰落，大哥扛着鸦片烟枪横扫，威风凛凛地给胡家留下一屁股债，害得胡家每到除夕，就要迎接各路债主的大驾光临。招客的不迎客，反躲得连人影也寻不见，只好让年轻的后妈，也就是胡适的母亲去与债主"智斗"。

台湾作家林清玄是个"乡下人"，父母要养活十八个孩子（战死的两个伯父留下十三个），债务缠身，姊妹们能填饱肚子就不错了，新衣服别奢望了。除夕夜，他家常常是债主的聚会场所，要不是大人们上山避债，高朋满座的家里差不多就是博鳌论坛了。

莫文骅中将籍贯南宁，小时大年三十在家里也遇到过债主的惠顾，使将军早早感受到了人间的冷暖。

总之，除夕讨债习俗从南到北，从东到西，广袤的国土，几乎各地都有，甚至在一些地方形成了这样一句谚语：三十晚上提灯笼——讨债。连受中国文化影响的越南等国，也把除夕讨债习俗引入，使此习俗抹上了"国际化"的色彩。

二、除夕讨债习俗产生原因溯源

债的产生与人际交往有关。只要有人际交往，就会产生债。而人是社会的动物，不可能独来独往，要生存要发展，势必要与他人发生各种各样的关系，包括借贷关系。在商品经济出现之前，债就产生了，商品经济的出现无疑使借贷关系更加司空见惯，借贷行为更加轰轰烈烈。

有了借贷关系，就会有讨债行为。按说平日也可讨债，不过实践证明，平日讨债的效果并不理想，只有除夕讨债效果最好。为何会如此呢？这是因为除夕讨债习俗的出现与除夕的功能有关。

在古代，节的起源与宗教祭祀有关，世俗娱乐的成分系以后添加。除夕的宗教祭祀成分至今仍保留着，如祭祖、接神、祭灶、贴门神等。

节日的元素是人、自然和神。节日是人与神、人与自然"和解"的产物。在世界各大宗教或各文明古国著名神话中，起初都是人与神相对抗，人挑战神，神降灾人间，人遭到了神的惩罚，最后与神和解，祈求神的保佑，承诺向神献祭。所以，各种祭祀活动是人祈求神保佑，与神和解的必不可少的仪式。在春节这个一年一度中国最隆重的节日里，祭祀神、祭祀祖先的活动是求得神、祖先保佑的重要环节。除夕之日，诸神都要下凡，来到人间，走访各家。因此，除夕之日人们都要留在家里，举行各种祭祀活动。全家老少在家长的率领下，在祖先、神位前祭拜。平日人们或忙于其他事情，或逃到别处躲避债务，但在除夕因有祭祀活动，由于神、祖先的降临，都要还家。如果不还家祭祀神和祖先，神和祖先就会带来灾难，就不会有好日子过。这就给债主上门讨债提供了极好的机会。

另外，除了人与神、人与自然寻求和解外，节日里人与人之间也寻求和解。从这个意义上来说，节日是社会冲突的安全阀。按照中国文化的传统，每逢春节，在除夕或除夕前，村里的乡绅、大户要到贫困人家送温暖，接济一些粮食、银两等。现在各级政府、组织都把这一传统继承下来。其实，这也是一种和解，是强势群体与弱势群体的和解。在整个春节期间（包括除夕），过去有隔阂、有矛盾的人家，通过拜年（对某一部分人的拜年在除夕或除夕前）或一同参加祭祀活动，原有的隔阂、矛盾就化解了。

除夕除了要祭祀神和祖先外，还有一项重要活动，就是吃团圆饭、吃年夜饭。

"有钱没钱，回家过年。"这是流传在全国各地的一句俗语。年夜饭是中国老百姓一年中最丰盛的一顿饭。即使穷得像杨白劳，也要用卖豆腐赚下的几个钱，称回来二斤面，带回家来包饺子，欢欢喜喜过个年。

在传统中国社会里，人们有着团圆的情结。吃团圆饭对于维持家族和谐与家族团结具有特殊作用。只有家族和谐与家族团结了，家族才会人丁兴旺，才容易富足。团圆饭的丰盛与热闹不在于吃，而在于象征家族的和谐、团结和人丁兴旺，喻示着缅怀先人、绝不忘本。所以，在中国，只要力所能及，总要回家吃团圆饭。中国古代的一些朝代，监狱官员甚至放囚犯回家团圆过年。在现代，每年春节，有数亿人回家团圆过年。既然中国人这么看重吃团圆饭，因此，债主也要抓住这个时机，讨回欠债。平日去讨债，连欠债人的影子都见不上，但除夕就不一样，若不是实在没钱，没有谁愿意待在外面不回家吃团圆饭。而且团圆的喜庆日子，人们会心平气和，债主和欠债人也不易发生言语或肢体冲突。这就是除夕讨债习俗产生的一个极其重要的原因。

三、在讨债与躲债中寻求平衡

有讨债就有躲债。这种躲猫猫游戏千百年来不断上演，双方不胜其烦。不过在中国古代，恶意欠债的人并不多，不像现在这么"如火如荼"，这是因为以往有许多习俗在制约着欠债人。

中国有句俗语："债不过年。"说的是欠人家的债不要拖到年后，年前就要还清。如果欠债不还，新年伊始背一身债，当然极不吉利。古代，在人们普遍信仰宗教、信仰迷信的情况下，谁愿意自讨苦吃，甘交厄运?! 所以，在力所能及的情况下，都愿把债还了。另外，古代商品经济不发达，人员很少流动，债主和欠债人多属亲朋、左邻右舍，如果欠债人恶意赖账，名声倒了，以后就没法借到钱了。尽管如此，由于天灾人祸等原因，也有欠债人年前实在无法清债，只好出外躲债。

其实，年前讨债从腊八就开始了。腊月二十三（有的地区是二十四）是祭灶的日子，又称小年，是催债催得非常紧的日子。北京有一句民间俗语，反映了讨债的三部曲："送信儿的腊八粥，要命的关东糖，救命的煮饽饽（即煮饺子）。"债主未必全是富裕之辈，有些人还等着讨来债置办年货呢。所以，债主把欠债人盯得很紧，故而祭灶节被称为"要命的关东糖"。许多欠债人为了对付"要命的关东糖"，就出外躲债。杨白劳还不起黄世仁的债，出外躲债，一直躲了七天，大年三十才回家。

为什么躲到大年三十而不躲到大年初一回家呢？因为各家都要吃团圆饭，按习俗都要待在家里。然而，习俗也允许债主大年三十上门讨债。在这种情况下，各地往往设有避债的场所，债主不得去这些场所讨债，否则会引起众怒，遭到众人的斥责甚至暴打。在广东、福建、浙江、江苏、台湾等地，寺庙里除夕演"避债戏"，欠债人"逍遥"此地，从而躲开债主的逼债。在北京、东北等地，澡堂则是人们躲债的去处。澡堂的谐音是"早搪"，即早把债主搪至门外之意。

债主讨债虽然理直气壮，却不能没完没了，把有理变为无理，所以，各地都有限制讨债的习俗。如江西新余地区、福建松溪县的习俗是除夕夜各家放鞭炮"关大门"后债主即停止讨债。青海贵德县习俗是每年除夕下午五时许开始贴钱马，贴过钱马后不得讨债。江西九江市庐山区一带，春联和门神贴上后，债主不得上门讨债。河南南阳旧俗，除夕贴了对联即不许讨债。穷苦人家为了躲债，除夕一大早就贴上了春联、门神，而富裕人家为了显示富有，很晚才贴春联、门神。但有些地方，春联和门神不能随便贴，有严格的时间限制。如江西九江市庐山区一带，习俗允许贴春联和门神的时间是在除夕的午饭后。

广西北海市的习俗是：只要子时一过，进入大年初一，不管债主刚才面色多么阴沉，这会都得起身，脸上带笑，恭贺主人新年大吉、万事如意，再不言讨债之事。

还有地方债主打着灯笼讨债，灯笼里的蜡烛或油燃尽，债主就该结束讨债；灯笼不灭，就算时辰进入大年初一，也可继续讨债。但这毕竟是"一小撮"债主，因为习俗认为，大年初一讨债不仅欠债人晦气，债主也晦气，所以双方都不愿此种情况发生。多数情况都像胡适母亲那样："到了近半夜，快要'封门'了，……每一家债户开发一点钱。"虽然谈不上皆大欢喜，但至少债主有所收获，面子上也过得去。

有些地方除夕在大门口横放一根棍子，就可将债主挡在门外，安心过年。山东枣庄、安徽濉溪、河南焦作及新乡就有这样的习俗。

总之，由于除夕要接神、祭祖、吃团圆饭，人们必须回家，这就为债主讨债创造了条件，使债主既易找到欠债人，也易讨到债。但是，过了除夕，到了大年初一，就要停止讨债，否则就会给别人也会给自己带来晦气。躲猫猫游戏再热闹，也得有收场的时间。

四、人性化色彩浓厚的除夕讨债习俗

提起除夕讨债，自然会想起《白毛女》中黄世仁除夕讨债逼死杨白劳的惨事，不由得对除夕讨债习俗产生不良的印象。其实，仔细分析会发现，黄世仁除夕讨债醉翁之意不在酒，而是以讨债为名，企图霸占奸淫杨白劳年轻漂亮的女儿喜儿，这已经与除夕讨债习俗南辕北辙了。通过研究流传全国各地的除夕讨债习俗，发现除夕讨债习俗是很人性化的。

从前面引述的北京民间俗语就可知道，债主在喝腊八粥时就

把讨债的信儿捎给了欠债人，但欠债人一拖再拖，甚至采取欺骗手段的情形。正如流行在山西太原地区那首《避债谣》所说："二十三，保证还；二十四，我发誓；二十五，找老姑；二十六，找老舅；二十七，不要急；二十八，再想法；二十九，明天有；三十不见面，初一碰见拱拱手。"江苏吴地也有《避债谚》："年廿七，勿着急；年廿八，我想法；年廿九，有有有；年三十，不见面；元旦（即农历正月初一）碰见拱拱手。"债主在万般无奈的情况下才在除夕登门讨债。

从《避债谣》和《避债谚》中可以看出，债主和欠债人都是乡土社会的熟人，是不必报尊姓大名，只凭着"足声、声气甚至气味"就可辨别来者是谁的熟人。否则，就不会日日见面讨债，天天许诺"保证还"、"我发誓"、"找老姑"、"找老舅"、"不要急"、"再想法"、"明天有"。面对这样一些熟人，债主只能采用"磨"的办法，想方设法把债讨到手。"磨"的办法其实就是人性化的办法，与那些武力讨债者相比文明多了。当然，跟那些打官司讨债的人相比也人性化多了。因为中国的传统认为打官司是可耻之事，表示教化不够。而且，除夕讨债习俗对欠债人有许多"保护"措施，避免债主在讨债时的"越轨"行径。这些习俗在形成当初，尽管目的与现在迥然相异，但经过社会的发展和文化的变迁，从现在看来，确属人性化的仪式。

除夕讨债习俗为何如此具有人性化色彩呢？我们还得从岁时节日的起源、演变谈起。

岁时节日的起源，与古人的原始信仰崇拜有关。原始信仰崇拜是全民性的活动。随着人类的发展，人们对原始信仰崇拜越来越淡漠。作为全民性的活动，原始信仰崇拜逐渐消失，但由于原始信仰崇拜曾长期存在，已成为一种民俗，某些仪式遂传承至今。后人对这些岁时节日的仪式起源已不知所以然了，而对节俗重新进行解释。在后人的解释过程中，自然会把解释者生活年代的观念加进去。我们知道，中国传统文化深受儒家文化影响。儒家文化属于"大传统"和"雅文化"，自然会对作为"小传统"和"俗文化"的中华传统节庆文化产生影响。由于儒家文化讲求以人伦为本，所以，中华传统节庆文化的一大特点也是以人伦为本的。尽管这些节庆在形成过程中未必涵盖以人伦为本的思想，但在后人不断解释的过程中，以人伦为本的思想便被浇灌进去，成为节庆文化的核心思想。除夕讨债习俗也难免受到儒家伦理思想的热情"惠赐"。

儒家的伦理思想是人性的一个重要层面。人性概念是人的各种属性的抽象综合。凡属人的一切，包括自然的、社会的，都属人的特性。人性包括几个层面：生物的、社会的、理性意识的、精神道德的等。精神道德就是人性的德性层面，是人之精神秩序的核心，曾居于中国哲学思想史中的核心、主干地位，是中华民族精神形成的原理、动力，是认识和理解中国传统文化的关键。所以，人性化在中国的许多文化领域都有体现：在一般的岁时节日中有体现，在除夕讨债习俗中也有充分的体现。

中国是人情社会，是血缘社会——至少在以地缘社会为特征的城市人口未占优势的地方依然如故。考虑到中国古代的社会流动性很差，债主和欠债人不是沾亲带故就是乡里乡亲，这就决定了债主对欠债人一般不可能态度蛮横。此乃除夕讨债习俗人性化的一个极其重要的因素。

五、渐去渐远的除夕讨债习俗

民俗不是个人的行为，而是社会普遍传承的风尚。民俗一旦形成，就具有相对的稳定性，会一代代地延续下去。除夕讨债习俗就是这样，至今在我国大多数地区仍顽强存在。尽管许多公民法治观念很强，发生债务纠纷严格按照法律规定处理，但除夕讨债习俗却没有丢弃，因为它有着法律无可替代的功能，有着强大的生命力；不仅老百姓，就连法官也在随从。如南京市江宁区人民法院汤山人民法庭的两位法官几年前就曾在除夕，守候在欠债人的门外，帮助债主讨债。

对于一些债务人，平时躲猫猫游戏玩得纯熟，见不到人，只有借着除夕，才能找到，所以，尽管是法院，也只好随从民间习俗，除夕上门讨债。当然，对那些铁心要赖账的人，债主即使在除夕寻寻觅觅，也只能以一个愁字了得。

从前面的论述可知，许多除夕讨债仪式在产生初期都与神性有关，在普遍信仰神鬼迷信的年代，这些仪式的功能很强，民众会严格遵守。但在当今，除夕讨债仪式的神性越来越淡，神鬼迷信的威吓作用不再那么强，除夕讨债习俗就不会再被严格遵从。如此，除夕讨债时就容易发生纠纷，甚至出现凶杀案。另外，除夕讨债习俗形成的年代，人与人之间交往的空间距离不会太远，相互之间处于熟人社会。债主和欠债人相互之间除了受习俗约束外，还受伦理、乡规民约的约束。而当今，人与人之间交往的空间距离越来越远，特别是在城市，相互之间处于陌生人社会，人们敢于大胆违背习俗和伦理规范。所以，无论债主还是欠债人，都可能违犯除夕讨债习俗。欠债人欠债不觉得晦气，反而认为有便宜不占是傻瓜，债务能拖则拖，能赖则赖。债主平日找不见欠债人，好不容易在除夕抓住，岂肯罢休！哪管他有无偿还能力，哪管它门神、对联贴上，鞭炮响罢，饺子吃了，只一味逼着索债，这样就难免出现一些惨案。网上搜索，发现在除夕讨债时发生的凶杀案绝非个案。由于社会的发展，以往除夕讨债时那种良好的氛围逐渐消逝，债主和欠债人都不能心平气和地坐下来解决债务纠纷，往往酿成血案。这与胡兰成所说的家乡"胡村人常年亦没有过为债务打架，诉警察或吃官司"的情况反差实在太大了。当然，更比不上林清玄在散文《卡其布制服》一文中所说的那些债主：除夕还在林家讨债的债主，大年初一林清玄的父亲领着孩子去给债主拜年，"每一个人都和和气气的，仿佛没有欠债的那一回事……当然，类似'跑债'的行为，也只反映了人情的可爱，因为在双方的心里，其实都是知道一笔债是不可能跑掉的。土地在那里，亲人在那里，乡情在那里，都是跑不掉的。"

除夕讨债习俗是农业社会、乡土社会所形成的，随着城市化的普遍深入逐渐淘汰；尽管短时期内不会在中国社会中消失，但在迈向法治社会的过程中，其影响日趋式微。

（原载《人民法院报》2016年2月5日版）

东坡先生的法律人生

一

在中国顶巅的文学家之中，喜欢苏东坡的不在少数。文学创作是东坡先生才华的主要挥洒之地，但作为官员，法律也纠缠了他一辈子。

唐末、五代的成都、眉山一带系全国文化中心之一，刻书业特发达。两宋三百载，眉山考中进士者达八百八十六人，江浙才子即便不愿折腰，也当"举案齐眉"。眉山所出人才可不是一堆歪瓜裂枣，只值当填充县志府志。李密的一篇《陈情表》，让世人知道眉山"有人"。"三苏"的横空出世，使眉山的眉高高地扬起，风流倜傥，神奇多彩，巍峨壮观，指地通天。天下诸多读书种子，囊萤映雪，悬梁刺股，到头来只配给苏氏父子充当"书童"。

东坡先生写过一句诗："读书万卷不读律。"这是对弟弟子由的戏说，也是对王安石变法所实行的那种法律统治的一种消极反抗。其实，作为眉山人的东坡先生，虽然不像绍兴师爷那样读律破万卷，但对法律还是略知一二的。山称眉山，与穷山恶水无缘，刁民自然无从产生。但许多官员到了此地会不由自主地蹙眉，因为这里的百姓出奇地难管。既然在一个朝代就能贡献八百进士，说明此方文化格外发达，发生纠纷自然喜欢文斗不喜欢武斗。所以，"刁民"常采用的那种急风暴雨式的斗争方式士绅概加拒绝，毕竟与身份不符。要文斗就须练好嘴皮子，把历史上善辩者的本领学到手。苏氏父子文章雄浑善辩的气势大概就是这方水土滋养出来的。八百进士表明眉山人朝中永远有人，可贵的是，这帮人读的是四书五经，从不仗势欺人，他们至多仗嘴欺官，让那些在别处耀武扬威的父母官在这里低下高贵的头颅，领教一下眉山人嘴皮子的厉害，迫使他们的智力在此地得到充分的发挥。

苏序是东坡先生的祖父，眉山士绅的代表。老头儿酒量大，着装古怪，还会一项绝技：倒骑毛驴。当然，他的大名，无意中给他的孙儿添加了一点小麻烦，使他们一生无法作"序"，只能改为"引"或"叙"。这位序爷平生写了数千首打油诗，虽然没有流传下来，但在当年一定起了大作用。要知道中国的打油诗从产生之日起就讽刺光芒四射。老头儿喜欢打抱不平，找官府的茬。官府不讲理，他会冲到府衙，教人家学会怎样讲理。这个过程，他擅长的打油诗肯定火力凶猛。

当然，要想取得舌战官员的胜利，雄辩只是必备的基本技能；也不能采用脑筋急转弯的法子，把人家搞晕就宣布胜利。眉山士绅家中都备有法典，其他地方士绅羞于读律，眉山士绅却不以为非，因为律是他们战胜官员的法宝。这么早他们就有权利意识，够得上模范百姓，即使放在当今也值得称赞。不知在中国法律史上，法律意识还有没有比眉山人更强的。东坡先生所说"读书万卷不读律"，是一句气话，只不过是对王安石这些变法派出台的法律有抵触情绪，不愿读他们制定的"恶法"而已。仔细研读，不难从东坡先生的文章中看出家乡文化对其诗文风格的影响。

东坡先生的性格与其父有相同之处，而其父又继承了祖父的遗风，这种遗风弥漫在他的作品中。在东坡先生宏富的散文著作中，议论文占有重要地位。《留侯论》、《范增论》、《贾谊论》、《晁错论》都是东坡先生的议论文名篇，共同特点在于利用习见史料，喜作翻案之论，提出惊人之见，这与老辣的讼师手法颇为一致。其实，苏洵、苏辙也都擅长议论文，"三苏"的议论文特色非常接近。东坡先生的成名作，也即他的应试作《刑赏忠厚之至论》，写得所以好，与其出生的文化背景大有关系。由于中国传统文化鄙视"读律"，东坡先生羞于向外人道也，因而家乡的这一文化背景外人知之不多。

文学风格的形成原因往往很多，即使与眉山地域文化有关，那也只是部分影响，例如，苏洵就公开承认他的文章受战国纵横家雄辩手法的影响。东坡先生的议论文风格的形成其原因一定很多，比如庄周就慷慨无私地给他传授了不少秘诀，然而，眉山地域文化带来的影响也应关注。切勿忘记，古今中外，地域文化对作家文风带来的影响非常普遍；在成长过程中，家人带来的影响更是司空见惯。法国学者泰纳认为，民族、时代、周围环境为文学风格形成的三大决定因素。地域文化、家人的影响都归于周围环境的影响，不容低估。

二

世态炎凉、落井下石反映了人性阴暗的一面。官场上，这种情况更加突出。造成这种现象的原因不仅与趋利避害的人性有关，而且与法律制度、政治气候有关。苏东坡一生的遭遇就可印证此点。

东坡先生曾言："吾上可陪玉皇大帝，下可陪卑田院乞儿，眼前见天下无一个不好人。"既然天下都是好人，他的朋友自然会遍天下。当然，朋友有真假，好人有冒充。对于一个善良的人来说，由于对朋友完全不设防，什么话都讲，那些想踩着东坡先生往上爬的奸佞小人就有了机会，把东坡先生的心腹话当作"投名状"，呈"御览"后升官发财。那个留有《梦溪笔谈》的著名科学家沈括就曾充当过这样不光彩的角色。沈括与东坡先生同在崇文院供职，相识甚早。沈括奉命到两浙察访农田水利和新法实施情况，苏轼通判杭州，宋神宗让沈括"善遇之"。谁知，在苏家吃饱喝足的沈括，临走前索取了东坡先生新近的诗作，回汴京后，鸡蛋里挑骨头，硬是把老相识往罪大恶极的路子上攘。著名的"乌台诗案"，沈括充当了诬陷东坡先生的开路先锋。好在宋神宗不缺乏文学细胞，从苏诗中品尝出的是优美，而不是大逆不道。

东坡先生身边虽然有沈括之类小人，不过，心地善良、多才多艺的好人、知心朋友更多。

在沈括、李定、舒亶、何正臣、张璪等人的构陷下，"乌台诗案"事发。前往湖州捉拿东坡先生的官员刚一出发，驸马王诜就给苏辙通风报信，赶在官员到达之前，让苏辙把消息传达给东坡先生。在东坡先生身陷囹圄的整个过程中，许多正直之士，如范镇、张方平、司马光、陈师仲、李常等二十多人没有在东坡先生的书信中寻章摘句搞揭发活动，受到罚铜处分。还有一些官员遭到贬斥，驸马王诜更是被削去一切官职爵位。

作为"元祐党人"，东坡先生在哲宗时期被新党以"讥刺先朝"的罪名贬居惠州、儋州。在贬居生涯中，他受到了官员、朋友和众多百姓的多方照拂。惠州周边太守、县令几乎都送来酒菜，希望结交这位名人。东坡先生在人们心目中不仅仅是官，而且是文学大师、书法大师、绘画大师，还是惹人喜爱的美食家。然而，新党这些素质不高却身居高位的官员，把迫害东坡先生作为他们的既定目标，置之死地而后快。只要是给东坡先生提供方便的官员，知道后统统惩处。譬如，雷州知州张逢款待过东坡先生，并为贬居此地的苏辙租过房，遭到弹劾，削职为民。儋州军使张中因东坡先生居住的驿站破旧不堪而派人加以修缮，又多次看望，甚至亲自挖泥运土为东坡先生建茅屋，遭察举，贬为雷州监司。海康县令陈谔、本路提刑梁子美因与苏氏兄弟来往，受到处罚。连同情他的和尚道潜也受到被迫还俗、"编管兖州"的处分。这些当权者的目的是要泯灭人性中的善良因素，使世态炎凉、落井下石成为生活常态。

众所周知，孔子提倡"诗可以怨"，《诗经》以降，讥讽朝政阙失成为诗歌的传统，杜甫、白居易的大量诗歌就长满了"刺"，连"汉皇"也被指责重色而晒上了诗坛。宋代皇帝为了江山永固而对文人搞"和谐"，除了那个写有"问君能有几多愁，恰似一江春水向东流"词句的李后主被宋太宗认为对丢失的江山有"想法"而被鸩杀外，好像还没有哪个文人因舞文弄墨被处死，甚至神宗之前因写诗而坐牢的也无先例。不杀士大夫、不以言罪人是宋太祖制定的"祖训"。"乌台诗案"标志着不以言罪人的时代结束，文字狱已堂而皇之地阔步走来。只是像明清那样动辄杀人、株连九族的文字狱，宋代从未有过。"清风不识字，何故乱翻书"这样带有陶渊明诗风的优美诗句，宋朝皇帝即使觉得犯忌，也绝不会用来作为杀人的借口。由于宋代文网宽松，对士大夫"刀下留情"，所以，东坡先生戴罪之后，才有那么多人救援。明清那样烈度大的文字狱，对士大夫动辄杀无赦，他人躲之唯恐不及，谁还敢救援?! 历史越是发展到后代，文网越密，处罚越重，世态炎凉、落井下石的场景越是触目惊心。尤其到了"文革"，谁要对"坏人"发点慈悲，就要受到专政铁拳的无情打击，致使人们增长了狼性，连父母都敢咬。曾有儿子揭发母亲散布反革命言论，要求法院判处极刑。暴虐的秦律还禁止子告父母，臣妾告主，而"文革"时期却突破了这一人伦底线。这种结果主要由政治法律文化气候形塑而成。从东坡先生的遭难不难看出世态炎凉、落井下石文化形成的一些重要原因，因为那些对东坡先生友善乃至帮助的人，已经受到了惩罚，尽管与杀头比起来是薄惩。

现代西方民主政治培育出的政治家往往遵循一个基本理念：台上是对手，台下是朋友。中国古代也不乏这样的政治家，例如王安石。政治上，王安石与东坡先生政见不合，身居高位的王宰相也不愿提拔这样的政敌在身边。但在"乌台诗案"的关键时刻，王安石屁股没坐到自己营垒构陷东坡先生的人一边，却上书神宗替东坡先生说话。东坡先生的命能保下来，与王安石这句"安有圣世而杀才士乎?"的话语有莫大关系。

然而，王安石提拔上来的变法继承人吕惠卿却是个典型的小人，对付政敌，不但打倒，还要踩上一只脚。其人品低下还表现在向皇帝告状，陷害他的恩人，说王安石"隆尚纵横之末数"。指责王安石一方面与政敌作斗争，另一方面又与之私交甚笃。由于中国历史上王安石这样的政治家太少，而吕惠卿之流的政客甚多，所以，世态炎凉、落井下石的现象才层出不穷，才成为一种社会病态。

三

中国古代地方官，尤其是县老爷，除了处理行政事务外，往往还担任审判官，审理民刑案件。东坡先生从芝麻官开始，一步步成为高官，行政事务、民刑案件都处理过，与法律打交道自然成为日常功课。

法家强调依法办事，儒家实行人治。虽然汉武帝以降，儒家文化成为中华文化的主流，但法家那一套做法却没被完全抛弃，因为治国安邦仅靠儒家的苦口婆心是没用的，还得法家的大棒喝阻走邪路的人们，所以，受四书五经熏陶的东坡先生，在官场上自然要对国家的法律负责，不能弃而不用。

从东坡先生在官场的所作所为，可以看出一个封建社会的官员是怎样执法的。由于东坡先生的名人效应，对他事迹的记载远比其他官员更为详尽，所以，他平生的一举一动，是考察官员遵守法律的极好标本。

东坡先生两次在杭州做官，政绩赫赫，深受百姓喜爱，以至于"家有画像，饮食必祝，又建生祠以报"。他喜欢在西湖边冷泉亭办公，大文豪，才思敏捷，"落笔如风雨，纷争辩讼，谈笑而办"。能写出那么多锦绣词章的人，判词也被人称颂一时。灵隐寺是著名的寺院，寺内有个小和尚了然，没喜欢上读经，却爱上了一位名叫李秀奴的妓女。了然钱财耗尽，秀奴依据公平买卖原则断绝来往。了然情切切意绵绵，不依不饶，乘醉去找秀奴，无奈秀奴倾心于金钱，秉承公平买卖原则坚决与了然了断。了然不愿了然，因他的臂上早刺有"但愿生同极乐国，免教今世苦相思"的誓言，一怒之下就把人家的命了断了。这么有情有文化的和尚，东坡先生头一次碰到，不作词一首，比试一下，怎对得起人家，遂仿《踏莎行》判道："这个秃奴，修行忒煞，云山顶上空持戒。一从迷恋玉楼人，鹑衣百结浑无奈。毒手伤人，花容粉碎，空空色色今何在，臂间刺道苦相思，这回还了相思债!"杀人偿命，自古已然，何况和尚犯戒在先，属于"是可忍，孰不可忍"的案情，东坡先生判决处斩了然，无疑是严格依法办事。

从此案可以看出，东坡先生对法律颇为遵守，但据此认为东坡先生是严格执法的楷模就有点武断了。有时他不仅不依法，还故意违法。

王安石变法搅动了北宋政坛。东坡先生尽管对变法内容并不全盘否定，但赞成的很少。变法有一项内容叫手实法，要百姓自报财产，连鸡豚也不能遗漏，官府据此分摊各户应纳的役钱。为防止有人少报，法律鼓励知情人告发。东坡先生对于这种做法极为反感，认为会败坏社会风气。本是法律的执行者，但实际上他把自己摆放在了法律审查者的地位，凡是他认为有害无益的新法规定概不执行。即使面对检查督促的新法使者，他也敢当面与之争执。如此作为，政治上冒的风险肯定不小；不过，东坡先生抱有"虽千万人，吾往矣"的勇气，在所不惜。事实上，反对新法的官员确实不少，许多地方官，如刘序、姜潜、富弼都曾在当地阻挠青苗钱的散放。

上面的"违法行为"带有政治背景，有"为生民立命"的意味在里面，显示了传统士大夫精神。不过，东坡先生的某些违法行为可有些离谱了，甚至有点黑色幽默的味道。

东坡先生酒量不大，却喜欢抿两口。在黄州"东坡"耕耘劳作时，随身带壶酒，累了就来两口，酣睡在田间地头。熟悉东坡先生的人知道两口酒在一般人身上起不到多大作用，但在东坡先生身上却威力无穷，因为他的许多杰作都是在"抿两口"后创作出来的，诗文如此，书画亦同。《念奴娇·赤壁怀古》就是在"一樽还酹江月"的情况下创作的。

北宋酒税占财政收入的两到三成，政府对酒管制极严，私人是不允许酿酒的。要饮酒，得到官家允许经营的店铺沽酒。官家的酒就像那些施行苛政的官员一样，面对百姓形容单一，只留下"暴"的一面；而私酒品种丰富，味道绵长，让人流连忘返，难舍难弃。黄州时的东坡先生与朋友一起就干过违法的事情，把违禁的私酒，"飞流直下三千尺"，仰脖灌到肚子里。为了喝得有滋有味，还宰杀了一头病牛。酒足饭饱之余，东坡先生把喝酒经历记叙下来，露出一副洋洋得意神色，说道："入腹无赃，任见大王。"颇有王朔"我是流氓我怕谁"的风采。

东坡先生不但喝人家提供的私酒，自己也酿。毕竟是"东坡肉"的发明者，酿造技术也非常高超，从没把酒酿成醋，而且这种酒人们喝过忘不了运动，因腹泻要不断出恭，这才让他的违法活动没再发扬光大。用法学专业术语来说，属于因意志外的原因而停止了犯罪活动。

虽然酿制私酒属于犯罪活动，但东坡先生从不认可，因为"白马非马"那一套诡辩术他也娴熟。他给朋友写信，说："近日黄州捕私酒甚急，犯者门户，立木以表之。临皋之东有犯者，独不立木，怪之，以问酒友，曰：'为贤者讳。'吾何尝为此，但作蜜酒尔。"人们可知，继"白马非马"后，还有"蜜酒非酒"的发明，不能因东坡先生文学书画成就高就淹没了其逻辑贡献。

作为官家人的东坡先生，酿制私酒显属违法，然而在那个年代，这类违法行为东坡先生可没有"专其利"。他的好友王巩，身为宰相之孙，就曾带着英英、盼盼、卿卿几个长有"梨涡"的美姜，载着一车自酿的上好私酒，访朋问友，四处送温暖。看来，禁酿私酒确属违背人性，把人的一点不易改变的嗜好革掉，实在不人道。

东坡先生的违法活动还不止于此。

离开黄州赴任汝州，一路游山玩水，拜访亲朋故旧。这天来到泗州，与知州刘士彦同游，直到夜阑方尽兴而归。东坡先生填词一阕，送给知州，知州看到"望长桥上，灯火乱，使君还"句后，吓得心惊肉跳，脸色都变了。原来他们夜过泗州长桥，违犯了宵禁法规，要徒二年。本来违犯就违犯了，有"大人"在此，神不知鬼不觉，但东坡先生却写入词中，借着他的大名，很快会传遍全国。东坡先生做官多年，想必也知晓宵禁法规，但他却毫不在乎，还写入词中，可谓"害人害己"，要不是知州的谨慎，把词藏起来，恐怕又要被人咬住不放，起大狱了。

东坡先生还做过一件对不起朋友的"违法"事。

谪居黄州时，朋友巢谷来访，闲谈间巢谷说他有一个药方，是治疗瘟疫的特效药。此药方是巢谷的钱柜，连儿子都不告诉，但遇到东坡先生这样难缠的主，巢谷无奈答应把药方抄给他，不过把老友叫到江边，让其指江水发誓，绝不传人。誓发过了，能否遵守，就由不得巢谷先生了。事实上，东坡先生很快就把药方告之他人，这个人还不是普通人，而是一位名医，目的在于增加传播速度。具有自主知识产权的药方，就让东坡先生这样泄露了，不过东坡先生的理由很充足，说这样会救更多人的命。虽然那时尚无保护知识产权的法律，但他可是发过誓的，天理人情、"自然法"在起作用。

东坡先生虽然违背誓言，把人家的钱柜砸了，有点对不起朋友，但只要了解东坡先生的为人，就会释然，原谅这位平生管不住嘴从而给自己招来无穷灾祸的饶舌汉。

金无赤金，人无完人。东坡先生显然不是圣人，缺点跟他的诗文创作一样，非常显著，但他的一些行为却不可原谅。譬如，北宋冗员甚多，朝廷压缩公使钱，东坡先生觉得公使钱压缩的太甚，不够接待费用，写诗讥讽："忧来洗盏欲强醉，寂寞虚斋卧空瓿。公厨十日不生烟，更望红裙踏筵舞。"（《寄刘孝叔》）

东坡先生的所作所为，可看出官员严格执法、守法的不易，或许只有依靠海瑞那样性格太过刚直的官员，才能捍卫法律的尊严。东坡先生的可贵之处在于他光明磊落，与伪君子绝缘，不掩饰自己的违法行为，且用诗词广而告之，由此我们才能捕捉到东坡先生可爱的一面，知晓这位基本算得上的模范官员是如何与法律打交道的。

从东坡先生身上可体会到，当官员对国家制定的法律不认可时，会千方百计地阻碍法律的施行。历史上许多法律难以施行，一个重要原因恐缘于此。东坡先生对法律的"刁难"来自政治原因，还属于"大公无私"，没有任何私益在里面需要谋取。然而，历史上阻遏法律施行的官员，以谋取私益为多，这才是历史的本来面目。

四

"乌台诗案"中，东坡先生这样的高官也要遭受刑讯逼供的折磨。

大臣苏颂因受人诬陷而下狱，与东坡先生的牢房相连。他通宵听到的不是大诗人的吟唱，而是御史们对大诗人的辱骂声甚至扑打声。他留下了两句诗"遥怜北户吴兴守，诟辱通宵不忍闻"，记录下了审讯官的虎狼面目和东坡先生的悲惨境况。

中国古代有句非常闻名的话语："刑不上大夫，礼不下庶人。"虽然对这句话的解释有分歧，但一般认为"刑不上大夫"

是贵族、高官享有的一种特权。有人认为先秦存在许多刑上大夫的实例，怀疑这句话反映的问题曾经存在过。其实，我们今天强调法律面前人人平等，但实际上却有许多不平等的实例，因而不能由此否认法律中就没有这样的规定，只能证明许多人未曾模范遵守法律。所以说"刑不上大夫"是一个原则规定，具体执行中违犯其规定的比比皆是。

从内容来看，"刑不上大夫"确实充满了仁慈。在《孔子家语》中，孔子是这么解释的：古代大夫犯罪，不能捆绑关押，令其自己请罪；重大犯罪，令其跪拜自裁。以往认为这是一种特权保护，应取缔。其实，我们从中看到的是一种人道的曙光，是轻刑原则的贯彻。

放宽视野，纵览全球，可以看到，在世界范围内，人道的曙光、轻刑的原则最初都只在部分人身上施行，然后才普及大众。

罗马法最初规定享有公民权的范围很小，奴隶、盟邦自由民都不享有罗马公民权。可以说，这是赤裸裸的特权，因为享有罗马公民权意味着享有投票权、荣誉权、婚姻权、免税权、刑事豁免权（不受刑讯、不被判处死刑等）等等权利，是文明化的体现。以后享有公民权的范围逐渐扩大，最后扩及各个行省，自由民、奴隶都有了公民权。

近现代的西方民主国家，公民的权利也是逐渐扩大，先是贵族、有产阶级享有，自然属于特权，以后扩及公民全体后，特权的属性就取消了，成为文明的象征。美国建国之后近百年，黑人在社会上无权，被任意买卖。南北战争爆发后，黑人才获解放，逐渐享有与白人相同的各项权利。

"刑不上大夫"作为一种特权，显系糟粕，但它内中含有人道的曙光、轻刑的原则，所以，这样的规定不能轻易抛弃，而应逐渐扩及公民全体，把它的合理内核继承下来。如果公民犯罪，都不捆绑关押，不搞刑讯逼供，不施加酷刑，这样的社会就是文明的社会，就是全体公民向往的社会，有何理由把它抛弃呢？罗马人做到了，我们有何理由拒绝这样做呢？

中国历史上有许多好东西，不是把它提升，惠及公民全体，而是把它降低，不但少数人得不到，而且所有人都无望，好像只有这样才公平。其实，这是文明向野蛮的靠拢，高贵向低贱的俯首。当明代的廷杖横行时，没有人认为这是在走向平等，只是觉得朱和尚及其后代丧心病狂地在向野蛮致敬。当红卫兵任意殴打、批斗老干部和知识分子时，谁还会礼赞说这是在走向民主自由?!

农民起义往往提出杀富济贫的口号，但从社会最底层站起建立朝代的几位农民兄弟，心胸实在不够开阔，共同的特点是诛杀功臣，滥施淫威，对待官员远不及唐宋这些"出身不好"的皇帝。从某些方面来说，是"几位农民兄弟"在把文明的程度往水平线下拉。平等应往更高的水准提升，而不是相反。

五

通过科举考试步入仕途的东坡先生，对儒家经典的熟识不言而喻。不过，东坡先生一生与佛教的缘分非浅。

东坡先生说他前世是和尚。母亲程氏刚怀孕时，梦到过一位瞎掉一只眼的僧人来托宿。大文豪相信前世因缘，官服下面竟然穿着僧衣，连哲宗皇帝也识破庐山真面目，觉得这位老师行为举止可笑。

虽然没有皈依，但已自称"东坡居士"了。生活多灾多难的他，要靠阿弥陀佛的友情援助，才没被击倒，才不时地幽他一默，露出刁顽习性。

宦海沉浮几十载，结交和尚无数，但红尘滚滚，要他完全脱离人世"苦海"，谈何容易。拜李定、舒亶之流所赐，东坡先生居然来到黄州，虽然在此地尚未"彻悟"，没像"后进"贾宝玉那样索性跳出凡尘，不过，与阿弥陀佛已牵起手来，使他思想完成了儒释道的融合。"前年开阁放柳枝，今年洗心归佛祖。"从此佛教思想在他头脑深深扎下了根，影响了他的法律人生，最显明的就是"自此不杀一物"。知县知州是操刀把子的人物，"不杀一物"可不是一件小事。

黄州、鄂州一带杀婴成风，百姓家里有二男一女，再生孩子一概溺死。法律有"故杀子孙，徒二年"的规定，但穷人家养不起孩子，王法也就枉顾了，胆大妄为的事情层出不穷。或许是法不责众，官员对这样的刁民睁一眼闭一眼，让人家该干啥还干啥，从不干涉。东坡先生受佛教思想熏陶，从大胖子弥勒佛的身上学到不少，平生幽默不输他人，可杀婴那样的民间陋习他实在看不惯。救人一命，胜造七级浮屠。东坡先生既然前世就是和尚，救人一命，丝毫不缺少洪荒之力。然而，由于李定、舒亶之流搅扰，东坡先生在黄州成为被看管的犯官，不得签书公事，这样，拯救溺婴的千斤重担难以担当。诗文写得好，可老百姓大多是文盲，想"送法下乡"，难啊！于是，我们的大文豪只好过着"先生食饱无一事，散步逍遥自扪腹"的生活。好在鄂州知州朱寿昌是著名孝子，知道东坡先生在临近的黄州遭难，就伸出救援之手，多加照顾。东坡先生写信，希望他以知州的权力，晓谕地方，严厉禁止杀婴。果然，愿望不久就实现了。后来东坡先生又倡导组织黄州的民间慈善团体"育儿会"，帮助穷家，阻止溺婴。

东坡先生判过一个债务纠纷案。据宋代何薳所著《春渚纪闻》一书记载，一绸缎商赊欠给一制作扇子的小商人两万钱的绸缎，期限到了，对方却没还款，绸缎商遂告至衙门。东坡先生把原被告唤来，询问案情。原来小商人父亲去世，花费不訾；老天爷为了节省人力，不让扇子发挥作用，就来个阴雨连绵，小商人的扇子一把也售不出去。若要法律长牙，必要制作扇子的小商人还钱，说不定会逼得他走投无路，干出极端之事。可绸缎商也要生活啊，不还钱也是不行的。看来，此案比刘巧儿婚姻案要难办多了。东坡先生想了想，让小商人从家带来二十把扇子，自己挥毫泼墨，不多时间，扇子上的鸟儿展翅欲飞，花儿缤纷怒放，枯木也把月亮呼唤出来了。小商人不知其意，还在发呆，只见东坡先生签上自己的大名，让小商人去街上售卖。果然，一会儿就卖完，欠款回来了。这样帮被告还款的法官，包公、海瑞可赶不上喽！因为他们除了刚直，还欠缺"手艺人"的天赋。佛教讲究因果报应，行善可以积德，来生方能幸福。东坡先生信奉因果报应，为了自己及家人的长远利益，在力所能及的情况下做点善事。

事实上，东坡先生无论在哪里做官，都尽力行善积德。

王安石变法，新法存在不少问题。比如，市易法使小商人无法生存，青苗法执行中流弊多多，导致百姓欠下不少官债。在柳宗元之后，东坡先生指出了苛政猛于虎的另一情景：丰年不如凶年。天灾流行，民虽乏食，缩衣节口犹可生。而丰年举债积欠，吏卒催逼，枷梏在身，民求死不得。为了使"久困之民，稍知一饱之乐"，东坡先生几次上奏朝廷希望免去百姓的官债。这一行为固然反映了东坡先生身居其位勇于担当的可贵之处，但对一个信奉佛教的人来说，谁又能否认其所作所为不是在行善积德呢？

东坡先生行善积德有时做得过了头，连自己也无从"安顿"。

经过"乌台诗案"，东坡先生保住了性命，作为罪臣，贬谪黄州。官位降了，薪水微薄得只好耕耘"东坡"，用自己的劳作成果糊口。离开了黄州，朝廷允他定居常州。他倾囊而出，以五百缗购得一套新居。高兴的他，月夜去散步，竹篱茅舍间碰见一位老妪正在饮泣，原来老妪就是所购房屋主人，不肖之子守不住这套百年老宅，只好卖掉。东坡先生非常同情这位老妪，掏出房契，点燃，随着一缕青烟袅袅而上，东坡先生告诉老妪，房屋又归她了。东坡先生没提钱的事，花光积蓄的他，连当房奴也不够格了，成了地地道道的"裸官"。

六

杜甫的诗如实地反映了安史之乱中百姓颠沛流离、饥寒交迫的痛苦生活，谓之"史诗"，诗人被称为"诗圣"。东坡先生的诗文也如实地反映了王安石变法中"新法"给百姓带来的许多弊端，成为研究王安石变法的重要史料。"诗圣"为了写出"史诗"，受尽了磨难，贫病交加而死。东坡先生面对新法，喊出了"我控诉"，遭受牢狱之灾。

言论自由会带来政治清明、文化繁荣。宋太祖虽系武将，却好读书，一个"勒石三戒"，使士大夫在两宋耀武扬威了三百载，把中国文化推向了巅峰。

东坡先生生活的年代，星汉灿烂，人才辈出，唐宋八大家中的六人同在谱写华章。司马迁之后最优秀的史学家，宋明理学的开山鼻祖，四大发明中的活字印刷术、指南针的发明者，全都生活在那个年代。这么多伟人"同此凉热"，与"不杀士大夫与上书言事人"有莫大的关系。言论自由就在太祖誓碑中产生。不然，即使生有伟人"胚子",也会因严酷的思想禁锢而"泯然众人矣"。

让东坡先生十分不安的是,言论自由愈来愈从身边消失,最大的威胁者就是那位"拗相公"王安石。

宋初,低级官吏和普通学者皆可面见皇帝,如今却"俱往矣"。欧阳修当参知政事时,还允许自由批评;王安石当宰相,宰掉了自由批评,"好使人同己",致使"弥望皆黄茅白苇"。故而,东坡先生上书要求广开言路,鼓励自由批评,提倡独立思考。东坡先生的思想深邃度自然无法与《论自由》的作者密尔同日而语,可他的鼓与呼,对捍卫言论自由,对"文字狱"的控诉还是有积极意义的,至少让限制言论自由者、文字狱的炮制者"羞羞答答"、不理直气壮。

王安石变法从一开始就具有悲剧意味,因为朝中有名望的大臣几乎全站在"拗相公"的对立面。为了推进新法的实施,只好提拔后进,投机钻营者纷至沓来。有老臣的顽强掣肘,有小人的竭力暗算,有胥吏的野蛮操作,变法的结局只会像一地鸡毛,随风而散,除了扰民一场,没起到多大作用,反而造成官场的倾轧,加速了政权的灭亡。

变法的负面作用是一步步显现出来的。由于王安石"好使人同己"的强悍风格,官场的言路不是那么顺畅,下情不能上达,皇帝听不到百姓真实的声音。在这种情况下,作为著名的文学家,东坡先生诗文的传播面甚广,他希冀通过揭露变法给百姓带来的苦难,"流传上达,感悟圣意"。

东坡先生为官一方,常去民间,了解百姓疾苦,著名的《山村五绝》就反映了新法给百姓带来的痛苦:第三首诗(老翁七十自腰镰,惭愧春山笋蕨甜。岂是闻韶解忘味,迩来三月食无盐。)讽刺了施行盐法专卖把盐价抬高,使百姓吃不起盐。第四首诗

（杖藜裹饭去匆匆，过眼青钱转手空。赢得儿童语音好，一年强半在城中。）如实地道出了青苗法给农民带来的灾难，农民无法安生。

喜欢游山玩水，是东坡先生毕生嗜好。许多名山大川、江河湖海，都因东坡先生的临幸而留下了千古名句，为自然增色不少。身在杭州，钱塘潮自然无法绕开东坡先生的双脚。如此壮观景色，当然要用如椽巨笔描绘。《八月十五日看潮五绝》是一组七言绝句，诗人讴歌了钱塘江怒潮的威势，抒发了观潮后的所思所想。面对新法的弊端，他眼前看到的也是怒涛。"吴儿生长狎涛渊，冒利轻生不自怜。东海若知明主意，应教斥卤变桑田。"短短几句诗，讽刺朝廷兴建水利多不切实际，害多利少，难有成效。

东坡先生对官员虐政害民的行径进行了无情揭露，《吴中田妇叹》写道："汗流肩赪载入市，价贱乞与如糠粞。卖牛纳税拆屋炊，虑浅不及明年饥。官今要钱不要米，西北万里招羌儿。龚黄满朝人更苦，不如却作河伯妇！"

东坡先生还写诗反映农民因青苗法、助役而加重负担的情况："疲民尚作鱼尾赤，数罟未除吾颡泚。法师自有衣中珠，不用辛苦沙泥底。"

保甲法、方田均税法、手实法的弊端也不少。"保甲连村团未遍，方田讼牒纷如雨。尔来手实降新书，抉剔根株穷脉缕。"东坡先生揭露保甲法遭到百姓的抵制，没把民众组织起来，而方田均税法由于分配不匀，引起民间众多诉讼纠纷。手实法则苛细至极，"尺椽寸土，检括无余"，把百姓搜刮一空。

总之，东坡先生的诗文如实地反映了新法对百姓带来的痛苦。从这些诗文中，对王安石变法我们会有新的认识。以前由于新法实行国家资本主义，出于意识形态的考虑，一味地唱赞歌。

现在，应该客观地通过东坡先生留下来的"史诗"，结合其他史料，重新对变法加以评论，得出符合实际的结论来。既不溢美，也不恶评，让事实说话。新法之不行，有立法不完善的问题，但更多的原因在于官员出于各种目的，阻遏新法之实行。所以，现今要建设法治社会，澄清吏治更为根本。

（原载《法学》2017 年第 9 期）

再读《胭脂》

一

记得 1984 年我在陕西汉中中级法院实习，下班后与同学晚上去电影院看电影，放映的是《胭脂》。这是一部根据蒲松龄同名小说改变的电影，涉及断案。真是不迟不早，在我们正神气活现、过把法官瘾的时候放映，恰可指导我们的实习。电影情节曲折，案情扑朔迷离，插曲由朱逢博演唱，声韵凄婉、甜润清亮。看完电影，我又找到《聊斋志异》，把《胭脂》认认真真地读了一遍，算是给实习生活充了电，也体会到断案过程可谓惊涛拍岸，稍不留神就会卷起千堆"血"。

转瞬间，三十多年过去了，近来我又翻开《聊斋》，把《胭脂》重看了一遍。

电影与小说属于两种艺术，电影改编小说自然不能充当孝子贤孙，否则，就成了败家子，把小说毁了，也把自己脸上摸得五马六道，里外不是人。《胭脂》导演深明此理，在小说面前没有亦步亦趋，而是大刀阔斧，天马行空，放手来个再创作。虽是孪生姐妹，但彼《胭脂》非此《胭脂》，倒让人很是好奇。

《胭脂》里面也有才子佳人，几千年来，中国的老百姓对这样的题材如痴如醉，柳泉居士自然不会让人们失望，舍弃这个看点。更难能可贵的是，"才姿惠丽"的胭脂，是个牛医的闺女，与鬼狐无缘，她的敢爱敢恨就非同寻常了。

胭脂爱上的秀才姓鄂名秋隼，"风采甚都"，不仅是个才郎，还是帅哥。这样的心上人，胭脂姑娘为之"辗转反侧"、"寤寐思服"，值得。柳泉居士笔下的胭脂，比《关雎》中的那对情侣要痴情得多，《关雎》中表达思念的词语深度已不够，胭脂姑娘竟然"延命假息"，成"朝暮人也"。这可急坏了对门徐娘王氏。

王氏是胭脂闺中谈友，善说笑话。王氏知道胭脂的心思，想治病救人，却是庸医，开出的药方竟是：未婚先居。对王氏这样不守妇道的人来说，只要能唱"欢乐颂"，妇道完全可以不管不顾。胭脂却认为，除非明媒正娶，其他快捷方式皆断断不可。

王氏虽答应了胭脂的要求，却因那时的隐私法律保护的不够，而且王氏这样的人即使在今天也不是捍卫法律保护隐私的主，她一回家就把胭脂的事情当作逸闻趣事，以宋丹丹与赵本山小品中的谈话风格告诉给了她的相好宿介。对于胭脂这样的大美女，想吃这碗饭的人多矣，聪明的宿介，马上就发现良机。他从王氏那里把胭脂的一切掌握得清清楚楚，夜晚，翻墙叩窗，假冒鄂秋隼，欲奸污胭脂；虽未得逞，却把胭脂的绣鞋骗了去，也算小有收获。宿介把捷报传给王氏，不料那只绣鞋摸了半天摸不着。宿介哪知，上帝已悄悄地把那只绣鞋传给了游手无籍的毛大，让他把这出戏演得更精彩一些。

毛大也是王氏玉面的爱好者，只是郎有情，妾无意。但意志坚强的毛大，本着只顾耕耘、不管收获的精神，还在一心一意做着爱的奉献。他经常要看看人家的门是否关闭，这种无偿劳动放在别人一定感动得热泪盈眶。但王氏却连一句感谢话都没有，更别说飞吻了。好在有毛大那样的博大胸怀，一切都能忍受，终于，好心得到了好报。那晚，王氏家的门没有关好，毛大乘虚而入，本想在王氏窗前为心上人站岗放哨，不料想，脚下软绵绵的东西使他站在了"高处"：不费吹灰之力，就窃取了宿介的胜利果实。毛大选择了个月黑风高的夜晚，越墙进入胭脂家。前期工作没做好，不知胭脂在何室，竟闯到了胭脂父亲的卧室。知为女来，"老夫聊发少年狂"，操刀就向毛大砍去。毛再"大"，也经不住胭脂父亲这个没受过剃头训练的新手在头上磨炼手艺。眼看着毛大头上的毛连带皮肉没经自己同意就要割爱，毛大急了，反身夺刀，血刃老翁。

出了人命大案，墙下留有绣鞋，杀人犯的指针自然指向了鄂秋隼。秀才也善于配合，见人羞涩如处子，"上堂不能置词，唯有战栗"。庭堂上见了胭脂，对质时竟"结舌不能自伸"。这样的嫌疑犯，庭审官员头脑不用做更多的自由发挥，就予以坐实。

案件到了济南府，知府吴南岱，"以貌取人"，还没审案，"一见鄂生，疑其不类杀人者"。又温语慰问，天大的冤案就这么容易地搞清楚了，比福尔摩斯厉害多了。那个风流倜傥的宿介，毕竟与棍棒较量不过，只好"延颈以待秋决"，以成全吴知府的清官美名。

《胭脂》小说厉害之处在于，宿介那颗头颅欲成全清官美名而不得，硬是让学使施愚山把真凶捉到了。毛大遇到这样的清官，像剥笋一样，臭皮囊层层被剥掉，活该倒霉。

胭脂一案，几级判官，都不是贪官。尤其是二审判官吴南岱，明察秋毫，一眼就发现问题所在，却差点错杀无辜，实在令人深思。

三个判官，审案都采用刑讯逼供的方式。不但嫌疑犯，而且证人也遭刑讯，甚至胭脂这样的受害人家属都差点被刑讯。在刑侦技术落后的年代，不采用刑讯逼供，大多案件恐怕都会成为悬案，社会秩序就难以维持。其实，只要判官不祈求邀赏，讲求天地良心，若不是真犯，即使刑讯逼供，也难锻造冤案。没做过案，刑讯逼出的口供怎样都难对上事实。但来俊臣站在历史的高处，一番教导，冤假错案遂在神州遍布。

从《胭脂》小说来看，三个"杀人犯"，开始并未被刑讯逼供，只是有了"苗头"，"证据"在手，才被大刑伺候。鄂秋隼"上堂战栗"，"结舌不能自伸"，用老祖宗的"五听"（辞听、色听、气听、耳听、目听）心理战术衡量一下，基本上就把他排除在了好人之列。宿介既与人通奸，又想赚胭脂玉体，已是"恶贯满盈"，这样的恶人不见棺材不落泪，不大刑伺候不会老实招供。

二

毛大的招供情节，小说和电影大不一样。

电影是 1980 年拍摄的，那个年代，意识形态挂帅，导演把学使施愚山塑造成了马锡五，深入实际，调查研究，仔细收集证据，在铁证面前毛先生无话可说，只好引颈受戮。

然而，小说却不是这样，采用的是神判。施愚山把毛大及曾去过王氏家中的几个浪荡子拘到城隍庙，说他做过一个梦，神告诉他说杀人犯就在你们几人之中。令人把殿内门窗封严，命浪荡子袒胸露背，驱入暗中，洗过手，告诉他们：面壁站立，杀人者，神会在其背上写字。过了一会儿，几人出来，施愚山指毛大为真凶。原来，壁已被涂灰，盆水中有烟煤，杀人者慑于神威，害怕神在背上写字，就匿背于壁，沾有灰色，又以手护背，染有烟色。有了"神证"，施愚山心里有了底，再施重刑，毛大很快就招供了。

神判的情节颇有戏剧性，电影没采用，1999年拍电视剧《绍兴师爷》时将其"借用"去了。其实，这一破案方法充满智慧，尤其在证据全无的情况下，显示了施愚山的足智多谋。倘若《胭脂》电影中的"马锡五"没遇到银钗，面对此案，有效办法恐怕不好找，很可能变成悬案。其实，在历史的长河里，不少案件任何证据都没有，即使深入实际，调查研究，想当个清官也无法实现宏愿。而施愚山的断案方法却提供了另一种可能性，让时人翘首称赞。

在古代，利用人们的迷信心理破案的判官非常多，古书上记载的许多案件都是在鬼神的"帮助"下破获的。

我们知道，神道设教是中国古代的一个重要思想。它借助于神鬼的威力，吓唬"愚者"，使"愚者"不敢为非作歹，以达到统治的目的。孔子就是神道设教的有力倡导者。孔子明知没有鬼神，却让人把祭祀搞得那么隆重，还说"祭神如神在"，目的在于借助那些虚无缥缈的神秘力量，把愚者的愚行震慑住，降低了"毛贼"的犯罪率。只让那些天不怕地不怕的胆大妄为者自由发挥，抛弃窃钩事业，勇攀窃国高峰。所以，中国古代鬼神观念的出现，固然与信仰因素有关，但与教化百姓的需要关系甚大。后世社会观念虽然从神教转向了德教，但德教却从未彻底取代神教；即使在科学昌明的今天，德教仍未完全取代神教。在一些地方，神教的力量还非常强大，要取代它道远路长。

在蒲松龄的《聊斋志异》中，利用神鬼破案可不仅《胭脂》中有，《老龙船户》一文中也有。《胭脂》、《老龙船户》中所说的施愚山、朱徽荫都实有其人。施愚山大名施闰章，安徽宣城人，号愚山，曾任山东提学道佥事。蒲松龄受知于施闰章，19岁那年，被取为头名秀才，后又成了他的学生。施闰章曾在刑部任职，引经折狱，平反了许多错案。有了这样的断案"功底"，自然在《胭脂》案中大显身手，把"桃僵亦屈"的奇案翻了过来。朱徽荫的儿子朱缃是最早给予《聊斋志异》很高评价之人，把蒲松龄与屈原、司马迁、庄子、韩愈相提并论，直接把个"酸秀才"提高到了文化巨人的地位。而且朱缃的后代抄录的《聊斋志异》，对于该书的流传起了巨大作用。所以，《胭脂》、《老龙船户》中利用神鬼破案很可能实有其事。当然，我们把《聊斋志异》当小说看，即使其中不少篇目属于生活纪实，也不容易分辨，不知其真实"成色"几何。然而，历史上，利用神鬼破案的真实记录有许多，如清代官员蓝鼎元的《鹿洲公案》就有记载。

神道设教是中国重要的传统文化，是中华民族智慧的体现。利用神鬼取证在今天看来属于迷信行为，但在古代确实是一种实践智慧，是利用心理破案的成功范例。所以，我们对这种取证手段不能一概否定，切莫忘记古人的良苦用心。在 DNA、血型、指纹等等现代经常采用的取证手段均缺乏的情况下，神鬼曾经在破案中发挥过非常重要的作用。当然，神鬼也有不灵的时候，这种取证方法造成的冤案、错案一定不少。

三

美国学者阿里·阿莫萨维和哥伦比亚学者亚历杭德罗·希拉尔多写过一本《神逻辑：不讲道理的人怎么总有理》的书，希望人们通过阅读此书，提高发现逻辑谬误的能力，把那些不讲道理的人在论证中所犯的逻辑错误找出来。

小说《胭脂》中出现了许多"神逻辑"。这种逻辑奇特，存在漏洞，使不讲道理的人总有理。中国古今不少冤假错案就是在这种神逻辑下形成。

例如，《胭脂》一文中就有许多话语，经不起逻辑推敲。例如，鄂秋隼"上堂不能置词，惟有战栗。宰益信其情实……""夫妻在床，应无不言者，何得云无？""宿妓者必非良士！""淫妇岂得专私一人？"

鄂秋隼"上堂不能置词，惟有战栗"的原因可能有多种，可能由没见过世面害怕引起，也可能由患病引起，还可能由衣着单薄引起，等等，因作案而战栗只是其中一种可能。但判官由"上堂不能置词"就推导出结论，认为鄂秋隼是杀人犯，显然推理结论是站不住脚的。

在传统文化中，妻子的地位很低，夫唱妇随、婚后从夫是常态，但连孔夫子也没做到让"夫妻在床，应无不言"。因此，判官以"夫妻在床，应无不言者，何得云无？"来责问审问对象，显然在逻辑上讲不通。

古代不少朝代禁止官员宿娼，但老百姓宿娼一般不在禁止之列。《胭脂》中宿介与王氏属于通奸，并非宿娼，但判官却要把宿娼的恶名强加在其头上。退一步来说，即使宿介宿娼，也不能断定他"必非良士"，因为宿娼而属"良士"的比比皆是，如柳永、李渔、袁枚、辜鸿铭、蔡锷、陈独秀、蒋介石、郭沫若、郁达夫、王朔、卢梭、舒伯特、福楼拜、莫泊桑、尼采、托尔斯泰、马丁·路德·金。大戏曲家关汉卿的名作《南吕·一枝花·不伏老》，语言超绝，一句"我是个蒸不烂、煮不熟、捶不匾、炒不爆、响珰珰一粒铜豌豆"，让无数读者啧啧称赞。但这个"铜豌豆"却激情满怀地往"烟花路儿"上蹦。学者认为《南吕·一枝花·不伏老》是自述心志性质的套曲作品，就是说，这位关大师也是妓女的常客，"半生来折柳攀花，一世里眠花卧柳"。

至于"淫妇岂得专私一人"更是无从谈起。淫妇有不同类型，有些淫妇确实狗吃牛粪图多，面对野汉多多益善，全部笑纳。而有些淫妇却非常"坚贞"，不随便与其他野汉睡觉，《胭脂》中的王氏就是如此。

《胭脂》一案，先后审理过数次，其中判官不乏循吏，但这些判官共同的特点是喜欢采用"神逻辑"。原因何在呢？显然，不能从官员的文化素质上去寻找。应当说，中国古代官员的文化素质是很高的，能通过科举考试，从秀才到举人，再到进士，过五关斩六将，没有真才实学是不可能做到的。但如此众多官员不讲逻辑，实与中国人的思维方式有关。中国人强调内心的反省、体验与觉悟，缺少三段论演绎推理，概念不够明确，推理不够严密，思维方式存在巨大缺陷。这一庞大的官员群体，他们手中握有合法伤害权，动辄"欲刑之"、"严械之"、"命搒之"。可怜的百姓，只能在法庭上，忍受这些白皮细肉的读书人的折磨，用他们的血肉之躯，书写了朝廷命官的审判史，使历史充斥了冤案错案，奈何桥上站满了屈死鬼。所以，文化的引进包括逻辑的引进。理性精神要以逻辑为基础，要把形式逻辑内化为思维的本能。宗教、传统、主义，属于"有颜色的思想"，常代替客观的知识，造成思想的混乱。科学知识的建立一靠经验，二靠逻辑，舍此只会缘木求鱼。

有比此公更廉洁的官员吗

从古到今，廉吏层出不穷，但最廉洁的人恐怕要数南宋的一位官员。

据南宋文学家周紫芝在《竹坡诗话》中记载："李京兆诸父中有一人，极廉介，一日有家问，即令灭官烛，取私烛阅书，阅毕，命秉官烛如初。"

不知天下还有比此公更廉洁的官员吗？

（原载《法学家茶座》2016 年第 4 期）

不应对巨贪刀下留情

按照我国刑法的规定，贪污、受贿情节特别严重的，应处死刑。但是，我们发现，近几年来，巨贪很少有被判死刑的，即使情节严重到让人早已发出"是可忍，孰不可忍"那种类型的巨贪也会在死刑之外做逍遥游。

纵观新中国惩贪史，上世纪 80 年代，海丰县委书记王仲因贪污、受贿 6.9 万元被判处死刑，成为改革开放后第一个被处决的县委书记级别的贪官。以后很长一段时间内，贪污、受贿 10 万元以上几乎都要被处决，赶赴阎王的约会。伴随着物价飞涨，贪污、受贿的金额不断上涨，贪腐者的"命价"也在不断地上涨，但每年刑场上无例外地都要倒下一批贪官。然而，近几年来，面对贪官，正义的枪声却逐渐稀疏，以致像陈同海这样受贿1.95 亿元人民币、李华森贪腐 1.6 亿元人民币、张新受贿 1.24亿元人民币的大贪官竟不处死刑，享受"人性"执法的好处，浪荡于刑场之外，从昔日刑场上的常客变为难得一见的稀客。如此实行的结果，贪官们并未"感恩"仁慈的法官而稍有收敛，相反，他们以百倍的疯狂，用扎扎实实的"业绩"，在法官的菩萨心肠上写下了"骇人听闻"几个大大的字，使贪腐形势在短短的数年内便成为新中国成立以来最严峻的时期。

为什么法律规定的死罪，实践中却打了折扣？

不错，少杀、慎杀历来是我国对待死刑的刑事政策，但我国刑法在没取消贪腐罪死刑之前，任何人、任何机构都不应擅自把刑法架空，使刑罚的威慑作用无从发挥。

大家一定还记得，新中国成立伊始，百废待兴，亿万人民意气风发，谁知刘青山、张子善这两只"吊睛白额大虫"跳将出来，危害社会，共和国领袖朱笔一挥，换来了官场二十年的廉政清明。而曾荣升为国家领导人的成克杰以他迈进刑场的"动人之举"为国家的反腐树立了光辉榜样，坚定了全国上下反腐的决心和信心。然而，当反腐正烈时，高悬在贪官头上的那把最有威慑力的利剑却被人为地取消了，遂使反腐形势急转而下，一发不可收拾，额手称庆的自然是大大小小、形形色色的贪官。现在看来，诛杀贪官最少的正是曾经的政法委书记周永康，在他的"英明"领导下，贪官们适逢历史上最好的时期，贪腐亿元也不担心脑袋搬家，若刘青山、张子善泉下有知，定会发出生不逢时的感叹。

当然，因为周老虎是大贪官，惺惺相惜，在死刑上放纵"同道"，此问题容易理解也容易解决。问题是，许多学者、法官也在默默地做着这些事情，为死刑贪官鼓与呼，使贪官在吸足民脂民膏后还能露出"灿然的、欣慰的笑容"，以死缓、无期的刑罚进入监狱，然后"保外就医"，回到亲人温暖的怀抱，更添傲视制度、蒙羞社会的资本。

死刑能否对贪官起遏制作用，一些人始终不断地在质疑。其实，不单新中国六十多年的历史，而且整部中国史都已回答了这个问题。一个王朝的前期为什么生气勃勃，赢得百姓的拥护？一个极其重要的原因就是该王朝的"高祖"、"太宗"清正廉明，铁腕治贪，用严刑峻法威吓贪官，使那些想在贪腐道路上裸奔的官员不得不有所顾忌，收敛起贪腐的锋芒，使"爱民如子"的口号不至于太过忽悠。所以，各个朝代都有自己的"刘青山、张子善"，大多会丧命于"高祖"、"太宗"的朱笔之下。而"高祖"、"太宗"俱往矣后，"仁宗"、"顺宗"便继位了，贪官就在皇帝仁慈的目光下，顺理成章地搜刮民脂民膏，最终导致王朝的覆灭。无数历史事实证明，一个王朝的覆灭只会断送在对百姓严刑峻法的皇帝手中，绝不会断送在对贪官严刑峻法的皇帝手中。这是历史的铁律。在当今，适当地控制死刑的适用是必要的，但对那些动辄贪腐几千万、上亿元的贪官判处死刑绝对必要，否则，在任何时髦理论的导演下，放纵罪大恶极的贪官都是危险的，势必导致王朝兴亡周期律过早地发挥作用。

从世界范围来看，已经有不少国家废除了死刑，这些国家废除死刑的一个理由是保障人权。有些国家或组织自己废除死刑不说，还"蛮横地"要求其他国家跟着它们来，否则，一概斥之为蔑视、践踏人权。其实，我们用刑罚等级最高、严厉程度最强的死刑对付贪官就是为了保障更多人的人权。众所周知，生存权和发展权是人权的核心，是首要的基本的人权。而贪官徇私枉法、横征暴敛、贪污纳贿、卖官鬻爵、鱼肉百姓，严重地侵犯了公民的人权，尤其是生存权和发展权。试想，在人均 GDP 收入不足7000 美元的我国，一个聚敛亿元的贪官，把蛋糕切去了一块，无疑会使许多人的生活水平下降，使这些人的生存权和发展权受到严重影响。中国的基尼系数居高不下，贪官的"贡献"不可忽视。因此，惩贪就是保障人权，对罪大恶极的贪官处以死刑，就是用严厉的刑罚保障公民的人权。

近几年来，在我国发生了多起冤案，有些甚至是错杀，造成了无可挽回的严重后果。这成为反对保留、适用死刑的一个理由。不过，经过分析就会发现，在惩贪治腐时，很少发现错杀者，原因在于此类案件的贪官都会毫无例外地留下赃物，尤其以孔方兄居多。人证物证俱全，贪官无法抵赖，只好如实招供。所以，不比凶杀案，贪腐案在适用死刑时"放心度"极高，没有错杀的后顾之忧，法官尽可大胆地把除恶的利剑挥向刘青山、张子善以降的各位依靠权势手段先富起来的贪腐者。

用死刑惩处巨贪是挽救党和政府威信的重要一环。纵观历史，几千年来中国老百姓最痛恨的就是贪官。海瑞、包拯为什么赢得老百姓那么多的爱戴，就是因为他们刚正不阿、清正廉明、一尘不染，敢替民做主。朝朝代代老百姓望穿秋水呼唤清官，就是因为贪官鱼肉百姓，把老百姓压迫得喘不过气来。倘若没有清官的雨露滋润，无望的百姓早就揭竿而起，用武器代替法律，处决大小贪官。所以，为了社会不至于失序，就必须对那些巨贪动用极刑，恢复失去的民心。当然，最重要的是实行法治，依法治国，建立完善的制度，使官员无贪机（有战机自然有贪机）可乘，使"替民做主"的升级版"为人民服务"更加名副其实。

对巨贪处以极刑，也为大环境所迫。改革开放使中国走向富强，深得人心。但改革开放的过程也是制度变迁的过程，出现制度漏洞在所难免。中国社会几千年，商品经济极不发达，官本位盛行，社会围绕着大大小小的官员转。那些巨贪，虽被判刑，但只要能保住脑袋，不被杀头，凭以往在官场的人脉，在监狱里也待不了几年，就会"保外就医"，逃避刑罚的制裁。即使待在监狱，也会享受超国民待遇，仿佛进了天堂似的，一些人甚至连性生活也有保障。在整个社会存在"弥漫性"腐败的情况下，不对那些巨贪处以极刑，等于变相鼓励其他官员进行腐败建设。

对巨贪不处死刑，一个重要理由是能积极退赔赃款。其实，所谓"积极退赔赃款"完全是"伪积极"。假如一个贪官贪腐100万元，全部挥霍，法院会认定其情节恶劣，加重处罚，要判10年以上徒刑。另一个贪官，贪腐1亿元，挥霍100万元，退赔9900万元，会认定其退赔赃款积极，减轻处罚，被判死缓。而按著名刑法教授陈兴良的统计，在我国，死缓的平均执行年限为18年。这就是说，贪腐1亿元与贪腐100万元在我国所受到的刑罚实际执行下来几乎相差无几，这是何等荒唐的刑法制度设计啊?!这样的刑罚只会鼓励贪官把贪腐事业进行到底，使自己从一个默默无闻的小贪变为赫赫有名的巨贪，然后，在东窗事发后积极退赔，为社会再做"贡献"。

其实，在这里，我们不应忘记，那些大肆挥霍赃款的贪官，并不是秉性就喜挥霍（刨除少数例外），只不过大多官小能量有限，不挥霍就不能提高生活水平。而那些巨贪往往身居高位（当然也有罗亚平那样少数十品以下芝麻官），吃喝嫖赌全报销，挥霍余地有限，自然日后就会捞个积极退赔的"美名"，从而忽悠了广大善良的人们。所以，应警惕那些积极退赃的巨贪，不把他们送上刑场，肃贪就是一句空话。

切不可忘记，我们国家是熟人社会，关系网遍布，官员晋升往往比拼的是背景和关系。因此，对巨贪不处死刑，很容易让人联想到巨贪的背景和关系，从而产生巨大的负面作用。事实上，像陈同海这样赃款创新高的巨无霸贪官不被处死，就已经给人们留下了这样的联想，这对建设法治社会极为不利。建设法治社会的口号我们已经提出了十几年，精耕细作尚不及，决不能因对这些巨贪的留情而让人民失去了实现法治理想的信心。

减少死刑适用乃至最终废除死刑，是人类文明发展的一大趋势，但在现阶段，废除死刑在我国尚属奢望，限制死刑的适用倒是不错的选择。不过，对那些巨贪决不能仁慈，该出手时就出手，否则，改革开放的成果就会毁在这些人的手中。这绝不是危言耸听，而是中外无数历史经验的总结。

　　　　　　　　　　（原载《法学家茶座》2015 年第 1 期）

司法运行中的"第二十二条军规"

《第二十二条军规》是美国作家约瑟夫·海勒的长篇小说，号称"黑色幽默"派的代表作。小说描写第二次世界大战期间，驻扎在地中海一个岛上的美国某飞行大队中的各色人物。小说主人公尤索林立过战功，想活着回家，却无法实现自己的愿望，因为面对第二十二条军规，他无能为力，怎样也摆脱不了其束缚。第二十二条军规规定，只有神经失常者才能解除飞行任务，但规定提出申请者非患者本人不可，而凡是提出申请者，证明神智清醒，不是神经失常者。所以，尤索林绞尽脑汁也回不了家，最后借执行任务之机逃亡瑞典。《第二十二条军规》反映了荒诞世界的荒诞行为，大人物可以任意解释"第二十二条军规"，把生活在底层的小人物搞得无所适从，上天无路，入地无门。当然，这也算大人物对小人物的恩赐，使小人物的生活变得丰富多彩，说不定会因"艰难困苦"而"玉汝"成伟大的天地探险家。

《第二十二条军规》是一部小说，但它所反映的现象却不仅仅局限于小说中，现实中比比皆是，这就把原为美好的现实生活变得荒诞不经，而这些荒诞世界的制造者却往往以公仆自居。

还记得河北的聂树斌吧。且不说聂树斌案是否冤案，单就法院的做法就让人觉得那些本该是推动着法治社会前进的人却在拼命地开历史倒车。聂树斌的终审判决下来后，判决书不给家属送达一份，自己的儿子什么时候离开这个世界做娘的似乎没有权利知道。当有罪犯说聂树斌所杀之人是自己杀的，聂家老娘想替儿子申冤，可是提交申诉状需附原判决书。聂母能否替儿子申冤按下不说，仅仅向法院索要一份判决书就让聂母等了好长时间，红军都快从江西走到陕北了。当然，接下来的事情告诉聂母，指责这些人办事效率低，官僚习气重，那一定比窦娥还冤。聂案的申诉状递上去了，几年过去，毫无消息，估计有回音要等到从卢沟桥事变到日本天皇发表投降诏书这么长时间；庭审时间长短可千万别指望以三年解放战争为限，准确的期限要看聂母寿命，只有拖死老太太，案子才会不了了之，有关部门就会皆大欢喜。我们中国人从来是不缺乏智慧的，比以拥有智慧见长的犹太人强多了，只不过不跟犹太人一般见识，不想在诺贝尔奖上发挥聪明才智，害怕掩盖四大发明的光辉而已。

陈凤增是河北省唐山市丰南区的一个农民，做梦才遇到的事情，他没做梦就碰到了，而且是在法官的帮助下实现的。该区法院法官在审理一起挪用资金案时，认定一个名叫李焕章的村支书将3万元借给了陈凤增，法官秉持一向的传统风格，庭审不质证，也不向陈凤增问个明白，就径直作出判决。李焕章挪用的钱一分不少地退回村委会，陈凤增所借的钱属不当得利，自然不能用于提高个人生活，搞挥霍消费，应当归还。所以，当李焕章到法院告陈凤增时，"铁面法官"想都不想地就作出判决，让陈凤增还钱。但是，让这些"铁面法官"想不到的是，陈凤增太不把法律当回事了，几万元钱怎么也要不回。因为陈凤增压根不承认借了钱，还向中级法院提出上诉。中级法院拿着李焕章案的刑事判决书，认为做过多的脑力劳动实无必要，就维持了原判。法律是长了牙的，法官不是弱势群体，不靠爬高压电线杆威胁对方讨债，抓住不履行判决的陈凤增这样的刁民就往拘留所里送。想不到的是，拘留期满，陈凤增死活不愿出来。法官这才隐隐地觉得此案的蹊跷。但是，陈凤增申诉之路却像攀登珠峰一样，异常艰难。他想赢得官司，就得推翻李焕章的刑案以还他清白；否则，他申诉一百次，法院那些数学学得不赖的法官会以相同次数判他败诉。然而，他不是李焕章刑案的被告人，也不是受害人，李焕章刑案他无资格提起再审。事情到这一步，陈凤增才切身体会到中国法官的厉害。

聂母、陈凤增饱经风霜，对生活中遇到的"第二十二条军规"早已见怪不怪了；但是，陕西渭南某县的三个少年遇到这样的事肯定是头一回。

该县一老妪被人抢劫强奸了，派出所不提取精斑、指纹，却把被害人和犯罪嫌疑人的口供改来改去以求"共识"。"共识"达成了，三个十五六岁的孩子遭到逮捕、游街示众、四百多天的关押。检察院两次向法院提起公诉，因自感证据不足，不愿在法院里丢人现眼皆撤回，最后可能连"本院"也觉得证据实在不过硬，索性"不起诉"。按说，走到这一步，检察院的做法没多少可指责的。但是，接下来发生的事情却让人们对该县的公安、检察部门刮目相看，觉得基层藏龙卧虎，确出智多星。三少年提出国家赔偿，检察院一口回绝，理由是三少年故意作虚假供述。向上级检察院申请复议，被当地的"海瑞"严正驳回。三少年为何要作虚假陈述呢？公安局、检察院认为，三少年在侦查、审查批准逮捕阶段作出过自己犯罪事实和作案经过的供述；而三少年的回答是公安刑讯逼供所致。由于三少年的肢体完整，五脏俱全，被刑讯逼供过的证据不过硬，所以，想要获得赔偿比陈景润演算的一加二那道题难许多。这样，公安、检察部门就联手合写了中国版的"第二十二条军规"。年纪不大的三少年遭遇荒诞生活的磨炼，感慨一定良多。好在陕西省高级法院是明白人当家，迅速作出判决，认为三少年没有作虚假供述的动机和目的，不能证明他们希望自己被逮捕或者定罪量刑，县检察院应承担国家赔偿责任并赔礼道歉、恢复名誉。

其实，在现实中，随处都可能遭遇"第二十二条军规"的狙击，该条军规不但表现在司法活动中，而且表现在社会的方方面面。2009 年发生在河南的开胸验肺事件就是典型例证。在美国，"第二十二条军规"已经成为成语，表示无法摆脱的困境、难以逾越的障碍。按照萨特、卡夫卡、加缪这些人的见解，世界是荒诞的，出现"第二十二条军规"也是荒诞世界的必然。但是，司法人员可不能追随这些大腕的步伐，乐于并善于给当事人制造荒诞，让以确定、明晰为追求目标的法律蒙羞。随着法治文明程度的提高，"第二十二条军规"在我国的适用范围会越来越窄，制定军规者会越来越少。

（原载《法治周末》2012 年 6 月 20 日）

苏越犯罪，《黄土高坡》何辜

　　大家知道，《黄土高坡》这首唱响大江南北的歌是著名作曲家苏越谱的曲，苏越也以《黄土高坡》和《血染的风采》而享誉乐坛。但是，在乐坛上呼风唤雨的大师，却在商海中被巨浪吞没，并猛力摔到礁石上，不但磕得头破血流、伤痕累累，而且要面对"无期徒刑"、"剥夺政治权利终身"这样既失去人身自由又失去政治权利的惩罚。尽管苏越诈骗案还处于"现在进行时"，二审尚未作出最后的裁判，但根据新闻媒体报道的案情，改判的可能性属于小概率事件。这就是说，倘若二审法院维持原判，知天命之年的苏越，坐穿牢底似乎属于大概率事件。伴随着牢底的坐穿，政治权利也将终身被剥夺。人们在惋惜苏越的同时，不能不思考一个问题：老百姓喜爱的歌曲《黄土高坡》、《血染的风采》还能不能唱？

　　何出此言呢？熟悉我国刑法的人都知道，刑法第54条规定："剥夺政治权利是剥夺下列权利：（一）选举权和被选举权；（二）言论、出版、集会、结社、游行、示威自由的权利；（三）担任国家机关职务的权利；（四）担任国有公司、企业、事业单位和人民团体领导职务的权利。"第2项所提到的言论自由是指在法律规定的范围内，自由地以口头或书面方式陈述言论的权利。这种陈述言论的权利包括创作及发布照片、视频、电影、歌曲、舞蹈等资讯。所以说，发表创作的歌曲也是言论自由的组成部分。当然，允许别人演唱自己创作的歌曲，收取版税，也是在行使自己的言论自由。作为《黄土高坡》的曲作者，苏越在没被剥夺政治权利终身之前，他自然享有作曲的自由，也享有允许别人演唱自己作品的权利。但是，当苏越因合同诈骗被判处无期徒刑且被附加剥夺政治权利终身之后，苏越的言论自由就不能享有了，他作曲的《黄土高坡》自然就不能被制作成碟片销售了。

说到这里，似乎觉得如此震撼人心的《黄土高坡》跟着苏越挺倒霉的，由此也隐隐约约地感到我们的法律在哪里存在问题：苏越犯罪，《黄土高坡》何辜？

剥夺政治权利在我国最早作为一种专政措施是针对敌对分子适用的，后来作为一种刑罚固定下来。1954 年宪法第 19 条规定："国家依照法律在一定时期内剥夺封建地主和官僚资本家的政治权利，同时给以生活出路，使他们在劳动中改造成为自食其力的公民。" 1975 年、1978 年的宪法皆如此规定。但 1982 年的宪法取消了此规定。不过，政治色彩浓厚的"剥夺政治权利"作为一种刑罚却在 1979 年刑法中像一块"化石"一样保留下来了。其政治色彩浓厚主要表现在刑法第 54 条第 2 项，即对政治自由的剥夺上。

从宪法的角度来看，政治权利与政治自由是不相同的。政治权利表现在公民参与国家、社会组织与管理的活动，以选举权和被选举权的行使为基础；而政治自由表现为公民在国家政治生活中可自由地发表意见、表达意愿，以言论、出版、集会、结社、游行、示威自由为主要内容。国际上通行的是剥夺公权，即剥夺政治权利，不剥夺政治自由。这是因为，政治自由既具有政治表现的自由，也具有非政治表现的自由（如商业广告），不能不分青红皂白一概予以剥夺。而且人是一种语言动物，用语言进行思考、交流是人的天性，不应该剥夺。况且，我国加入了《公民权利与政治权利国际公约》，公约规定公民的基本权利不能被剥夺，只能依法予以限制。由于我国剥夺政治权利刑罚最早适用于敌对分子，在敌对阶级已在我国被消灭后，剥夺政治权利刑罚的内容却没有大的变化，这就在剥夺刑事犯罪分子政治权利时剥夺得有点"过火"，不但把政治权利剥夺了，而且把政治自由也剥夺了，从而造成今日这种尴尬的局面：苏越犯罪，《黄土高坡》遭受连累。看来，要想《黄土高坡》不遭受苏越的连累，就必须在修改刑法时，对剥夺政治权利的具体内容作一修改，删去其剥夺言论、出版、集会、结社、游行、示威自由内容的规定，以使在倒脏水时，把可爱的孩子留下来。

（原载《法治周末》2011 年 11 月 29 日）

警惕对民意的妖魔化

　　近现代社会的一大发展趋势是民主化，而民主社会的最显著特征就是重视民意。中国社会经过一百多年的折腾，形成的一个共识是：民主是个好东西。虽然我们社会民主的程度还不高，但既然要建成法治社会，那高度民主就是我们奋斗的目标。所以，对民意只能是更加重视，而不是忽视，乃至亵玩。

　　敌视民意者的一大发现是"老百姓喜欢舞蹈"，用他们的专业术语称呼就是——公众狂欢。认为公众狂欢是非理性的表现，听取老百姓的意见意味着任由他们以公众狂欢的方式，也就是以非理性的方式干涉法院的判决。众所周知，中华民族是个性格内敛的民族，不到大喜大悲之时，断不会起舞。当老百姓起舞之时，多半到了"是可忍，孰不可忍"的地步。所以，众多老百姓针对某一件事或某一官员发表意见，官方确实要认真对待，即使不喜欢"舞蹈"的官员，也得耐着性子，欣赏完老百姓的"狂欢"。

　　社会制度设计成败的衡量标准在于能否及时地吸纳社会各群体的意见；倘若不能及时吸纳社会各群体的意见，就证明这个社会制度的设计在某些环节上出了问题，此时最为重要的是必须动用社会的纠错机制，否则，高速运行的社会就会像列车一样会有倾覆的危险。

敌视民意的人拈出的两个著名的案例是苏格拉底案和耶稣案，用以反对民意，限制公众的狂欢"舞蹈"。其实，在苏格拉底案中，人们在法庭上瞧见的狂欢者不是公众，而更像是苏格拉底本人。而在耶稣案中，背后隐藏着的是宗教迫害，说耶稣是以公众狂欢的方式处死，是把复杂问题简单化了。当然，历史上不是没有以公众狂欢的方式判处人死刑的，但敌视民意的人忘记了一句社会共识：民主是最不坏的制度。

说"民主是最不坏的制度"就是因为在民主社会里最重视民意。在重视民意的情况下，也会出现冤假错案。但是，与专制社会相比，民主体制下的冤假错案就其数量来说，显然要少得多。尤其在强大民意的压力下，官员要想徇私枉法，要想在追求正义之途中"走神"，顾忌实在太多了。到处都有眼睛，官员到处都受老百姓的监督。

当下中国的各级官员对民意的重视程度远远不够。在这种情况下，以"公众狂欢"为由，揭民意的"丑恶面目"，其对社会的负面影响是非常大的。犹如尚未完成现代化的中国，却用后现代化的理论对现代化横挑鼻子竖挑眼，到头来登堂入室的只会是封建的残渣余孽。

在我国的制度设计中，吸纳民意的管道还不是很通畅。在这种情况下，公众在网络、报刊上的呐喊已属无奈的选择，反映的是弱势群体、缺少话语权群体的声音。倘若视此等呐喊为公众狂欢，予以妖魔化，那离民主就越来越远了。

在中国，由于司法腐败还在很大程度上存在，法官判决的公信力不足，所以，公众对司法判决提出质疑就再正常不过了。在这种情况下，法官所要做的是及时向公众释疑解惑，把判决理由讲出来，接受公众的审视。各级政府、各个法院设立新闻发言人的主旨之一就是为了应对民众的质询，使民意能及时地反馈到权力层。

妖魔化民意者往往举起程序正义的大旗说事，认为汹涌的民意会影响程序正义。岂不知程序正义是为实质正义保驾护航的，离开了实质正义，再正当的程序又有什么用?! 当年韦伯提出形式合理性和实质合理性理论时，已认识到过于强调形式合理性将会引起社会异化，导致理性的自我否定，从而使社会的生活意义消失，终极价值隐退，公平失去。所以，法兰克福学派尝试用人文精神维护被工具理性蚕食的现代社会。

云南高院审理的李昌奎案就有这方面的嫌疑。面对汹涌的民意，云南高院表露的是一副委屈神态，似乎自己在审案程序上没有"坑蒙拐骗"（当然，有些人认为他们已经做了，比如没有向被害人家属告知终审结果），老百姓不该向其发难。但是，它恰恰忘了，该案在完成实质正义交给的任务时严重短斤少两。

民意蕴含着深厚的经验资源，因为民意是各种阶层、各种经历、各年龄段之人的意见，更多地体现了实质正义，对更多体现程序正义的司法审判具有弥补缺陷、漏洞的作用。民意有它的负面作用，但在当今中国，其正面作用像"光明正大"的匾一样，熠熠生辉，它对司法审判所起的监督作用无可替代。只有重视民意，徇私枉法才能得到有效遏制，冤假错案才会减少。

（原载《法治周末》2011 年 8 月 2 日）

比正文更重要的注释

　　常有些人，阅读书籍时，嫌阅读注释麻烦，跳过不看。其实，一本好书，正文与注释密不可分、相得益彰。不看注释，就可能把一些极为重要的信息漏过，影响对书籍内容的准确把握。更何况，古今中外都有一些书籍，其注释的价值超过了正文。阅读这些书，若不看注释，简直就是买椟还珠。譬如，郦道元《水经注》的学术价值和文学价值就超过了《水经》。看《水经》而不读郦道元的注，一定贻笑大方。

　　科学史上的一项重要发现就是在注释中发表的。科学家丹尼尔·提丢斯发现诸行星距太阳平均距离与等比级数 3，6，12，24，48，……相关。也就是说，经过计算，若水星距太阳的距离是 4，金星距太阳的距离则是 4 + 3，地球则是 4 + 6，火星则是 4 + 12，……丹尼尔·提丢斯把他的这一重要发现写在他翻译的著作《自然的探索》的一个注释中。天文学家约翰·波得看到后，大为赞赏，极力宣传，遂为世人所知。这个发现被称为"波得 - 提丢斯定律"。提丢斯和波得预言，在火星与木星之间，宇宙创造者绝不会使一个行星离开这里而造成空缺。果不其然，1801 年和 1802 年，在这个位置上（即距太阳 4 + 24 的地带）发现了小行星谷神星和智神星，以后在这个地带陆续发现了 2000 多颗小行星。《自然的探索》这本书早已被人遗忘，但该书的译者所加的一个注释却被人们念念不忘。可见，读书时，注释是不能轻易跳过的。

（原载《法律科学》2005 年第 6 期）

关于程树德先生卒年的一封信

　　程树德先生是我国著名的法律史学家。他编著的《九朝律考》等书是研究中国法制史的重要参考资料。《中国大百科全书·法学》卷设专条对程树德先生的生平及著述作了介绍。遗憾的是，该书作者没有对程树德先生的卒年加以查证，从而留下了不应有的缺憾。为弥补这一缺憾，本刊编辑何柏生同志最近就此致函程树德先生的女儿程俊英教授。

　　下面是程俊英教授的复函：

何柏生先生：

　　今天收到大札，得悉你们须要了解先父程树德先生卒年。他卒于一九四四年一月一日。那时，先父在北京，垂老困穷，只好将一所小房卖掉。在迁居中，天气严寒，他中风在床，途中冻死。我在沪闻讯，亦因穷困，未去奔丧，至今引以为憾！以后如有其他问题，请随时赐教。

　　顺颂

撰安！

程俊英　启
二月二十一日

（原载《法律科学》1991 年第 3 期）

第
三
辑 —— 诗酒趁年华

法之歌

我一手擎着天平一手挥着利剑从远古走来，各个文明都曾留下我深深的足印。

我瞧不起绫罗绸缎，嫌它们太易腐烂。我用石头、青铜做衣料，裁成柱，做成表，铸成鼎，虽然朴素，却很耐用；时间早已证明，它赛过有钱人华丽的衣装。

众多帝王金屋藏娇，企图使我躲在黑暗的角落秘不见人。但千年的枷锁也锁不住我一颗追求自由的心。终于有一天，我永久地挺立在大庭广众之中。人们拉着我的手，抚摩着我的颜面，热泪盈眶，热血沸腾。

我是自由女神，万民将我膜拜；我是复仇女神，恶徒将我憎恨。

我有女人的温柔，老人的慈祥，情侣的依恋。我喜吻善良者的芳唇，爱舔受害者的伤口。冤屈者冻僵的躯体需我温暖，弱小者颤抖的病体盼我搀扶。我天生一副侠胆义肠。

我也有雷霆的霹雳，波涛的狂号，火山的怒吼。我爱憎分明，疾恶如仇。我用天平把良心称量，我用利剑把邪恶铲除，我用正义与万民对话。

我不喜欢金钱，不攀附权贵，不养情妇。

我怒，万民却在笑；我哭，歹徒却在乐。我清醒，万民就高兴；我昏睡，万民就遭罪。我是万民的保护神，一天二十四小时眼不能眨，觉不能睡，虽九死而不悔；我万分乐意！炯炯目光，射向四方。人间欢乐，尽收眼底。风风火火闯五洲，该出手时就出手。

我会孙猴子的七十二变，有时变成黑脸包公，有时变成刚直的海瑞，有时变成智者所罗门。为了追求正义，我内心蒙受煎熬，变得六亲不认。为了明断是非，寻求正义，有时我不得不神神道道，变成个世间没有的怪物——独角兽。

我哺育了众多儿女：法官、律师、法学家……我从小把他们放在一起培养，等长大成人，为他们分家立户，各干一行。大儿法官，性情沉稳，喜怒不形于色。二儿律师，口才极佳，言语滔滔如江河奔流。三儿法学家，痴气太重，钻到书本里饭也不吃觉也不睡。还有四儿、五儿……都性格秉异，各有所长。

专制帝王总想方设法把我看管，而放纵心爱的私生子——人治，像马儿一样让他撒欢。但万民众星捧月般将我拱出，盼我快用法治的金冠束缚住恣意的帝王。经过长期的艰苦劳作，我制作的金冠越来越多，更多的帝王受到金冠的束缚。到了现代，尽管一些帝王头上尚未戴上法治的金冠，但他们已不敢让人治这个万民唾弃的私生子抛头露面，只好遮遮掩掩。

我骄傲，我已将法治的火种在各个文明中撒播！

我期待，凤凰涅槃的时日早点到来！

《西北政法大学院刊》2008 年 11 月 30 日

哲学之歌

　　我常在爱琴海边漫步，在黄河岸边吟唱，在恒河之中泛舟，在死海之畔沉思，在北大西洋两岸观潮。

　　泰勒士为了寻觅我的行踪，不慎跌进坑中；第欧根尼为了与我拥抱，甘愿住进肮脏的木桶；释迦牟尼为了与我相见，毅然地抛弃王冠；苏格拉底为了与我交谈，泰然地步入黄泉；孔子为了与我握手，如丧家犬似的在列国周游；康德为了与我心灵上达成默契，像钟表似的，给左邻右舍天天报时；叔本华为了与我生活，竟不近人情，决心一辈子不娶老婆；马克思为了与我建立友谊，忍受着几十年清贫的折磨。

　　聪明人从我身上采摘智慧之果，蠢人则将烦恼之藤收割。

　　我把浅薄者变深沉，把愚昧者变聪明，把狂妄者变谦虚，把虚伪者变真诚，把拘束者变自由，把夸夸其谈者变得心平气和。

　　我高举理性的旌旗，跨上自由的战马，砍下迷信的头颅，献给思索的人们。

　　真是我头上的王冠，善是我心灵的期盼，美是我如花的容颜。

　　我借尼采的疯狂，高喊上帝死了；我假智者之口，宣告人为万物之灵。赫拉克利特的"一切皆流"，孕育着辩证法的种子；笛卡儿的"我思故我在"，昭示着哲学近代的转型。芝诺的著名悖论，吐露了智慧的幽默；休谟的一脸狐疑，绽露了理性的狡黠。

我身披灰色大衣，渴望走出散发霉味的书斋，漫步在绿色的原野，啜饮生活的甘露。

我喜欢宽容小姐，追求自由辣妹，酷爱怀疑女友。

我讨厌烦琐媒婆，反对禁锢宪警，怒斥专制帝王。

回首漫漫长路，躺满了战败者腐烂的尸体。我引领着思想勇士，不断开辟一个个新的战场。我警告任何勇士，不要满足于眼前的战绩，不要被胜利冲昏头脑。须知今日散发臭味之尸，就是昨日山头高喊胜利之人。没有千年王朝，没有常胜将军，有的只是用真善美武装的勇士。

妙语一则

林语堂的名言是：好的演讲像少女的裙子，越短越好。

我妙语的是：好的编辑应是好色之徒，为靓女作嫁。

高冠瀑布

公路像条蛇，死死缠着山；河水像一条碧带，把山脚勒出凹痕，高冠瀑布就在凹痕中被河水养育。

离开公路，沿石阶而下，就看见立着的大石上写着"瀑布"二字。绕开大石，瀑布就在脚下喧嚣。

高冠瀑布像河水绕山刚完成马拉松赛跑，停在这里急喘。它显然不是飘忽的白练，因为没有三千尺的飞流。它不是楚宫的细腰美女，而是杨玉环丰满的性感身躯。在瀑布中，它是粗壮的矮个，是蛮横的武士，袒胸露背，向自然显示过人的膂力。

沿着河边峭壁上的石阶继续往下，就到了河床。站在河中的大卵石上，再观瀑布，瀑布就有一种居高临下俯冲的气势，眨眼就要拥入我的怀抱。高挂在悬崖上的瀑布，分明是大自然做好的陕西人喜欢吃的 biángbiáng 面，等着我用筷子挑起吃下。

河边有一洞，洞不长，却挂满水帘，故名水帘洞。穿过水帘洞，就触摸到了瀑布的腰间。眼前的瀑布，像万马奔腾，挤挤撞撞地迎面呼啸而来，巨大的轰响灌满了两耳。由于与瀑布过近，洞口起了水雾，毛茸茸的水珠往人身上乱钻，钻到嘴里嘴便有了甜味，钻到眼里眼便变得湿润，钻到手里手便痒酥酥的。

尽管有水雾温柔的抚摩，但瀑布的急喘，压迫着我的呼吸，站久了，气似乎都接不上了。我得赶快离开。

回家的路上，我琢磨高冠瀑布的名字。遥看瀑布，恰似河流戴着的高冠；而观看史书上秦皇的画像，头上所戴的皇冠又多么像飞流的瀑布。高冠瀑布的名字多有诗意，多有文化，多有历史感呀！秦人真聪明！

读书人的麦加

早就向往天一阁了，来趟宁波，不能不去。别的人都在开会，我却开了小差，带着妻子、女儿，乘公交车直奔天一阁。在天一阁站下来，问了两个路人，往天一阁怎么走，却都不知。看来天一阁已成老女人，被人忘却，不像靓丽的姑娘那么吸引人。但我不会忘却，天下的读书人不会忘却。

我从小喜欢读书，记得考大学时，为了将来方便读书，竟在第一志愿里填写了一所高校的图书馆系。由于呆笨，没考得高分，被发配到一所政法院校。现在觉得好笑，但在当时却认为是人生一大憾事。

虽没考入图书馆系，但图书馆一直是我心中的圣地。上大学期间，每有别校同学来访，谈起他们的学校，我总要问他们学校图书馆藏书几何，似乎学校的好坏要与图书馆藏书数量挂钩。每有同学说他们图书馆藏书几百万册，我便对他们学校肃然起敬，觉得他们真幸福，能有机会博览群书。

后来我萌生了建自己的图书馆的小小心愿。大学四年，咸菜没少吃，破旧衣服没少穿，谈女朋友那等太挥霍钱财的事更不敢做，终于把吃饭穿衣的专款挪作他用，买来几百本书。父亲给我做的小木箱子放满了，书就在床上蔓延开。架子床本不宽，怎容书籍的肆意侵吞。到头来，偌大一张床，竟几无我栖息之地。人们只知道英国有羊吃人的血腥历史，怎知道中国还有书吃人的悲惨一页。悲乎！董狐安在？快请记住我的劫难之日吧！

靠着一位老大爷的指点，我终于来到了心仪已久的天一阁。

进了大门，映入眼帘的是一尊雕像，系天一阁的建造者范钦。范钦是明代嘉靖年间人，二十七岁中进士，官至兵部右侍郎。范钦在各地做官，人家搜刮的是白花花的银子，他搜刮的全是书籍，而且是自掏腰包。搜刮了几十年，倒颇见成效，一清点，总数达七万多卷。范老夫子喜不自禁，生怕委屈了书籍，特为书籍安了新家，从《易经》中抠出一句"天一生水，地六成之"的话语，凿掉后几个字，便成了书籍新家的名字：天一阁。范钦制定了严格的管理制度，不但老婆与书籍概不外借，就是自家子孙也不得无故开门入阁，否则三次不得参与祭祀祖先活动。据说宁波知府的内侄女钱绣芸颇好学，眼馋范家的万卷书，虽说有知府大人的面子，仍借不到范家一本书。绣芸姑娘读书心切，索性托知府大人把自己嫁给了范家男儿。哪知做了范家媳妇的钱绣芸，仍登不了满楼堆着锦绣文章的天一阁。钱绣芸对书籍的痴迷程度比范钦有过之而无不及，生前没能登阁看书，死后让夫婿把她葬在阁之左近，要嗅嗅阁中书籍散发的墨香气味。

范钦制定的严格管理制度颇见成效，使阁中书籍免遭"妻离子散"之苦，静静地躺了几百年，其间只有十多位大学者登阁阅览，算是给熟睡的书籍翻了个身。

范钦制定的严格管理制度，很不近情理，但就是这种不近情理的管理制度，确保了天一阁的长久存在，使它在文化史上留下了英名。其实，世间许多事情皆是如此，过于讲求情理就会一事无成。正如讲求情理的人治，难敌不讲求情理的法治，连人治色彩浓得化不开的中国，也扭扭捏捏地打出了法治的旗号。

范钦的仕途算是通达，官也不算小。但在历史上，王侯将相人们都数不过来，哪能记住一位政绩平平的侍郎。范钦的文学才华也不出众，没留下传世之作，文学史上不会留下他的名。就是这样一位古怪的官员，却由于做了一件不近情理的事情，成就了一件文化史上的大事，使许多珍贵书籍得以流传，至今读书人还惦念着他。四百年来，天一阁成了众多学者的向往之地，成为读书人心中的麦加。

天一阁越来越有名。读书人想入阁，不读书的人也想入阁，这就麻烦了。读书人从正门入，正门挂了锁，他们就断了想法。而不读书的人不从正门入，他们的想法每每得以实现。1914 年，有一小偷潜入书楼，呆了数日，每晚将书籍偷偷装在接运的船上，天一阁收藏的一半珍贵书籍竟这样通过小偷流散书肆，换得白花花的银子，真乃"洒向人间都是怨"。天一阁在哭泣！它一下子消瘦了许多，到了解放初期，藏书仅存一万三千卷。

天一阁的幸运在于，众多的文化人都在关心它，许多藏书家也愿把心爱的藏书捐赠给它。所以，天一阁的藏书在晚近几十年又多了起来，目前，古籍已逾三十万卷。

令今人高兴的是，昔日只有黄宗羲等大学者才能进入的天一阁，今日竟然接待了我们这些普通读书人。妻子、女儿提醒我时日不早了，可我站在天一阁的藏书楼里，久久不愿离去。读书人与天一阁有着一种割舍不开的情感。他们走到哪里，都把"天一阁"三个字当图腾似的揣在心窝。天一阁早成了中华文化的象征。

游扬州

在扬州开学术会议，顺便一睹扬州的容姿。

扬州好似蹙眉的西施，妖媚则妖媚矣，却显病态。历史上的扬州盛产美女，是个令男人魂飞而魄荡的胜地。但这些美女不当妾，则入烟花巷，书写的是红颜薄命的历史，让人好不伤感！

扬州的美女最有名的莫过于刘细君。汉武帝为了牵制匈奴，把江都王刘建的女儿刘细君嫁给乌孙王。刘细君颇有文才，写过一首流传至今的《悲秋歌》："吾家嫁我兮天一方，远托异国兮乌孙王。穹庐为室兮毡为墙，以肉为食兮酪为浆。居常土思兮心内伤，愿为黄鹄兮归故乡。"细君公主的夫君虽说是国王，却是个老头子；更让细君公主无法接受的是，老头子死后，其孙继位，按乌孙习俗，细君公主得嫁其孙。而照汉人习俗，岂不属乱伦？此等习俗谁能接受得了?！细君公主远嫁乌孙，实在是无奈之举，那是"吾家嫁我"，可不是我自告奋勇。今日史学家也许认为细君公主肩负伟大使命，为民族融合作出了巨大贡献。但细君公主却"居常土思兮心内伤"，盼望早日归故乡。我非常同情细君公主。即使在今日，发达的国家人们趋之若鹜，而落后、偏远、闭塞的国家有几人愿去？细君公主不是传教士，有为上帝传播文化的神圣使命。她只是国家阳气不足时的备用工具。这等工具的使用，只能说明这个民族正在受窝囊气。一个民族若把崛起的重担落在一个弱女子的肩上，这个民族就让人觉得可怜。好在汉武帝是位雄才大略的帝王，出于权宜之计才去和亲，不比那许多没有血性的帝王。须知一个窝窝囊囊的民族，被除去球籍是早晚的事。

提起扬州，自然会让人想起隋炀帝杨广。扬州原名广陵，杨广觉得不吉利，就改了名。名改了，命却改变不了，随着杨广的鸣呼哀哉，广陵倒变得名副其实了，使我不得不佩服广陵命名者的远见卓识。看来这位命名者不是圣人就是巫师。

杨广以奢华著称，他待在扬州，并没给扬州增添光彩，反而使扬州蒙羞。扬州在很长时期内成了温柔乡、奢靡地。诗曰："腰缠十万贯，骑鹤上扬州。"史家指出，诗句中的扬州指今日南京，与扬州无涉。但我认为，错把南京当扬州与"错把杭州当汴州"一样，不会造成冤案。历史上的扬州，不腰缠十万贯，恐居大不易。

大运河给扬州带来了大繁荣。扬州是商品的集散地，长袖善舞的巨商大贾云集扬州。他们既使扬州变成繁华之都，也使扬州变成了销金之窟。那些大商人，"衣服屋宇，穷极华靡；饮食器具，备求工巧；俳优伎乐，恒舞酣歌；宴会嬉游，殆无虚日；金银珠贝，视为泥沙"。据说，扬州一穷书生娶了大盐商的丫鬟为妻，穷书生听说大盐商喜吃韭黄肉丝，就让妻子给他如法炮制。妻子笑笑说，只怕你这个穷书生吃不起，大盐商吃的肉丝可不一般，全是猪的面肉，一盘菜要宰十头猪。此等消费，穷书生如何消受得起。乾隆时，有一名叫黄均泰的盐商，家中养百余只母鸡，"所饲之食皆参、术等物"，他每天早上先吃燕窝进参汤，然后食两枚特种鸡蛋。还有盐商每顿饭几十盘菜，快跟皇帝差不多了。

扬州的著名园林，如个园、何园，皆是巨商大贾的豪宅。这些园林像颗颗珍珠，散落在大街小巷，使扬州变得璀璨夺目，也使扬州成为一座个性鲜明的城市。乾隆时，扬州颇具规模的园林数以百计。人称"扬州园林甲天下"，苏州的园林则是小弟弟。在很大程度上，正是这些园林为今天的扬州招徕了无数游客。但我们不应忘记，大量园林的建造，标志着扬州向消费城市的转化。扬州的活力在渐渐地消退。扬州在迅速地衰老。

扬州是出英雄的地方。最著名的英雄当数史可法。史可法的父亲无疑是一位杰出的预言家，其水平绝不亚于广陵地名的命名者。史可法英雄之举的完成，是在国破家亡之时。这样的英雄令人钦佩，值得宣扬。但鄙人私下更欣赏的是征波斯的亚历山大，征匈奴的卫青，征花剌子模的成吉思汗。他们英雄之举完成于国家元气勃发之时，而非呈现病态之日。世界历史多是由这些英雄创造的，如果从大尺度俯瞰一下世界历史，就会证明这一点。

在工业文明未出现的几千年的世界史上，农耕文化始终是先进生产力的代表。游牧民族对农耕文化先后进行过三次大入侵，通过血与火的战争洗礼，新的文明形态出现了。人类的文明通过一次次的冲突、流血，变得富有活力。第一次大入侵爆发于公元前三千年到公元前七世纪。一帮操原始雅利安语的游牧民族，从欧亚大陆北方铺天盖地地向大陆的南端压过来。在压碎了旧有的文明后，通过民族融合，杂交优势发生作用了——新的文明出现了，这就是闻名于世的希腊、罗马、波斯、印度文明。从公元一世纪到七世纪，游猎于秦汉帝国和罗马帝国之间的游牧民族，如日耳曼人、匈奴人、月氏人、马扎尔人、匈牙利人、阿拉伯人，左冲右杀，向旧有的文明帝国不断发动进攻，从而出现了基督教文明、伊斯兰教文明、儒家伦理文明和印度教-佛教文明。这是第二次大入侵。从公元十二世纪开始，游牧民族发动了第三次大入侵，其标志就是成吉思汗及其子孙所建立的四大汗国，使东西方的文化更方便地进行交流，也勾起了西方人闯荡东方的欲望。在每次大入侵的过程中，都产生了大批成吉思汗式的英雄，当然，也产生了大批史可法式的英雄。但遗憾的是，历史记住的往往是成吉思汗式的英雄，这主要是因为历史是由胜者书写的。成吉思汗式的英雄使人类历史充满了青春活力，而史可法式的英雄使人类的个体道德人格得到了升华。但人类历史要向前发展，就必须更加注重"效率"，成吉思汗式英雄的产生就有利于"效率"观念在历史中的注入。

强国总在宣示，而弱国总在辩护。日本侵略军在南京枪杀活埋中国军民三十万，而日本国内的右翼势力却不承认，于是，中国总在日日不断地揭露。中国是检察官，位在控方座次；日本是被告，位在被告座次；但控方一次次的控告，都被被告否认，到头来，控方倒要为自己辩护，好像自己做错了事，诬人清白。假如我们国家近现代的历史涌现的尽是成吉思汗式的英雄，那我们还用这样吗？所以，与其当史可法那样的英雄，不如当成吉思汗那样的英雄。这样的英雄多了，我们的民族才有前途，才不会遭人欺凌。

近代中国，由于常遭人欺凌，所以，史可法式的英雄似乎成了"主旋律"，这其实是病态中国的写照。尼采倡导"强力意志"，正人君子斥其为"强盗逻辑"，但尼采的观点属于"写实"，符合历史。中华民族要想重振雄风，就需涌现一大批成吉思汗式的英雄。当然，时代不同了，成吉思汗式的英雄不意味着攻城略地、欺凌弱小，而应赋予新的内涵。成吉思汗式的英雄应更多地出现于经济、科学、文化等领域，即在经济上做大做强，在科学文化上做新做尖。假如中国有几十家位居全球百强的跨国公司，出现几百个获诺贝尔奖的杰出人才，那我们就成了英雄的民族，中华民族的复兴也不再只是一个梦想。

有美女的地方就有文人。盛产美女的扬州自然少不了文人名士。扬州最有名的文人当属"扬州八怪"。"八怪"不全是扬州人，但他们生活在扬州，许多人出名也在扬州，自然就成为了这座城市的名片。扬州的美女已渐渐被人们遗忘，但"八怪"却没有，他们的字画越来越流行，郑板桥"难得糊涂"几个歪歪扭扭的字甚至成为现代人的座右铭。

"八怪"的字画确有独到之处，否则早被大浪淘去。但也应承认，"八怪"确是畸人。对于信奉"难得糊涂"的个人来说，能延年益寿；但对信奉"难得糊涂"的民族来说，则会亡国灭种。"难得糊涂"像瘟疫一样，会使民族染上沉疴，失去进取的活力。"乱玉铺阶"的"板桥体"固然参差错落、奇姿百出，但难比笔走龙蛇、飘逸狂放的"颠张醉素"，更难比带有杨贵妃那般美丽、那般丰满的"颜筋柳骨"。有时，我真觉得颜体柳体那般丰满劲健的书法，是从那个时代美丽、丰满的女人身上悟到的，甚至就是从杨贵妃身上悟到的。中华民族需要的是汉唐气象，需要的是雍容大度、气势恢弘、带有青春活力的文化。小家子气的文化固然能陶冶性情、张扬个性，但不能代表中华文化，更不能带来民族的复兴。在百花园中可以给它留一席之地，却无必要花大气力去栽培。

病态的扬州，其实是病态中国的缩影。要医治好一个病态的城市，谈何容易；要医治好一个病态的国家，难上加难。但随着医药的发达，医术的改进，沉疴必会治愈，重要的是找到中西医结合的门路。

海参崴之行

我第一次出国是到俄罗斯的海滨城市海参崴。

海参崴曾是中国的领土，1860 年清政府将其割让给俄国。早在初中的历史课本上，我就知道了这个地名。以后又经常读报听广播，知道这是苏联太平洋舰队司令部所在地。在冷战时期，这是个常让人提起的地方。

我与妻子、女儿一同参加海参崴四日游，同行的还有几位学界同人。我们坐辆面包车，从哈尔滨出发，由绥芬河进入俄罗斯。

时维八月，辽阔的东北平原上，到处生长着大豆和高粱，还有那吃饱喝足拼命长个儿的玉米秆。车过牡丹江，连绵起伏的群山上生长着郁郁葱葱的松树。松树体贴入微，举起一把把伞，给大山遮阳避雨。这些松树如少男少女，年岁皆不大，大概是毛泽东时代哺育成长起来的新一代。面包车在高速公路上飞驰。公路在骄阳的照射下，亮得像一条白练，束裹着茫茫的群山。群山显得英姿飒爽，穿着翠绿的军装，向来往车辆行注目礼。

忽然，导游说前面就是威虎山，是当年杨子荣与座山雕过招的地方。大家立时睁大眼睛，寻找"威虎"。但山并不高大，"威"无从寻觅。于是，大家又期盼"虎"的走出。可望来望去，"虎"的踪迹全无。退而求其次，大家希望看一看山的狰狞面目，可也失望了。在头脑中想象了几十年的威虎山，眨眼间就轰然倒塌。威虎山还不如与豫西的伏牛山换个名，免得用想象的词儿唬人。不过俗语说得好：不怕一万，就怕万一。如果是只睡虎，我们上山的声音把它震醒了，麻烦就大了。用谚语武装起来的我们聪明着呢，可不想把脑袋往虎口里送，在山脚下，也就是导游所说的虎爪下，我们悄悄地开溜了。

车终于到了绥芬河。绥芬河大概属于中华大地上不多的几个袖珍城市。城市人口原来才几万，十多年来边境贸易发达，人口才多起来。观绥芬河的发展，使我顿悟到，城市与人一样，哪怕再瘦，若嘴里叼到肥肉，也能长得胖乎乎的。

在绥芬河办好护照，兑换完卢布，该过境了。在边境线中方一侧，手续很快就办完了；而在俄罗斯一侧，时间则拖得很长。大概俄罗斯人办事，都受其国土面积的影响，竭力追求长度。到了开饭时间，俄罗斯人鼻子长的优势显现出来了，尽管餐厅离办公地点很远，但餐厅散发出的香喷喷气味还是被他们捕捉到了。于是，俄罗斯人抛下同样饿着肚子的外国人，也不轮换吃饭，全到餐厅，共进午餐。看来，俄罗斯七十年的共产主义思想教育，培养出的却是官僚习气和懒惰习性共飞的意识。而且俄罗斯的劳动力似乎永远紧缺，过境人员再多，该多少人检查还是多少人，从不增加劳动力供给。几个小时过去了，猫儿把老鼠玩够了，俄罗斯人慈悲大发，开关放行。于是，我们换上俄罗斯的旅游车，开始了异国他乡之旅。

一踏进俄罗斯的大地，立马感受到地大物博。乌苏里江东岸群山环绕，山上全是树木，中国人常犯的毁林开荒的毛病却没像禽流感一样越境传染。这也不难理解，俄罗斯远东几百万平方公里的土地，只有八百万人口生栖，人口少得就像和尚头上的虱子，数也数得清。而中国面临严峻的人口压力，人们早把大山当作想象中的良田，把树林当作大山长出的头发，总殷勤地操着手中的利斧，想给大山理发。

走出大山，车驶入一望无际的原野。原野上长满了荒草，天苍苍，野茫茫，风吹草低却见不到牛羊。倒不是俄罗斯人对牛羊娇生惯养，把它们当宠物圈养起来了，而是牛羊没入人家的法眼，根本就没养。于是，荒草中的主人便成了野兔，一蹦一跳的，就像安家落户在人身上远望手指就得逃逸的跳蚤。

不知跑了几百里，忽然看见远处山坡上开满了红红的、白白的花，车驶近时，却是一幢幢别墅。导游说这些别墅都是普通老百姓住的，并不为暴发户专有。看来，北极熊尽管受了伤，但余威尚存。导游说，这里老百姓家用小汽车特别多，人均零点八辆。小汽车多为二手车，是从日本、韩国走私过来的，价格非常便宜，二三千美元一辆。

路边不时会看到开着汽车卖瓜果蔬菜的俄罗斯人。西瓜个儿不大，吃起来却很甜。这里的大辣椒颜色是黄的，国内少见。

旅游车在路上跑了四个小时，晚上到达海参崴。我们住在一家宾馆，宾馆建在半山坡上，是专为中国人开的，住客皆为中国人，服务员皆为俄罗斯人。宾馆贴了不少中文字条，我以为是热情洋溢的欢迎词，上前一看，只见写着：不准在宾馆里洗衣服。看来，我们只好采取一些配套措施，告诉自己：不准在海参崴出汗，否则就要倒霉了。海参崴纬度高，又偎依太平洋，海风习习，晚上睡在床上倒也不容易出汗。可谁能保证白天呢？旅游就是走动，而走动就难免要出汗。看来，没多带几件衣服的同事可要倒大霉了，身上迟早要开化工厂，制造让人掩鼻的气味。好在俄罗斯人尚未绝情，允许客人洗澡。否则的话，才叫有特色呢！

我与妻子、女儿衣服没少带，算是逃过一劫，但另一劫却让我们荣幸地赶上了。为了赶时间，我们当天都起得早，沿途光顾饱览异国风光，把睡觉都忘了，晚上的睡觉任务便一下子变得繁重起来。按说，大人是会让尿憋醒的，睡觉前，我和妻子都上了卫生间，除却了憋醒之忧。可女儿只有五岁，正是拼命长身体的时候，新陈代谢非常快，睡觉前虽上过卫生间，但几个小时过去了，尿液又积攒了不少。中国人常说：活人不能让尿憋死。女儿年龄虽小，连在睡梦中也懂得这个道理，何况醒来呢？果然尿没憋着她，可也没那么容易就憋醒她。于是，伟大的俄罗斯的被褥就被她用尿沐浴了。女儿把床变成了沼泽，觉得睡着不舒服，就钻到了她母亲的被窝里。第二天，服务员发现了灾情，却无动于衷，一点措施也不采取。俄罗斯人的冷漠态度令人气愤，我们不得不实施一些力所能及的人道主义救援。第二天晚上，我和妻子都发出邀请，希望遭难的女儿前来就寝。真是一方有难，八方支援。待到第三天晚上，尿湿的床已干，具有自主知识产权的产品出现了：女儿成功地在床上绘制了一幅横跨欧亚大陆东西相距万里的俄罗斯地图。虽然个别地段的边界线尚须重新勘定，但大致模样还是不差。中国人历来好客，就把这幅用特殊材料绘制的地图赠送给伟大的邻邦吧！

话说回来。第二天早上，我们一觉睡到快八点，起来去洗脸，水龙头却昂起了高傲的头，不愿搭理我们。找到服务员，却因互不通外文，不能沟通。正当我用手比画着，在服务员面前表演哑语时，导游及时赶来。导游听了我们的诉说，就唧唧咕咕地对服务员说了一通鸟语，服务员又唧唧咕咕地对导游说了一通鸟语，导游将鸟语翻译成汉语就是：宾馆上午十点停水。我瞧了瞧手表，才八点。导游说八点是北京时间，当地时间已是十点。这时我才领教了时差的厉害，也领教了俄罗斯人铁的制度。幸亏服务员发扬国际主义风格，留了一桶水，让我们洗了脸，刷了牙，我们才维护了泱泱大国的体面；否则，蓬头垢面，如何让我们出门在外，面对俄罗斯的锦绣河山和花一样的姑娘。

海参崴火车站是游客的首选之地。

一列火车驶过来，算是给我们正在开始的旅游剪彩。几路游客都汇聚火车站。与日本人、韩国人相比，三分天下我们有其一。车站广场上落满了鸽子，穿行于人群之间。广场四周长满了野草，见不到人工栽培的鲜花。看来，小小山城，人与自然已和谐相处。火车站候车室里有不少雕刻、壁画，导游带着我们看图说话。几十年没做过这种类型的题了，我们都认真地侧耳细听。女儿感觉幼儿园老师在讲新课似的，被生动有趣的故事吸引。

火车站最具有纪念意义的莫过于一块里程碑。这块碑上刻着阿拉伯数字"9288"，昭示着从莫斯科到这里的距离。我走过去，久久地凝视着这块碑，从上面看到了"广袤"二字。我相信，任何人看到这块碑，都会对俄罗斯联邦产生由衷的敬意，都在内心无法轻视它。有的国家或许在觊觎它辽阔的土地、丰富的物产，但面对一个难以打倒的对手，任何的图谋其结果都会变为徒劳，更不用说有时还会误了卿卿性命，落下个丧权辱国的下场。

在火车站，我们遇到了在国内无法遇到的一个奇特现象：乘客没有游客多。候车室，乘客一二十人，游客则达四五十人。这也算海参崴一奇。

海参崴是著名的军港城市，舰船、潜艇、岸炮构成了它的地方特色，我们不能不加以领略。我们登上了炮台，看到了各种岸炮。为了吸引游客，这里还陈列了导弹和坦克，人们可以上前温柔地抚摩。

俄罗斯是一个崇拜英雄的国度，这里的海岸边就躺着一位战功赫赫的英雄。不过这位英雄生前不会说话，只会怒吼，它就是俄罗斯太平洋舰队的一艘潜艇。这艘潜艇服役数十年，击沉过许多敌舰。而等它老得走不动时，便涅槃在此，供人瞻仰。我们聆听完英雄业绩，便钻进它的肚子里，感受英灵。

海参崴环山抱水，风景十分迷人，瞧瞧这里的海滩一定十分惬意。我站在高高的炮台上，寻觅美丽的海滩，但却寻觅不着。忽然，一同事手指远处，说："看，那是一群野鸭子。"循着他指的方向望去，在阳光的照射下，果然是一个个白点，不是野鸭子是什么呢?! 好在我随身携有望远镜，一照，那群野鸭子竟幻化成一个个的人。我好激动，那就是美丽的海滩! 我们坐车过去。海滩上躺满了人，身穿三点式的俄罗斯姑娘十分迷人，构成了一道奇特的风景。但这道风景似乎只有男人才能领略。然而，煞风景的事情不断发生：大腹便便的男女不时走过。

一位美丽的少妇领着同样美丽的女孩在海滩上追逐、嬉戏。我赶紧打开照相机，拍下这幅美景。

我们登上轮船，向浩瀚的太平洋挺进。轮船一离岸，一大群好客的海鸥便来护航。海鸥在空中载歌载舞，绕着轮船，竞相表演。这般情谊不能不领。于是，我们每人购得面包，喂食海鸥。经过太平洋的大风大浪锤炼出来的海鸥果然身手不凡。面包抛在高高的空中，它一个矫健的身姿，用口接住。面包抛到海里，海鸥也能来个"白鹤亮翅"，将面包叼起。我们不断地抛掷面包，海鸥也不断地变换身姿，组成各种编队，接受我们的检阅。轮船在海里绕了一圈，回到码头。我们算是把太平洋柔软光滑的肌肤触摸了一下。

导游带我们去教堂。

尼采总盼上帝快死。上帝老了，却没死，尼采便气疯了。其实，上帝是个好人（上帝照自己的模样造人，称上帝为人也不为过），叫人行善，忙忙碌碌几千年，也不容易。我们在胸前画了十字，口中念了"阿门"，算是向他老人家致敬、问好。

旅游的最后一道菜就是购物。导游把我们领到一家首饰店，门内有个荷枪实弹的保安用寒冷的目光把我们筛过。我知道这位仁兄实际上是稻草人一个，起吓唬作用。强盗真要来，第一个喋血的便是他。但我发现此君身上扛的枪却不赖，一支微型冲锋枪，国内的保安一定羡慕得不得了。

俄罗斯的物品价格确比国内贵，我在一家商店给孩子买了个套娃，价格240卢布，相当于人民币80元。回到国内，我发现同类套娃花30元人民币就可买到。虽觉得花了冤枉钱，却是从套娃的家乡买来的，既洋气扑鼻，又土腥味沾身，有更多的纪念意义，享受的是精神大餐。

购完物品，我们坐在旅游车上，正觉口渴，路边山崖上就有一股手指粗的泉水冒出。司机下车洗过脸，又给水杯里灌满水。我也下车把司机的动作复制了一遍。当沁凉甘甜的泉水流进我的口中，感觉爽极了。我一声召唤，车上的同事全下来了，接受甘泉的滋润。此时若推评天下第一泉，此泉定会全票当选。有道是：山不在高，有仙则名；泉不在大，甘洌则行。

最后的晚餐开始了。俄罗斯的海鲜确实不错。前两天忙于观景，没多注意饭菜的味道。现在注意力一集中，香喷喷的菜肴气味立即扑鼻而来。这里的海鲜有一些在国内极少吃到，如大扇贝、大蟹，比在国内见到的都大，吃起来满口是肉，不像小扇贝、小蟹，放到口中，不够塞牙缝。

游历完海参崴，一个强烈的印象在我头脑闪现："俄罗斯联邦"前面没加"大"字，但我处处感觉到它的大气。而我们的东邻，号称"大日本帝国"，我却处处感觉到它的小气。大气不是吹出来的，而是靠有实力的块头拼出来的。

离开了海参崴，我才发现留下了一个大大的缺憾：没有吃到海参。游海参崴而不吃海参，不白来了吗？看来，还得重游！

（原载《法学家茶座》2008 年第 5 期）

酒杯中的学问

我国是酒的故乡之一。几千年来，从"万事何如杯在手"的帝王到"把酒话桑麻"的布衣，从"朱门酒肉臭"的官宦人家到"忍把浮名，换了浅斟低唱"的不遇士子，无不与酒结缘。生活窘如孔圣人本家乙己先生要茴香豆拌酒吃，中国的佛门弟子也悖于释迦不饮酒的戒律而捧起了酒盅。历史上因嗜酒而闻名的人有许多：酒徒郦食其，酒鬼刘伶，酒仙李白……著名小说《二十年目睹之怪现状》的作者吴趼人有时甚至以酒代粮，整月不吃饭。擅长翻青白眼的魏晋诗人、竹林七贤之一的阮籍，闻听步兵厨营人善于酿酒，就要求作步兵校尉，遂有"阮步兵"的雅号。的确，酒与中国人的生活关系实在太密切了，因而酒的用途也很广泛：或会友，或饯行；或诉衷曲，或壮胆气；或酹酒拜祭，或把樽贺岁；或逢典设宴，或款宾祝词；或饮交杯酒于婚宴，或酾雄黄酒于端阳。落魄士子常借酒浇愁，倜傥文人喜呷酒吟诗。

小小杯盏如晶莹的明镜，可映照到人隐秘的心灵深处，显现出人的理想、情操、志趣的迥异，反映出人的平生坎坷与否。建安七子中的孔融宽容好客，喜结四方才智之士，每以"座上客常满，樽中酒不空"自况。北宋名相晏殊少年得志，一生官运亨通，生活闲适优裕，故常以"一曲新词酒一杯"自沽。千古女词人李清照晚年生活坎坷，身境凄凉，难免要发出"三杯两盏淡酒，怎敌他、晚来风急"的悲叹。冯梦龙在《古今笑》中记载的那位好酒的刘翁，一次乘舟过江，遇大风，舟将颠覆，众客都惊慌失措，唯独他抱持酒瓮，默然不语。客问其故，刘翁答曰："死生命耳，若翻瓮失酒，此际何以遣怀？"活现出一副不要命的酒徒形象。鉴湖女侠秋瑾怀有报国热忱，志在推翻腐朽的清王朝，吟出了"不惜千金买宝刀，貂裘换酒也堪豪"的壮美诗句。

　　古往今来有许多善饮酒的人，他们虽多具海量，但从不搅乱自己的"方寸"，时刻保持头脑清醒。有因喝酒而躲过杀身之祸的人，也有因喝酒而灵感顿生、技艺更加娴熟的人，也有把杯酒巧妙地倾倒进政治斗争的旋涡中而使自己立于不败之地的人。君闻否：阮籍醉酒六十日，终达辞官目的；李白斗酒诗百篇，荣膺"诗仙"尊号。至于堪称草书双璧的"颠张醉素"，其墨迹更被视为珍品。靠黄袍加身而夺取孤儿寡妇权位的宋太祖，以炉火纯青般的权术，仅用杯酒就释了手握重兵的石守信辈的兵权。这固然无法与汉高祖刘邦诛杀功臣的"勋业"媲美，但其轻松与高明之处却无疑会使这位隆准公自惭形秽。

　　但是，如同真理向前迈进一步就成为谬误一样，能滋身养性的酒，若多饮几杯，搅乱了自己的"方寸"，也会变为鸩毒。诚如先哲的教诲："有一利则有一弊矣。"历史上既有曹植暴酒失宠于阿瞒终未登上皇位的憾事，也有洪升醉酒乘舟溺死的遗闻，更有纣王不理朝政纵酒亡国的悲剧。

　　晋代葛洪在他的《抱朴子外篇》中给我们描绘了一幅酗酒图：

　　　　……於是口涌鼻溢，濡首及乱。屡舞跹跹，舍其坐迁；载号载呶，如沸如羹。或争辞尚胜，或哑哑独笑，或无对而谈，或呕吐几筵……廉耻之仪毁，而荒错之疾发；阗茸之性露，而傲很之态出。精浊神乱，臧否颠倒。……或肆仇於器物，或酗詈於妻子，加枉酷於臣仆……加暴害於士友。

酒鬼的各种丑态逼真逼现，跃然纸上，真乃揭露得淋漓尽致，入木三分。

在现实生活中，醉酒生祸、丧命的委实不少，报端也时有披露。如某男子酒醉后常摔盆砸碗，殴打妻子，妻子不堪忍受虐待而诉诸法院与之离婚；某女青年在朋友的婚宴上因贪喝了几盅而身遭蹂躏；某县农机公司的几位"公仆"在迎接上级视察的酒宴上喝得酩酊大醉，蹒跚入厕，跌入粪池而升天。

令人惊讶的是，人们竟把酒当作攻坚的兵戈。虽然古人所列出的十八般兵器中并无酒，但在生活中酒的作用远在这些兵器之上，我们常从古典小说中看到的因贪喝他人酒而中计掉脑袋的事例不就证明了这一点吗？难怪人们要发出"欲破坚城酒作军"的喟叹。这虽谈不上什么"劝世良言"，却是地地道道的"警世通言"，足以促人醒悟，并从中汲取一点教训。当然，事物都有对立的一面，酒场上的俘虏往往是那些贪恋他人杯中物之徒。倘遇一个公正廉洁、大公无私的人，再好的美酒对他也是奈何不得的。而那些自作聪明，在贪恋他人杯中物时，鹦鹉学舌，重复古人"你知我知"的陈词滥调，掩耳盗铃，自欺欺人的诸公，终将会堕落为阶下囚的。

依依同学情

——八一级同学毕业二十周年相聚联谊活动纪实

1985 年 7 月，一群风华正茂的青年男女走出政法校园，迈向社会。二十年后的 2005 年，这帮经过岁月打磨，已与青春揖别的男女，又聚在一起了。八一级同学，相约国庆，搞了个毕业二十周年相聚联谊活动。

早在 2003 年，八一级同学就在筹划这次相聚活动。在西安工作，尤其是在母校工作的八一级同学是这次相聚活动的主要筹划者。大家推选阎明为八一级同学相聚联谊活动的会长，李少伟为副会长，王凯为秘书长，毕成、呼勇、唐昕等为副秘书长。在这些同学的带领下，大家分头行动，开展组织联络工作。

国庆节那天，同学们从天南海北汇聚母校。定居海外的同学，热情似火，从万里之外的美国、加拿大乘机赶回。岁月的流逝，同学们的情感却丝毫没有淡漠，反而愈来愈浓，愈来愈醇。

为了重温青春岁月，大家不约而同地决定住学生宿舍，睡架子床。二十年的岁月不算短暂，但同窗四年结下的情谊更加绵长。夜深了，大家没有丝毫倦意，每个宿舍都在摆龙门阵。的确，生活的酸甜苦辣，二十年的阅世经历，怎会在这么短的时间内就倾诉完呢?!

10 月 2 日上午，在模拟法庭召开相聚联谊大会。模拟法庭挤满了二百多位八一级同学。主席台上坐着院领导朱开平、高霄、宋觉、宣力、马积生、贾宇、郭捷。教师代表马朱炎、惠铎也在座。9点整，阎明宣布相聚联谊大会开始。朱开平书记讲话，欢迎八一级学子相聚母校。教师代表马朱炎、惠铎、石存信老师分别讲话。八一级同学代表何西瑞、谢晖也上台发了言。在校学生代表刘亚欧在会上致了欢迎词，欢迎大哥哥、大姐姐重回母校。在联谊大会上，八一级同学向母校敬献了他们精心挑选的礼物——宝鼎。会后，师生一同在礼堂前合影留念。

10月2日的午餐是在学生食堂吃的。一坐在饭桌前，大家似乎又回到了学生时代。大家边吃边谝，虽非山珍海味，但师生情、同窗情、母校情更浓，我们越吃越有味，越谝越带劲。

下午，大家冒着霏霏细雨，前往大唐芙蓉园。八一级同学不会忘记，二十四年前，当他们第一次迈进政法园时，就是秋雨绵绵。时过二十年，当他们再次相聚政法园时，又是秋雨绵绵。绵绵秋雨，就像扯不断的情思，把同学们的感情紧紧地系在一起。这充分体现了中华文化"天人合一"的精神。诗曰"天若有情天亦老"，老天爷表露感情虽然冒着"易老"的风险，但为了同学聚会也不在乎这一切了。"天意从来高难问"的说法似乎也过时了。

10月3日上午，同学们来到了南校区。在这里，举行了"银杏苑"开园仪式。大家知道，银杏是一种木材致密，生长缓慢的珍贵树木，虽然属于木，但却不属于十年就能树起来的木。它与人一样，必须用百年来树，方能成为栋梁之材。所以，同学们栽植银杏，预示着所有政法学子，都能成为银杏那样的珍贵木材，对祖国对人民有大的用处。

花园似的南校区，令人流连忘返；教学大楼的恢宏气势，使人联想到政法学院的明天一定会更加灿烂。

3 日中午，西安工作的同学在常宁宫招待外地工作的同学用餐。餐中，同学们你一曲我一曲地展开了歌咏比赛，二十年前的校园歌唱家刘培祜一曲高亢嘹亮的《赞歌》，把人们又带到了学生时代。是啊，朝气蓬勃、走在希望田野上的学生时代，怎能忘记?!

餐后，以各班为单位展开活动。同学们一直活动到 5 日，才恋恋不舍地离开母校，离开古都⋯⋯

（原载《西北政法学院院刊》2005 年 11 月 10 日版）

第三辑 一 诗 一 酒 一 趁 一 年 一 华

251

读《围城》

《围城》人物多心计，而又讨厌心计多的人。

书中几个女人爱虚荣，好受人恭维，喜耍小聪明。苏文纨选择曹元朗，就因为元朗善拍马屁。方、孙吵架缘于方拍马屁欠火候（或许根本不擅此道）。

婚姻都不幸福，几个主要人物全没找到心仪的配偶。

生活琐事写得有趣，社会、家庭都钩心斗角。

《围城》中女人的嘴巴非常厉害，如苏文纨、唐晓芙、汪太太、孙柔嘉。

人生多误会，书中充分展示了这一点。

日出之国寻奇葩

日本与中国同属东亚，一千多年来，日本大量吸收中华文化，连汉字也像金牙一样，被日本人当宝贝似的，镶嵌到日语中，显示大和民族脱离愚昧的决心。但是，被一些人称为与中国"同文同种"的日本，其文化的难以理解程度有时甚至超过西方，成为一朵艳丽如罂粟花样的奇葩。

日本原名"倭国"，从中国的汉代开始，一直叫了几百年，浑然不知其原意，觉得从大汉免费获得一个文绉绉的"倭"字，就跨进了文明世界的行列。随着与中国的交往，查字典的技巧终于掌握了，发现这个"倭"字委实有些窝心，"自恶其名不雅"，遂改为日本，以日出之国自居。自以为占了便宜，却无意中更加证明了"中国"取名之正确，使"茕茕孑立，形影相吊"一词有了更广阔的用武之地。日本人后来称中国为支那，我想那是斗法失败后的一种气急败坏。文化上没能战胜，只能做小动作，来点阴的，把人恶心一下，充分发挥刁顽习性。

要说大和民族的好学精神那是举世皆知的：一个"大化革新"，一个"明治维新"，把好学生的奖章牢牢地攥在手里。就像擅长工笔画一样，一笔一笔地仔细描摹，从形而上到形而下，一点不走样地学。等到补钙到位，乳牙换掉，嘴上的表情终于丰富起来，对自己的文化母国会龇牙咧嘴了。而且冷不防咬人一口，迫使左邻右舍时时要拿根打狗棍，把文明水准拉低，让人感觉弘扬绅士精神之不易。

日本自称是神国，有天地神祇八百万，连屁也有神，文化发展的气势够磅礴的，再没有哪个民族超乎其上了。如此多的神，都得有安居之地，这就是大大小小的神社，用以举行各种祭祀活动。现今日本的神社有十三万多个，人均数超过任何国家的教堂数，以神明故国立足于世。

在八百万神中，最具有权威的是象征太阳的天照大神，天皇就是其后裔。不过是人间皇帝的天皇，地地道道的凡人一个，却被日本人过度包装，至今不褪神的光环。以前，宣读敕谕，若不慎读错，那可享受不了"掌嘴"的福分，得切腹。有人"愚昧无知"，给儿子起了天皇的名字，只好携子共赴天堂去谢罪。最不可思议的是，在日本，对天皇这样的神人，老百姓是不能见他一面的，只要见到他，就会死去。即使到了1890年，一些日本老百姓仍这么相信。这是一种怎样奇特的观念啊！当别国皇帝与民同乐，微服私访，甚至与老百姓一起沐浴（如罗马皇帝）时，日本的天皇却把老百姓吓得连见他一面都不敢，不禁让人发出感叹：天皇威武啊！

但是，这么威武的天皇生活上却不总是比蜜甜，自从幕府出现后，天皇的好日子就到头了。由于是神的后代，没有谁敢跟他过不去，但敬而远之却轻易就能做到。所以，天皇在幕府时代，仅有宗教上的权力，政治上无权，经济上要看幕府将军的脸色过活，幕府连挟天子以令诸侯的那套把戏都觉得多余而不愿耍，天皇的经济来源就可想而知了。日本战国时代，天皇因没钱无法举行登基典礼，死后多年安葬不了，大臣朝觐，家里翻箱倒柜是无法找到朝服的，只能去当铺里赎。有时实在揭不开锅，天皇只好充当手艺人卖字为生；宫女为了减轻天皇的负担，只能卖身赚取碎银了。过着这样的生活，家庭成分正儿八经的贫下中农。就这样，历史上原本过着富裕生活的天皇，在幕府将军的殷勤帮助下，成为世界史上最艰苦朴素的"第一公民"，堪称模范。不过，做好人意味着无人理睬。天皇在很长时间内也得把这一结果兼收。近世日本人那么听天皇的话，说不定跟天皇善搞忆苦思甜有关，斑斑血泪史感动了亿万百姓，使缺乏理性头脑的百姓才那么盲从，甘愿赴汤蹈火，让天皇过上体面的日子，喝上肉汤。

德川幕府时，幕府将军规定天皇只能做学问，不得过问政事。虽然这一规定有些奇葩，但对提高天皇文化素质还是大有益处的，所以，还不能用"居心叵测"之类的词攻击将军阁下。想想历史上的诸多天皇，就因为文化素质不够，把"撩妹"作为主业，只想着把自己的亲妹子软玉温香抱满怀。

古人曰："驴鸣似哭，马嘶如笑。"连动物都会哭笑，何况人乎？大和民族进化的脚步虽然慢了那么一点点，哭笑的本领进化得有点不到位，但比起驴马来还是明显高出一筹，不过仓促之间搞拧了：乐而不笑，悲而不哭，痛苦则笑，感动则哭。外国人去日本旅游，一定觉得这国家盛产精神病人，无法理解这种不合时宜的笑和哭。芥川龙之介的短篇小说《手绢》就描写了一位母亲在老师面前讲述自己儿子的死，母亲的表情始终是微笑着的，这种微笑让别国读者心里发麻，起鸡皮疙瘩。但对日本人来说，这位母亲的笑是有修养的体现，避免给别人带来感情上的困扰。

日本人盛产微笑，以微笑待人，让人如沐春风，这已成为民族的招牌。不过，当你了解了日本文化后，就会知道这种微笑的后面是没心没肺，暖风熏得游人醉的感觉顿无。因为日本人生气时露出微笑，面对天崩地裂、大灾大难、生死祸福时，也露出微笑。实在是爱憎太不分明，轻重把握不住。面对这样的微笑大国，该如何应对呢？这不仅是中国人，而且是世界各国人士面对的一个问题。

其实，日本人崇尚的是喜怒不形于色。父母亡了，孩子不哭；丈夫死了，妻子不流泪；分娩时产妇不得大声叫喊。日本著名政治家、军事家胜海舟小时候被狗咬伤睾丸，那时还没有麻药，医生做手术时，父亲把刀架在他的鼻梁上，不许他哭，声称若哭就要宰了他，要他不愧为一名武士。日本人相信死亡是一种必然，对死者的尊敬就是忍住泪水。后来，他们学会了笑，但不是在欢乐时，而是在痛苦时。整个民族倒有点英雄气概，把痛苦踩在脚下，以微笑面对。只是苦了外国人，到了日本，不知该哭该笑。

内心未笑，脸先笑了，这就是日本式的微笑，是一种产业化的微笑，带有程式的特点。

可别以为日本人只会微笑，大笑的技能也很娴熟。据说，日本有一种习俗叫"笑祭"，在祭日，大家聚集一起，畅怀大笑，如此可增强稻穗的生命力。看来，日本人微笑的露出是有小的需求，而大笑的发出是有大的需求。笑后面掩藏的是一种汲取，故而只对现实发笑。

在日本，有个故事人们都很熟悉：一位武士背上有个跳蚤，一位商人好意提醒，结果被武士劈死。这样的故事若发生在其他国家，那武士一定是疯子。然而，发生在日本的故事，劈死人者神经却很正常。

熟悉日本文化的人知道，日本人有一种洁癖，每天至少洗两次澡，不管天热天冷，不管贫穷富裕。在日语里，"洁净"与"美丽"一词意思相同，也就是说，只有"洁净"的东西才可能是美丽的。世界上，许多种语言脏话连篇，脏词车载斗量，如汉语，如英语。而日语里的脏话脏词甚少，难坏了译者。日语里的礼貌用语高度发达，让我们这些孔夫子的后代自惭形秽。许多日本人去国外旅游，不像中国人大包小包地带上方便面，而是带上纯净水、手纸甚至枕头。他人不洁的思想从小就在日本人心中产生。这种观念渗透到伦理中，遇到损毁家庭名誉或者国家荣誉的行为，视若污秽，必须通过报仇这样的"晨浴"洗刷。骂人傻瓜可以得到原谅，骂人"污"换来的却是拼命，因为"污"是日语詈语中的最高级，极为剽悍，除了"肮脏"之意与汉语相同外，还上纲上线，附加上了卑鄙、丑陋、令人恶心这些"道义的力量"，把"污"彻底锻造成了生命中不可承受之重，让任何人都戴不起"污"这顶帽子。所以，当好意的商人没敢指点江山只是指点了个跳蚤，武士就受不了了。倒霉的商人，你不知道，在你这等排在士农工商最末等人身上，跳蚤是跳蚤，但在高贵的武士身上，跳蚤就上升为一种文化，你不理解这种文化，只会死得不明不白。

由于追求洁癖，若蒙受了奇耻大辱，就觉得不再纯净无瑕，便以自杀作为最好的解脱之道。日本几成自杀王国，而名人的自杀起了推波助澜的作用。当然，对那些恶人、罪犯，通过祓禊仪式，用水就可洗去身上的罪恶，并不用内心的忏悔、赎罪。这种惩罚实在太舒服了。够得上恶魔的须佐之男命就因为受到的惩罚太轻，一些举动反倒觉得可爱。就这样，是非不分、善恶不辨的日本人因为观念太过奇葩而被称为无节操、无原则的民族。

日语中的詈语脏词少，在文化交流中似乎吃了亏，但大和民族的个性是从不吃亏，他们在另一方面得到了极大的补偿：日语中性器官称谓异常丰富，勇夺世界之冠。男性性器官称谓近百种，女性则逾一百五十种。日语的这种繁荣发达让汉语自叹弗如。詈语脏词多，说明使用此种语言的民族道德高强，惯于臧否人物；而性器官称谓发达，表明使用此种语言的民族欲望强烈，兽性十足。

日本人的性禁忌很少，历史上流行走访婚，不知贞操为何物。靓女也敢独自走夜路，即使被强奸也不至于像中国女人那样寻短见。瓜田李下、田间小路，野合已到公然的地步。神社往往成为接受性启蒙、性滥交的场所，流行的"杂鱼寝"风俗，每年的那么一天，男女村民不分老少不管尊卑，都要集中在神社睡觉，想干什么就干什么，其疯狂无与伦比。直到1945年，在一些山野仍可寻到此习俗。即便在今天，男女同事一起喝酒，男同事的手也可抚摸女同事的胸部、臀部。不过这算是文明的，日本知名演员胜新太郎在母亲的葬礼上，众目睽睽之下，亲吻其母的阴部，让人们见识了大和民族性事上的无畏精神。面对这样的民族，观音菩萨也遭了殃，日本的观音菩萨雕像竟然让观音拉起裙子，露出阴部。"去见观音"成为这个民族的一句俚语，意为去脱衣舞馆。这充分说明了大和民族无耻已到极点，欲与大慈大悲的观音菩萨调情。

中国的和尚尼姑严禁结婚，而佛教传到日本，尽管有释迦的说教与地狱的恫吓，日本的和尚尼姑除可结婚外，还可包养情妇（夫），过着"夜夜风流烂醉前"的生活。聪明的一休和尚，风流韵事传遍天下，即使世俗的好色之徒也不敢小觑这个在精神世界中的耕耘者。

罗马人与日本人都喜欢沐浴，但日本人的沐浴在别的民族看来却有些惊心动魄：男女混浴，赤裸裸地与文明宣战。直到明治维新时期，他们觉得实在不好意思再这么下去，要与西方文明世界接轨，才立法禁止。尽管如此，混浴至今仍在日本一些地方变相地存在。澡堂服务员也不搞男女有别，女服务员可径直走进男澡堂，男服务员也可进入女澡堂，真是"相看两不厌"，唯有澡堂间。

日本的男人在外嫖妓用不着躲避妻子，贤惠的妻子甚至毫无怨言地给丈夫付嫖资，把那一份"低头的温柔"和"不胜凉风的娇羞"发挥至极致。日本人都清楚，好色并不是见不得人的事情，那可是美名，一件风雅的事。最上档的好色之徒应该是美丑兼收，老少皆宜。嫖娼从来都是允许的，父子同嫖一娼也不鲜见，只有离开买卖关系而发生的肉体关系才是不道德的。妻子也知道丈夫在外只有性的满足而无情的投入，甚至认为能嫖娼的男人才是有本事、能干的男人。当然，妻子的忍让或许与她们昔日当姑娘时的放荡有关。日本的姑娘有许多出嫁之前就已怀孕，淫荡不逊男人。

日本人重欲轻德，由此可见一斑。著名学者本居宣长宣称："视欲为恶，可谓大谬不然矣。欲即人情，无欲则不可谓人也。"同样写性，《金瓶梅》还在努力地做"劝诫"工作，而《好色一代男》却把赏玩进行到底。

知道了日本人的性事后，我们就会清楚"二战"中日军设立慰安妇的原因。武士之道乃求死之道，时时刻刻都能感受到死亡的气息。喝茶和性交是武士紧张生活的排解方式。慰安妇是一种麻醉剂，让士兵在享受肉体快感的同时忘记死的恐惧。喜欢性放纵的日本男人，至死也离不开女人。

日本人曾为一条名叫八公的狗立过碑，因为这条狗对主人非常忠诚。但不可思议的是，日本人竟给一个小偷立了碑，让中国人无法理解。这位小偷名叫鼠小僧次郎吉，生活在江户时代，木工活做得不赖。也不能说他没用木工手艺谋生，而是有点邪门：他利用自己的专业特长，把有钱人家的房屋结构研究了个遍，然后，在人家没邀请的情况下，独个与孔方兄相会。当然，鉴于正门的不方便，他进出经过的是"上层建筑"。他光顾了98户人家，与孔方兄握手122回，成功地脱贫致富，成为亿万富翁（赃款相当于现今1亿日元）。就是这样一位地地道道的小偷，日本人每天都有不少人去其墓地参拜，把他当作暴发户的典型。不唯如此，江户时代的侦探大多由犯罪者充当。这样的爱才若渴让非"以德治国"的曹操所发布的《求贤令》显得过时。在日本人的价值观念中，不讲善恶，只讲美丑。日本著名思想家亲鸾的惊世观点是：善人能极乐往生，恶人更能极乐往生。只要杀死一千人，就能往生。本居宣长说道：一切神道皆无儒、佛之道所谓善恶、是非之论，唯多妙合雅物、歌之情趣。有这样的思想家的教导，给小偷立碑全然是小事，甲级战犯被偷偷地请进靖国神社那是理所当然之事。

罢工是劳动者的一项权利，日本人也行使这项权利，但日本式的罢工只会让老板偷着乐，因为罢工期间老板的钱袋非但没瘪，倒还鼓了不少。罢工者为了使老板丢脸，把管理人员全部赶出工厂，自己占领工厂，增加生产。一家煤矿就因此被罢工者把日产量由250吨提高到620吨。找遍全世界，也寻觅不见这么奇葩的罢工。

武士和艺妓属于日本两大国粹，一刚一柔，很大程度上塑造了日本民族精神。花是樱花，人是武士。武士崇尚勇敢，恃强凌弱。所以，在日本的军队、学校、企业等各个团体中，强者欺负弱者普遍存在。学校内高年级学生倘若不对低年级学生来点横的，那就只会留下"老大徒伤悲"的莫大遗憾。被欺负者只能默默忍受，因为日本人并不认为欺负有多不好，相反，这样会激励奋斗精神。告发者是心理怯弱的表现，让人看不起。武士道向大和民族提供了道德标准，是日本人的精神和原动力。武士是日本之花，勇于牺牲。在武士道精神的熏陶下，女人也甘愿为男人舍弃一切。曾有一对男女青年彼此相爱，姑娘觉得小伙太迷恋自己而荒废青春，就自毁美丽容貌，减损魅力，使小伙在人生道路上不至于过于"放荡"。1931年"九一八"事变爆发后，一支侵华日军即将踏上中国东北，一位名叫井上清一的日军中尉正在家中度蜜月，实在不愿意抛开爱妻井上千代子上前线。就在出征中国的前夜，睡在丈夫身旁的井上千代子，为使丈夫不至于有后顾之忧，割喉死去。被激励的丈夫醒来后读完妻子的遗书，一句话也没说，就走上战场，果然成为沾满中国人民鲜血的刽子手，震惊中外的"平顶山惨案"就是此君的代表作。

日本有句谚语：天赋非凡，始敢受人之恩。日本人轻易不愿受人之恩，因为受人之恩，施恩者就成了他的恩人，对恩人要负有义务，恩人或他们的后代困难时要予以照顾。由于"恩泽"太长，报恩成本过大，日本人轻易不愿别人帮忙，不要他人救助。社会共识是：欠恩绝非美德，报恩则是懿行。明治维新之前，法律甚至为了满足大和民族这种德性，规定："遇有争端，无关者不得干预。"想做好事，法律也横加阻拦，如此"芳邻"，让中国人无法理解。

借别人的钱，自然是欠了"恩"，年关之际，这种"恩"要报，也就是要还钱。当还不起钱时，穆仁智之类的狗腿子绝对不用出来帮主人讨账，欠债者早用刀把自己了断了。所以，为了免使欠债者把刀用错了地方，黄世仁必须事先给杨白劳做思想工作，以防他想不开。

日本人还有一件奇葩举动让中国人几十年了仍想不通，这就是战场上拼刺刀，非要子弹退膛。对中国人来说，怎么杀鬼子方便、威力大就怎么办，而鬼子却一根筋，拼刺刀时就让子弹彻底退休，不搞中国那种退而不休的把戏。其实，日军的做法也与其传统文化有关。禅宗在日本被作为军事训练的一种科目。为了达到无我的境界，达到最为本质的目的，就要排除一切干扰，不应间接地接受任何东西。所以，日本武士为了消灭敌人，就要排除一切干扰，包括自卫的技巧。日本武士的勇敢世所罕见，但自卫的技巧无法与中国古代武士相比，伤亡巨大。用武士道精神武装起来的鬼子，他们要排除的干扰就是枪膛中的子弹，一心一意地用刺刀与敌人玩个心跳。

日本的历史也不乏"为万民立命"的英雄。面对老百姓的疾苦，往往有人组织向政府请愿。政府也不是冥顽不化，愿意为民做主，条件是请愿的领导者甘愿受死。就这一点来说，日本统治者耍流氓的本领远在中国统治者之上。或许迫于无奈，历史经过沉淀，日本人竟喜欢他们心目中的英雄死亡。喜欢微笑的民族骨子里藏着冷酷。

魔王希特勒的三寸不烂之舌

美国一杂志曾评出百年来世界八大最具有说服力的演说家，魔王希特勒赫然位居其列。

《历史上最有影响的 100 人》的作者哈特认为："就其动员人民从事重大行动的能力而言，希特勒可能是人类史上最富于感染力的演说家。"

应当说，希特勒从一个默默无闻的下士成为一个世界知名的杀人恶魔，全凭他的一张不烂之舌。

沉默寡言的少年

令人不可思议的是，具有三寸不烂之舌的希特勒，少时却沉默寡言，羞怯怕生。这种性格按理说不应属于一位卓越的演说家。形成希特勒这种性格的原因有二：一是 6 岁弟弟的死亡在心理上造成了极深的创伤，给他的生活投下了一道长长的阴影；二是性格暴躁的父亲不许他学习他喜欢的美术。如果说弟弟的死使希特勒变得孤独，那么暴躁父亲的强制则使希特勒变得沉默寡言。

希特勒在小学、中学都没有给老师留下能言善辩的印象。无疑，希特勒是有演讲天才的，但在沉默寡言的外表下面，老师难以发现这一天赋才能。只有一位老师似乎有所留意，但在评价时却用了一个贬义词：强辩。也许这位老师是在希特勒与别的老师或同学的争辩中发现希特勒这一才能的，所以才对希特勒有了"好强辩"的印象。

不过在了解希特勒的人中，还是有人发现希特勒小小年纪就具有演讲的雄辩才能。有人记得他念小学时曾利用其雄辩才能诱使孩子们执行他的命令。这虽是孩子们的游戏，但他却能一次次成功地把孩子们召唤在一起，玩得尽兴。这里须提醒一句：希特勒在跟孩子们玩这类游戏时，他的弟弟还没死；弟弟死后，这类游戏也就停止了。看来希特勒对弟弟的感情极深，杀人魔王也不缺乏人性。

发现自己的演讲才能

希特勒中学没毕业，就去了维也纳；美术学校没考上，当了几年流浪汉。第一次世界大战爆发后，他在慕尼黑当了兵。勇敢的希特勒在战争中混了个不错的军衔：下士。

希特勒接到命令，去政治训练班听课。听讲时，一位士兵替犹太人辩护了几句，希特勒忍不住地站起来，言辞激烈地发表了一通反犹言论。令他惊奇的是，他居然能够控制住在场听众。

这是希特勒第一次在正式场合演讲。

他发现了自己的口才。

希特勒后来回忆说："一下子，我得到了在大庭广众说话的机会，过去我完全无意识地靠直觉而认为具有的东西，现在得到了证实，那就是：我是能够'演讲'的。"

政治训练班课程结束时，一个观察者在总结报告上提到希特勒时写道："一个生就的演说家，他博得了他的听众的绝对注意，讲起话来，信心十足。"

这年希特勒 30 岁，开始踏上了用他的嘴征服德国、征服世界的行程。

演讲吓跑了对手

1919 年 9 月，希特勒加入德国工人党，即后来的国家社会主义德国工人党（纳粹）的前身。

希特勒参加该党的第一次聚会是在慕尼黑的一家啤酒馆。与会者成分复杂，三教九流皆有。

几个人发言后，希特勒也站起来发言。他反驳前面有人提出的使巴伐利亚脱离德国而与奥地利联合的主张。希特勒声嘶力竭，大喊大叫，拳头在空中挥来挥去，话没说完，就把前面发言的那个人吓得溜走了。这等演讲硬功夫后来越来越厉害。

这次演讲还募集了 300 马克。对一个经费只有 7 马克的小小政党来说，实在是一次意料不到的收获。而成绩的取得，端赖希特勒那张与众不同的嘴巴。希特勒的嘴巴不但会带来力量，而且带来了金钱。

在登上总理宝座之前，希特勒的绝大多数演讲是收费的。每月希特勒都要演讲几次，十多年时间，仅靠演讲希特勒的收入就相当可观。

希特勒的成名作——法庭演说

希特勒一生做过几千场演说，但第一次轰动全国的演说当推他的法庭演说。

希特勒具有强烈的权力欲。为了攫取权力，他不自量力地于 1923 年在慕尼黑啤酒馆发动了一场政变，企图推翻巴伐利亚政府乃至全国政府。

政变很快被平息了，希特勒被带上了法庭。

到法庭采访的记者很多，除了德国各大报社记者外，外国有影响的大报社都派了记者。希特勒知道这是个自我表演的千载难逢的好机会，必须充分加以利用。于是，在法庭上，希特勒鼓动他那张三寸不烂之舌，竭力宣扬他的主张。希特勒的民族主义热情打动了德国人民。靠着嘴巴的超强功能，下士成了名震德国的名人。

由于审判法官都是极右派，希特勒的观点全部或部分地与法官的观点合拍，所以，在审判的过程中，希特勒可以粗暴地打断证人的话，对他们反诘盘问，替自己辩护。最让希特勒满意的是，他的辩护不受任何限制，这对擅长鼓唇弄舌的希特勒来说，简直可说找到了用武之地。希特勒真没委屈自己的那张嘴，第一次发言就一口气讲了四个多小时，而这是他长篇发言的第一次。

希特勒无疑是历史罪人，会永远钉在历史的耻辱柱上。但客观地说，他的法庭辩护煽动力极强，"精彩"之处比比皆是。

这里不妨摘录一段：

> 小人的眼界是多么的狭窄！请相信我，我认为谋得一个部长官职并不是什么值得努力争取的目标。我认为以部长身份载入历史，并不是值得一个伟大人物努力争取的事。假使真是如此，你很有同其他部长葬在一起的危险。我的目标从一开始起就比做部长高出一千倍。我要做马克思主义的摧毁者。我要完成这个任务，一旦我完成了这个任务，部长头衔对我来说就只是一个荒唐的称号罢了。

这是希特勒对证人指责他有当部长野心的回答。

历史发展到了 20 世纪，"独裁者"一词早成了贬义词，政治家躲得远远的，生怕戴上这顶帽子。但希特勒不怕，面对有人指责他要当独裁者，他是这么回答的：

> 天生要做独裁者的人不是被迫的。他的愿望就是如此。他不是被别人驱使向前的。这并没有什么骄傲自大的地方。难道一个努力从事繁重劳动的工人是骄傲的吗？难道一个有着思想家的大脑，夜夜思考，为世界发明创造的人是自大的吗？凡是觉得自己有天赋义务治理一国人民的人没有权利这么说，"如蒙召唤，我愿从命。"不！他应该责无旁贷地站出来。

一位听过希特勒法庭演说的人如此评论道："一个蛊惑民心的奇才，我极少听过这样一个逻辑性强的、狂热人的讲话。"

确实，仅仅凭借思想，而没有杰出的演讲才能，希特勒要把德国人煽动起来恐怕很难。

演讲吸引来了人才和钱财

希特勒的目标是想成为德国历史上最伟大的人物。要实现狼子野心，单靠他个人是不可能成功的，必须网罗一批骨干帮手。令希特勒高兴的是，很多骨干帮手根本用不着三顾茅庐，不请就找上门来了。之所以会如此，实与希特勒超人的口才分不开。可以说，希特勒最重要的几名骨干全是听了希特勒的演说之后，因为佩服得五体投地，所以才愿屈居希特勒之下，跟着混世魔王闯天下。

鲁道夫·赫斯是仅次于希特勒的纳粹第二号人物。他因偶尔听了希特勒的一次演讲，震惊于希特勒的口才，便加入了纳粹党。戈培尔是希特勒手下的宣传部长，是希特勒的股肱大臣。此人也不缺少一张能说会道的嘴巴，加之又是哲学博士，对一般人的口才都不以为然，但对希特勒的口才由衷地佩服。1922 年，他听了一次希特勒的演讲，立即决定加入纳粹党。稍后几年，他与希特勒的思想发生冲突，但听了希特勒一场三小时的"精彩之极"的演讲，立即"怀疑自己的看法"，决定要向"这个伟大的人物，政治的天才鞠躬致敬"（戈培尔日记中的话语）。

演讲不仅吸引来了心腹大臣，而且还带来了大批政治捐款。

汉夫施丹格尔是哈佛大学毕业生，朋友劝他听听希特勒的演讲，他就去了。这一去，他就成了纳粹党徒了，因为他对希特勒的滔滔雄辩极为倾倒，爱屋及乌，他就信仰起了纳粹主义来了。纳粹党从这位信徒那里确实获益不小。汉夫施丹格尔借给纳粹党一笔巨款，使纳粹党报《人民观察报》得以维持下去。

钢铁大王弗里茨·蒂森是 1923 年在慕尼黑结识希特勒的，初次见面就被希特勒口若悬河的辩才征服了，慷慨解囊，甩手向当时尚不为人知的纳粹党捐资 10 万金马克（当时约合 2.5 万美元）。

可以说，纳粹的许多钱财都是富商感于希特勒的口才魅力自愿从腰包里掏出的。

一生最精彩的演说

希特勒一生最精彩的演说是 1939 年 4 月 28 日在德国国会发表的，内容是对美国总统罗斯福一份电报的答复。对这次演说，《第三帝国的兴亡》一书作者威廉·夏伊勒作过如下评论：

> 我相信这是他从来没有做过的最长的重要公开演说，讲了足足两小时以上。在许多方面，特别在打动德

国人和纳粹德国在外国的朋友这一点上，也许是他空前最精彩的一次演说，肯定是我亲自听到他所作的最了不起的演说。他雄辩滔滔，机锋横溢，极尽尖酸刻薄、虚伪狡诈之能事，这种本领已经达到空前未有的高峰，而且以后再也没有能达到过。

这次演说的背景是：美国总统罗斯福面对纳粹德国的武力威胁，发电报给希特勒，要他保证不侵略 31 个国家。希特勒没有直接给罗斯福总统回电，而是在国会举行演说，通过广播电台把他的答复传到罗斯福耳中。

演说时，希特勒先把罗斯福来电念几句，然后嘿嘿地冷笑两声，稍停片刻，压低嗓子吐出一个字来："答。"接着就从他的口中喷出一大串讽刺挖苦罗斯福的话来。希特勒的所作所为犹如一个顽皮的孩子在考场作弄他的老师。

希特勒在台上表演，台下的议员则在制造气氛。

每当希特勒声嘶力竭地讲完一段话，阴阳怪气地说声"答"时，议长戈林就忍俊不禁地带头发出一串"嘎嘎嘎"的怪笑，其他议员也不失时机地跟着哄堂大笑。这时的演讲气氛就达到了高潮，希特勒的演讲劲头也就更大了。下面是希特勒的两段演说辞：

> 罗斯福先生宣称，他认为一切国际问题都可以在会议桌上解决。
>
> 答：……要是这些问题果真能在会议桌上得到解决的话，我将不胜高兴。然而，我的怀疑是有事实根据的，那就是，最明显地表示不信任会议有用处的国家正是美国自己。因为历史上最伟大的会议就是国际联盟

……它代表全世界各国人民，并且是按照一位美国总统
的意志而建立起来的，然而，第一个在这种努力面前表
示退缩的国家就是美国……只是在无目的地参加了（国
际联盟）好多年以后，我才决意学美国的样……

北美的自由并不是从会议桌上获得的，同样，南北
战争也不是在会议桌上决定胜负的。至于为达到最后征
服整个北美大陆而进行的无数斗争，我就不说了。

我所以提起这些话，只是为了要表明您的意见，罗
斯福先生，尽管毫无疑问应当受到最大的尊重，然而却
不能在您自己国家的历史或者世界其他各国的历史里找
到任何证明。

希特勒在演说中从来没有忘记吹嘘自己，下面一段话就是他
自吹自擂的样板：

罗斯福先生！我深知贵国幅员广大，财富充盈，使您
自许要对全世界的历史和所有国家的历史负责任。而我，
先生，所处的地位却要平凡得多，局面也要小得多……

我接受了这样一个国家，它因为信任外国的诺言和
由于民主政府的恶劣制度而面临着彻底的毁灭……我克
服了德国的混乱，重新建立了秩序，并且大大增加了生
产……发展了交通，使庞大的公路网得以兴建，运河得
以开凿，巨大的新工厂得以出现，同时也致力于提高我
国人民的文化与教育水平。

……

我把1919年从我们手里抢走的地方夺回来给了德

国。我把成百万被迫与我们分离饱受心酸的德国人领回
到了自己的祖国……然而，罗斯福先生，没有流一滴
血，没有给我国人民，当然也没有给别国人民带来战争
的苦难……

　　你的任务，罗斯福先生，比较起来要容易得多。你
在 1933 年出任美国总统，我也在那一年出任德国总理。
你在发轫之初就是世界上最大最富的国家的首脑……贵
国的局面之大，足以使你有时间、有闲暇来注意世界性
的问题……你的关心和主张所涉及的地区要比我的地区
大得多，因为，罗斯福先生，上苍所要命我托生的地
区，因而也是我必须为之工作的地区，不幸要小得多，
虽然对我来说，它要比其他任何东西更加宝贵，因为它
完全是我国人民所有的！

　　虽然如此，我相信，正是这样，我才能对我们全都
关心的事情尽最大的贡献，那就是：全人类的正义、幸
福、进步和和平。

应当说，就欺骗德国人来说，这是一场非常成功的演说。希
特勒就是凭借着一场场演说，凭借着他那辩才无碍的口才，从流
浪汉一步步地登上德国最高权力宝座的。毫无疑问，希特勒是历
史上靠口才建功立业者中的佼佼者。

迥异于传统的演说家

希特勒非常重视演讲术，深知演讲术在政治活动中的重要
作用。

在《我的奋斗》中，希特勒曾讲过这么一段话：

在历史上推动最伟大的宗教运动和政治运动的力量，从远古时候起，一直是说话的神奇力量。

只有靠说话的力量才能打动广大的人民群众。所有伟大的运动都是人民运动，都是人类热情和感情的火山迸发，它们不是由残酷的贫困女神就是由投在群众中的语言火把所触发的；它们不是词章学家和客厅英雄似的清淡。

此段话充分说明了希特勒对演讲术的重视程度。

希特勒之所以能成为闻名于世的演说家，除了爹妈给了他一副好口才外，还与他重视演讲技巧分不开。

希特勒小时候梦想成为艺术家，但经过一番努力，终告失败。其实，希特勒的天赋不在绘画，而在表演。假若他小时候梦想成为表演艺术家，也许他早已功成名就了。遗憾的是希特勒选错了方向。

何以为证？

只要走进演说大厅，听听希特勒的演说就清楚了。我们现在不可能直接听到希特勒的演说了，但听过希特勒演说的人都说希特勒是个出色的模仿家，能把别人的言谈举止模仿得惟妙惟肖。可别小看这点雕虫小技，演说的关键时刻来一番这类表演，就能使演说大厅的气氛活跃起来，给听众增添不少笑料。应当说，这是一位杰出演说家所应具备的看家本领。

希特勒对演讲的声调、语言的快慢都颇有讲究。演讲伊始，话说得很慢，一字一板地仿佛私塾老学究在教学生识字。其实，他是在寻找听众的感受，一旦掌握了它，就会迅雷不及掩耳地提高演讲音调，加快演讲速度，猛烈地抨击他所要抨击的对象。这时，希特勒的声音犹如上千条抽得噼啪作响的鞭子掠过大厅。他具有鞭笞听众神经的能力，能让他的听众发狂。然后，他就像交响乐队指挥那样，撩拨听众忌妒、恼怒和憎恨的情绪。当然，在这个时候，希特勒从来不会忘记猛击桌子和猛烈顿足。

对他的这种做法，希特勒是这样解释的："广大群众的心灵对软弱无力或半途而废的东西，不会做出任何反应。正像一位妇女一样，她精神的敏感问题，与其说是抽象的理性，倒不如说是强大的情感渴望。因此，她宁愿屈服于强者，而不愿屈服于弱者——群众也宁愿屈服于统治者，而不是祈求者。"

我们不能不承认，希特勒是个出色的心理学家，对听众的心理了解得非常透彻。他就像地震波显示仪那样，对听众心灵的颤动能作出灵敏的反应，能把整个民族最秘密的愿望，最隐蔽的直觉、痛苦与个人的反感表达出来。所以说，要想成为一位杰出的演说家，就必须成为杰出的心理学家。

希特勒还对演讲大厅的音响效果、颜色，以及演讲时所在位置及出入口都极为重视。他善于研究听众的特点，观察一些人怎样才会比另一些人对他的话产生更大反响；听众多时，怎样才能更容易控制。他知道迟到的作用。演讲人迟到，可以使听众长时间焦虑不安，磨灭他们的锐气，从而更容易接受他那粗暴而且有感染力的号召。他常常从人们完全意料不到的地方出现在大厅，脸上带着坚定而冷静的表现，在一对楔形保镖的簇拥下大步走过大厅。

当然，我们不应该忘记希特勒演讲术最显著的特点：演讲时伴以暴力行为。从来没有一个杰出演说家像希特勒那样把暴力带进演讲大厅，使演讲大厅充满了恐怖气氛。我们不能不说这是希特勒的一大发明。

希特勒之所以这么做，是因为他认为演讲时伴以暴力行为，会给听众留下深刻而难忘的印象，让人忆起更觉历历在目。

通常的情况是，希特勒在台上演说，保镖们在台下大打出手。但也有例外。据说早年希特勒在慕尼黑开始空嘴打天下的时候，遇到过一位名叫奥托·巴勒斯塔特的人，这人跟希特勒政见相左，但嘴巴厉害，演讲水平至少不在希特勒之下。希特勒觉得此人对他威胁太大，就和他的几个爪牙冲上讲台，操起棍棒和椅子，狠狠地把对方揍了一顿。为此，希特勒被警察局关押了一月。但奥托·巴勒斯塔特再不敢跟希特勒唱对台戏了，希特勒高兴了好长时间。

还值得一提的是，希特勒在演讲时从不用"我的希望"、"我们声明"、"我们要求"一类的话语。具有希特勒语言特色的话语是："我们坚决主张。"这是一种无条件的绝对命令口气，颇合这位"超人"的个性。

（本文引用了《第三帝国的兴亡》《希特勒秘史》《希特勒之谜》等书的几段文字，在此特向著译者表示感谢!）

名人剪辫纪实

辫子系清朝国民的象征符号。原是满族的原创产品，却要发扬光大，让汉人也留起辫子跟着他们玩。不玩就弯弓操戈，跟人急。汉人硬是流着泪，陪着这些"稍逊风骚"的莽汉玩了二百多年，直到有人吆喝着要跟他们玩洋枪洋炮，才知那根辫子高贵程度有限，救不了自己的命。

鸦片战争爆发后，中国人放眼看世界，连满人也知道自己头上拖着的那根长长的辫子实在谈不上雅观，倒显得格外丑陋。于是一些深受西方先进思想影响的人，纷纷操起剪刀，剪掉那根辫子。不少后来名扬天下的风云人物，当时也加入了剪辫的行列。这些风云人物，剪辫的时间不尽相同，从中可看出他们接受西方文化影响时间的先后，以及个人思想的激进或保守程度。小小的辫子竟成了风向标，可用来测度大人物是否具有坚强的意志。

孙中山：流亡国外，剪掉辫子，发誓革命不成功绝不回国

革命先行者孙中山先生是位职业革命家，很早就产生了改造社会的念头。

早先，孙中山也想通过改良的方法使国富民强，带着"拙见"去拜访直隶总督李鸿章，却被中堂大人婉拒。宇宙的秘密只有一个，被牛顿发现了，其他人再聪明用功，也无机会了。

摇摇欲坠的清王朝，孙中山觉得自己不赶快推翻，别人就会抢先一步，留下终生遗憾。没有等待，离开中堂大人，孙中山就急匆匆地赶赴檀香山，于1894年11月组织成立了资产阶级革命团体兴中会，提出了"驱除鞑虏，恢复中华，创立合众政府"的革命主张。

救国心切的孙中山翌年就与郑士良、陆皓东等人发动广州起义，事泄，陆皓东伪装成门役，没能逃走，被清兵拘捕，成为孙中山领导的资产阶级革命运动中的第一位牺牲者，也成为"中国有史以来，为共和革命而牺牲者之第一人"（孙中山语）。

清廷已知这次起义领导人是孙中山，于是悬赏1000块大洋缉捕。为安全起见，孙中山从香港逃往日本。

一踏上东瀛国土，孙中山做的第一件事就是剪掉脑袋上拖了近三十年的辫子，表明他和清廷势不两立，立志革命，不成功绝不回国。在近现代伟人中，孙中山的辫子剪得最早。"孙大炮"，向清廷轰响了第一炮。虽然做事偏激、固执，但他宏伟的气魄，坚定的意志，顽强的毅力，执着的信仰，灵活的策略，终使他先别人一步，领导革命志士推翻了腐朽的清王朝。从这点来说，早在国民还在摸着辫子做欣赏状时，中山先生毅然剪掉辫子，投身革命，无疑是个勇往直前的激进派。

毛泽东：跟同学相约一起剪辫子，把变卦的同学抓住，强行剪其辫子

毛泽东头上的辫子剪得很迟，直到辛亥武昌起义的前夕才剪掉，这似乎与他反叛的性格相矛盾。

毛泽东的辫子是1911年在长沙中学学堂剪掉的。在此之前，

剪过辫子的人他是见过的，只不过那时这类人被称为"假洋鬼子"。

毛泽东是在湘乡县立东山高小读书时见到"假洋鬼子"的，时间是1910年，他不到17岁。

东山高小是一所新式学校，开有自然科学、音乐、英语等课程。教英文的教师是个留日学生，带着假辫子，学生讥之为"假洋鬼子"。

因为毛泽东刚从闭塞的韶山冲跨出来，进步的思想观念尚未占据头脑，所以也跟同学一起嘲笑"假洋鬼子"。不过，嘲笑归嘲笑，毛泽东并不像其他同学那样远离"假洋鬼子"；相反，他还千方百计地接近，因为从"假洋鬼子"那里可以听到许多鲜为人知的有关日本的事情，这对急于寻求新知识的毛泽东来说，机会难得呀！

毛泽东在东山高小读书的时间不长，仅半年时间。1911年春，他离开这里去长沙上学。

湘乡驻省中学是一所为湘乡人开办的中学，湘潭人毛泽东经一位老师的介绍，进入该校。

在这里，毛泽东眼界大开，很短的时间就接受了许多新思想，知道有个反清组织叫同盟会。

毛泽东喜欢看的报纸是《民立报》，这是同盟会会员于右任主编的一份宣传革命的报纸。毛泽东感触颇深的就是报纸登载的反清言论和革命事迹。

作为热血青年，毛泽东写了篇文章，贴在学校的墙壁上，发表他的政见。其主张是让孙中山出任新政府的总统，康有为任总理，梁启超任外交部长。大概在当时的中国，除了毛泽东这样乱点鸳鸯谱外，再没有第二个人会这么做，因为这三人早已属两个敌对的派别，无论如何是不会被捏弄到一起的。

这期间毛泽东最激烈的革命举措就是剪掉辫子。

一天，毛泽东邀约十几个同学一起剪辫子。他先剪，接着另一个同学也剪了。眼看大功告成，谁料其他同学变了卦，不愿剪辫子了。

这怎么行呢？毛泽东和另一个剪过辫子的同学偷偷地追上去，抓住一个同学，手持剪刀，"咔嚓"一声，乌黑粗壮的辫子掉地上了。眨眼间，大家都成了"和尚"。

几个月前还在嘲笑"假洋鬼子"的假辫子，几个月后自己却带头剪掉了辫子，毛泽东的思想变化真大啊！

从毛泽东的剪辫过程可以看出，毛泽东喜欢赶着毛驴上山。在电影《西安事变》中，毛泽东说陕北农民使用毛驴驮东西上山，毛驴不喜欢上山，农民采用一拉二推三打的办法让毛驴乖乖就范。在推动蒋介石抗日上，当时采用的就是这个办法。当毛泽东掌权后，发动了一个又一个的政治运动，其目的就是想让那些不愿进步的落后分子，跟着时代的步伐前进。

蒋介石：年轻时怀有救国热忱，立志学军事，为表示出洋留学的决心，毅然剪下辫子，托人送给老母

对年轻蒋介石影响较大的是宁波箭金学堂里的教师顾清廉。蒋介石在该校学习时间不足一年，但顾清廉向他灌输了不少先进思想，民族主义思想开始在他的头脑里萌芽。蒋介石日后所以学军事，不能说没受顾清廉的影响。因为顾清廉认为，国家欲富强，必须要有一支坚不可摧的军事力量，有志青年应出洋留学，学习外国先进的军事技术，把贫弱的中国变得胖胖的。

蒋介石还从顾清廉那里听到了日本明治维新的历史，并第一并不支持。学生们问鲁迅："究竟有辫子好呢，还是没有辫子好呢？"鲁迅不假思索地说"没有辫子好，然而我劝你们不要剪。"

鲁迅的话无非是为了保护学生，使他们不做无谓的牺牲。

然而，有些学生对鲁迅的话不能正确理解，不听劝阻，剪掉了辫子。结果，他们马上就被学校开除了。

鲁迅的无辫之灾一直持续到辛亥革命胜利。革命给他的好处，最大、最不能忘记的是从此可以昂头露顶，慢慢地在街上走，再也无人跟着他往他头上呆看，再也听不到无知者的谩骂。

毛泽东夸赞鲁迅的骨头最硬。确实，动起笔杆子来，鲁迅谁都敢骂，而且骂得不留情面，骂得酣畅淋漓，骂得不亦乐乎。但是，鲁迅是语言的巨人，行动的"矮子"。比起林觉民这些甘洒热血冲锋陷阵的志士来，鲁迅的所作所为在革命道路上只算"彷徨"，当然，在黑暗里也会"呐喊"。林觉民的那支笔够厉害的，可惜那么早就牺牲了；假若不死，很可能会成为著名作家的。所以，对鲁迅不能苛求，倘若鲁迅也像林觉民那样为民族解放而牺牲了，精神固然可嘉，只是总感觉好钢没用在刀刃上。那可是全民族的巨大损失。革命志士千千万，文豪却不易得。我们从鲁迅那么早剪辫，晓得鲁迅也是一条汉子；但鲁迅头上飘扬的假辫子告诉我们，说鲁迅的骨头最硬只不过是一种夸张的修辞手法。

胡适：辫子剪得较迟，因为大家认为他将来可以做学问，所以无人强迫他剪辫，无人劝他参加革命

1906 年，胡适进入中国公学就读。

中国公学是部分留日学生为抗议日本文部省颁布取缔中国留学生规则，愤而回国，在上海创办的。这所学校师生的思想都很激进，不少人剪了辫子。

次听到了孙中山在海外领导革命党人活动的情况。

为了便于学日语，蒋介石转入奉化龙津学堂，跟该校聘请的两位日本教师学。

蒋介石性格急躁，学了几个月日语，就不想再学了，因为他觉得应该到日本去，那里学习条件更好。

蒋母王采玉仅蒋介石这一个儿子（另一儿子早殇），不愿儿子远离自己。蒋介石知道母亲是不会答应自己出国留学的，为了造成既定事实，蒋介石干脆取来剪刀，剪下辫子，托人送给母亲。深知儿子秉性的母亲，看到辫子，知道儿子的主意已定，无法改变，就咬咬牙答应了。

蒋介石剪辫子的时间是 1906 年，在当时的国人中算比较早了。

蒋母给儿子凑足留学费用后，蒋介石来到日本。他并不知道，在日本学军事，必须由清政府的陆军部保送。他是自己来的，自然不能进军校学习。没办法，只好进入东京的一所学校，学了半年日语，返回国内。

蒋介石回到国内，正赶上保定陆军速成学堂（保定陆军学校前身）招生。这是清政府陆军部办的，只要考上这所学校，出洋学军事就有门了。蒋介石运气不坏，在激烈的竞争中，居然考取了。

头上没留辫子没有影响考学，但进入军校后，有人却指着蒋介石的脑袋说他是革命党。

事情是这样的：一个日本军医官在军校课堂上讲细菌课时，拿着一团泥块，说这小小的一团泥块，就能寄生 4 亿细菌，就像 4 亿支那人寄生在里面一样。在下面听讲的蒋介石立即火了，走上台，把那团泥掰成 8 块，指着其中一块说："日本有 5000 万人，也像 5000 万细菌一样，寄生在这泥块里面。"日本军医官瞧着蒋介石铁青的脸，吓得后退了几步。当看到蒋介石头上显得与众不同时，他跟发现什么似的，咆哮着说："革命党的，大大的有。"

但是，蒋介石并未受没辫子的影响，1908 年春天，他进入东京振武学堂，实现了学军事的夙愿。

从蒋介石剪辫过程可以看出，蒋介石比较任性，有毅力，自己看准的事情谁也无法阻挡，包括他一向孝顺的慈母。他小时候在乡人的眼中可不是好孩子，获得的是恶评。大概从小丧父，脾气暴躁，在外容易惹事，所以，蒋介石没少挨学校老师的责罚。跪罚、毒打、痛骂、诅咒，不堪忍受的学生生活，让蒋介石几十年后也骂老师是"毒魔"。历史经验告诉我们，如此任性、不听话的孩子长大后不是强盗就是枭雄。所幸，我们的蒋委员长成为了乱世英雄，军阀的草头王。当然，任性也使他坚持"攘外必先安内"的政策，在严寒的十二月夜晚，不得不穿着薄薄的睡衣独自躲到骊山的石头缝里玩躲猫猫游戏。

鲁迅：留学日本时剪了辫子，回国后又装上了假辫子，尽管如此，还是吃尽了"无辫之灾"的苦头

1902 年 4 月，鲁迅从南京矿路学堂毕业，留学日本，进入东京的弘文学堂学习日语。

当时的日本，中国的留学生很多，但留学生中剪辫子的却极少。有些思想激进的留学生也曾试图剪掉"猪尾巴"，却遭到了清政府派往弘文学堂监督的制止。

鲁迅不管那一套，他对自己头上那座"富士山"深恶痛绝到了极点，不顾监督的警告，毅然剪掉，一半给了店里的一位伎女做了假发，一半给了理发师。

鲁迅成为班上第一个剪掉辫子的人，监督想杀一儆百，把鲁迅遣回国内。还没顾得上这么做，监督的辫子就被几个"来路不明"的人强行剪去。彼此彼此，只好作罢。

　　鲁迅这下可松了口气，简直要乐坏了。他跑到照相馆，照了张断发照片寄给家人，还把断发照片赠送给好友许寿裳，照片后面题了首诗，就是著名的《自题小像》："灵台无计逃神矢，风雨如磐暗故园。寄意寒星荃不察，我以我血荐轩辕。"

　　鲁迅在日本生活了 7 年，1909 年 8 月回国。一踏上阔别多年的国土，所要干的第一桩事竟是装假辫子。

　　汉族男子原是不留辫子的，只是在清统治者的屠刀威逼下才留起了辫子，没想到，积非成是，不留辫子倒成了人们讥笑的对象，走上大街，不是被围观呆看，就是被讥笑谩骂。

　　另外，鲁迅的家乡绍兴还有个风俗，凡是偷了人家的女人，捉住后先把辫子剪去。这就容易发生误会，受到人格上的侮辱，真是雪上加霜。

　　上海当时有装假辫子的专家。鲁迅掏了 4 块大洋，专家就给他把假辫子装上了。假辫子装得真够巧妙的，不留心，还真看不出来。

　　然而，假辫子只戴了一个月，鲁迅就把它去掉了。因为鲁迅觉得一个人做人要真实，装上假辫子，如果在路上掉下来或者被人拉下来，岂不更难看！与其如此，不如不戴。

　　不过不戴辫子的鲁迅，却遭到了更多人的白眼。鲁迅曾说："我所受的无辫之灾，以在故乡为第一。尤其应该小心的是满洲人的绍兴知府的眼睛，他每到学校来，总喜欢注视我的短头发，和我多说话。"

　　鲁迅吃尽了无辫之苦，所以，他对学生里面兴起的剪辫风潮胡适进入中国公学时，年仅 15 岁，在学生中年龄最小，可说是小孩子。但他非常聪明，学习特用功，功课很好。中国公学的师生中有不少同盟会会员，他们有一种癖好，就是给人剪辫子。不愿剪辫子的学生，那些激进的学生就代为捉"刀"。但是，胡适在中国公学三年，从未有人强迫他剪辫子，也无人劝他加入同盟会。胡适对此一直不解。后来，有人告诉他，当时学校里面的同盟会会员认为他是个读书的种子，将来做学问没问题，出于爱护，就不劝他参加革命，也不强行剪去他的辫子。这样，胡适在中国公学三年，辫子潇洒地在头上晃荡了三年。

当然，胡适的辫子最后还是剪掉了，那是 1910 年他考取留美官费生以后的事情了。

胡适在中国公学，被革命党人包围，环境可谓"险恶"至极，但辫子却安然无恙，说明《拯救大兵瑞恩》的故事也在中国发生过。革命固然重要，但文化建设不能放松。革命党人不同于义和团。义和团只知道杀杀杀，干力气活是内行，思想深处却落满了灰尘，即使坐到了金銮殿，不过是朱元璋第二，让那拥有金木水火土偏旁名字的后代轮流做皇帝。革命党人则不同，是一批掌握了先进文化的人在闹事，眼光自然远大。胡适在如此"险恶"的环境下竟然静若处子，不受外界干扰，不加入同盟会，这与他的性格大有关系。胡适的名言是："多解决问题，少谈些主义。"如果跟他说科学救国、教育救国，他一定举双手赞成，但让他参加革命，为主义献身，第一个摇头的肯定是他。他的这一观点不完全是受杜威实用主义的影响，与徽州人经商的传统大有关系。胡适父亲早死，孤儿寡母过活，形成了忍让、宽容的习性，故而他会参与社会的改良，不会动刀动枪地去打江山，对剪辫这一过激行为自然视若无睹。

溥仪：最富象征性的一根辫子，民国成立后拖了9年，只因为苏格兰人庄士敦的一句话便剪掉了

中华民国临时政府一成立，就公布了剪辫令，晓示全国人民，一律剪除发辫。但是，还有极少数遗老遗少，他们的脑袋后面还拖根"猪尾巴"，傲然地显示着一种没落文化的坚强。"猪尾巴"最集中的地方就是逊清皇室。

最富象征意义的要数溥仪那根辫子，那是一个时代的象征，遗老遗少们大大小小的眼睛都盯着它。

被改造为共和国公民的溥仪回忆半个世纪前自己剪辫时的情景，说："在我眼里，庄士敦的一切都是最好的，甚至连他衣服上的樟脑味也是香的。"

庄士敦是英国牛津大学的文学硕士，先在香港英总督府里当秘书，后任英国租借地威海卫的行政长官。他通晓中文，经李鸿章之子李经迈推荐，被逊清皇室聘来，担任溥仪的英文教师。

庄士敦既知识渊博，又很懂礼节，时间不长，就博得了溥仪的信任。溥仪回忆说："庄士敦使我相信西洋人是最聪明最文明的人，而他正是西洋人里最有学问的人。"正因为庄士敦对溥仪有这么大的魅力，所以当庄士敦讥笑说中国人的辫子是"猪尾巴"时，溥仪立即决定把辫子剪掉，时间为1920年。

溥仪一剪辫子，几天工夫，紫禁城里的千把条辫子全不见了。

但是，溥仪没想到，他的辫子虽然长在他的脑袋上，但那是爱新觉罗王朝的精神支柱，是万万剪不得的。他剪了，在一些人眼里就预示着一个时代的完结。

溥仪的剪辫经历，表明昔日的皇帝也与时俱进，不愿继续保留几百年前流传下来的符号。溥仪虽然长在深宫，却冲破了女人和太监的包围，竟然请了洋人当教师，用欧风美雨滋润心田。

在溥仪的一生中，印象最深的是高墙，小时候被大人关，长大被日本人关，以后又被苏联人关，最后又被中华人民共和国关。长久在高墙里生活的人，肯定想当那枝出墙的红杏。满眼的辫子，早让他觉得毫无新鲜感，处于叛逆期的少年，一个大胆举动就足以让国人震惊，这就是逊帝的剪辫。

（原载《各界》1997 年第 3 期）

重视书评

　　阅读经典是成长过程中的必然。知识海洋浩瀚，积淀浓缩为经典。阅读经典就抓住了知识的要点，破解了知识的阿喀琉斯之踵。一门学科的关键词是由一部部经典构成的。不阅读经典，就如同得了软骨症一样，理论上永远站立不起，何谈指点江山，激扬文字?! 大学校园，杨柳依依，鸟语花香，是阅读经典的理想场所。师长的循循善诱，同学的相互砥砺，图书馆的丰富储藏，加上"勤为径"，数年之间就会成长为栋梁之才。所以，谁的屁股沉，能把图书馆坐穿，谁的枝干就高大、茂盛，谁就有一览众山小的气势，就有改天换地、创门立派的可能。

　　许多大师，当年上大学时，就把青春抛掷在图书馆，换取知识和智慧。马克思一生最喜欢的事是啃书本，除在波恩大学"聊发少年狂"酗酒、决斗外，转学到全德学风最好的柏林大学后，就被"真理的旋律"迷住，把"法里法外"（马克思上的是法律专业）的书横扫。第一学期，在患病期间，黑格尔的著作被他读了个遍。还不罢休，把其大部分弟子的书也纵览过。如此不要命的读书法，连马克思的父亲也着急了，为儿子的健康担心。陈寅恪在国外多所大学"游学"，学位可以不要，但图书馆可不能不去。至于钱锺书，当年横扫清华图书馆的壮举至今传为美谈。有人比喻呆在图书馆读书有饥鼠入太仓之乐。正因为"此中乐，不思蜀"，深知此中三昧的国学大师柳诒徵，在当中央大学图书馆馆长时，创立了"住馆读书"的制度，满足了那些书中"蠹虫"的愿望。著名学者蔡尚思年轻时就利用"住馆读书"的方便，每天吃稀饭咸菜，读书十七八个小时，遍读集部书，为他的中国思想史研究打下了坚实的基础。蔡尚思后来感慨地说："我从前只知大学研究所是最高的研究机构；到了30年代，入住南京国学图书馆翻阅历代文集之后，才觉得进研究所不如进大图书馆，大图书馆是'太上研究院'。对活老师来说，图书馆可算死老师，死老师远远超过了活老师。"

当然，仅仅阅读经典远远不够，要汲取其精华，最好的办法是太岁头上动土，把经典评头论足，揉搓一遍，这就是写书评。读书，尤其是阅读经典，倘若不写书评，便犹如猴子掰包谷，所得甚微。同样读书，通过写书评，知识就会在头脑中扎下根，不易忘记。更重要的是，写书评，需要深入的研读，蜻蜓点水似的泛泛而读是不行的，只有深读才容易把自己的思想火花碰撞出来。虽然也可以用学术论文把碰撞出来的思想火花记录下来，但采用书评最为方便。因为书评不但具有一定的学术含量，而且灵活多变，有时还可挟着原作者的威风，易于被读者接受。

书评可长可短，有寥寥几行的书评，也有数十万字的书评。有针对书中某一问题的书评，也有对全书所有重要问题予以商榷的书评。既可览胜，也可针刺，嬉笑怒骂全由自己，把他人思想"玩弄"于掌股之上，这等手段，何等了得！

书评因书而存在，既沙里淘金呈献读者以精品，也作为清道夫把书山垃圾打扫。莘莘学子通过写书评获取知识，掌握做学问的要领。打开一本书好似闯入一个崭新的世界，所过之处，琳琅满目，鲜花朵朵，"暖风熏得游人醉"，只想徜徉其中，饕餮般贪婪地饱饮书海琼浆。

翻开大师文集，古代不说，近现代的大师，哪个没写过书评？思想史是由长长短短的书评组成的。没有书评就写不出思想史。精彩的思想史是由一篇篇精彩的书评构成的。轻视书评就是轻视思想文化的传承，轻视对大师思想精华的萃取。从某种意义上说，经典要靠经典的书评流传。书评给经典添上了翅膀，使经典飞得更高，使更多人识得经典，并沐浴经典的雨露滋润。

有些经典刚问世时，并未被世人识得价值所在，关键时候，是书评充当了救世主。《纽约时报》的书评是图书畅销的风向标，许多畅销书就是经《纽约时报》刊登名家书评后而畅销起来的。写到这里，大家不要忘记，马克思的《资本论》引起人们的注意，与书评大有关系。在《资本论》之前，马克思曾出版过《政治经济学批判》一书，由于没有书评，该书一直默默无闻，不被人知。汲取此前的经验教训，《资本论》在德国甫一出版，马克思、恩格斯马上联系报刊，组织有关人员撰写书评，仅恩格斯撰写的书评就达九篇。恩格斯甚至施用"小小的手腕"，"用我们的老朋友耶稣的话来说，要像鸽子一样驯良，像蛇一样灵巧"，采用各种手段宣传《资本论》。有时不顾"站错立场"，以资产阶级代言人、经济实业家的口吻指责《资本论》，目的在于展开论战，引起人们对《资本论》的注意，起到宣传、鼓动作用。就这样，天生丽质的《资本论》，经众多书评的狂轰滥炸，冲破资产阶级的封锁，像响雷一样在沉默中爆发，宣告了无产阶级《圣经》的诞生。

别以为书评只是为人作嫁，难登知识的大雅之堂，光芒永远被原著遮蔽。好的书评也会成为经典，也会在历史的长河中大放异彩，曹丕的《典论·论文》就是例证。诺奇克的《无政府、国家与乌托邦》是在与罗尔斯的论辩中诞生的，可以说是给罗尔斯的《正义论》写的书评；富勒的《法律的道德性》也是在与哈特的论辩中诞生的，也可以说是给哈特的《法律的概念》写的书评。只不过这两书写得太长，一不小心就成了名著。笛卡尔的名著《第一哲学沉思集》由《沉思》、《反驳》和《答辩》三部分组成。《反驳》即是书评，是其他学者针对《沉思》而提出的不同观点，而《答辩》即是对书评的回答。可以说，其他几位学者的书评完善了笛卡尔的观点；没有这些书评，笛卡尔的著作留给读者的会是累累伤痕，笛卡尔通过答辩，治愈了暴露出的伤痕。《历史研究》是汤因比的名著，但却被索罗金批得体无完肤；《历史研究》永垂不朽了，索罗金的书评也同样成为牛虻，使"大部分论点都是不正确的或是不健全的"巨著显示出它的"残缺美"。最解颐的是梁启超，给钱学森的岳父战略家蒋百里的著作《欧洲文艺复兴史》作序，一不留神，写了五万多字，比原著还长。人家掏钱出书，不能因增加个序而破费太多，坏了梁某人的名声。"笔端常带感情"的梁任公这时可没感情流溢太多，把自己作的序没敢献纳，后以《清代学术概论》为名单独出版。蒋著早已湮没无闻，而梁著却还不断印刷。

其实，写篇精彩的书评并不易，没有渊博的知识、卓异的识见、仔细的啃读，那是不可能的。有些人能写出精彩的论文，但未必能写出精彩的书评。论文往往自说自话，把自己的观点在逻辑上打理清楚，就成了。但写书评却要有"王顾左右而言他"的本领，必须把原作者抛在台面上，与之平等对话。倘若对原作者不理不睬，这样的书评不易写得精彩。我就听说，某教授论文写得倒是一般，但对学生的论文挑刺时，却头头是道，让人佩服得五体投地。这样的教授所写书评一定不赖。

初学者写书评往往是对原著的溜须拍马、唱赞歌，想挑点刺用的也是绣花针，一针见血的功夫欠缺，而大家的书评才是与原作者的平等对话。所以，要写好书评，还需揣摩大家的书评。面对同一本书，大家是如何挑刺的，这是初学者写书评需要重点掌握的。即使唱赞歌，大家也会像日日侍奉皇帝的奴才，恭维得不露一丝痕迹。小骂大帮忙也是常用的伎俩。

误读乃书评写作之大忌，才露尖尖角的"小荷"会误读，千古风流人物也会误读。罗素给学生维特根斯坦的著作《逻辑哲学论》作序，也就是写书评，认真地写了几十页，却换来了文本被误读的指责，好不尴尬，弟子楞是把老师往半瓶醋的行列中推。当然，有时为了思想的创新，必须"有意识"地误读，不误读，思想就会原地踏步，无法向前发展。朱熹因误读了《论语》而创立了朱子学，王阳明因误读了《论语》而创立了阳明学。我们今天的社会主义初级阶段理论也是对以往信奉的经典理论的"有意味"的误读。不过，思想史允许思想家的误读，而学问家的误读招来的却是恶谥。所以，"小荷"必须认真读书，不能囫囵吞枣，一目三行。有意味的误读是大家的专利，无意味的误读乃门外汉的作为。学术界就这么势利，对无名小卒如此苛刻。然而，艰难困苦，玉汝于成。要求严有要求严的好处。不会走就想跑，结果连连摔跟头，鼻青脸肿难免。这样的人多了，让人觉得学界智商不高，关系可就大了。所以，学界要繁荣，需要一批老实人兢兢业业的开垦。

学者中有不少人写过颇有分量的书评，有些甚至以写书评著称，如哈佛大学华裔史学教授杨联陞。作家鲁迅、茅盾、王蒙也写过大量的书评。英国作家吴尔夫的许多书评成为精彩的散文，赢得了读者的青睐。诚如杨联陞所说："一门学问之进展，常有赖于公平的评价。"众多的作家、学者通过书评为文学界、学界把脉，使作家、学者不至于走弯路。

学界有不少刊物登载书评，有些甚至以登载书评闻名学界，成为名刊，如《读书》。但是，总的来说，登载书评的杂志在我国越来越少，有些甚至公开宣布不登载书评，如法学界的核心刊物就很少登载书评，与书评绝缘的不少。有些刊物过去登载了不少有分量的书评，现在却偃旗息鼓，不再登载。其实，作为编辑，何尝不知书评的重要，但我国是熟人社会，处处讲关系，忽视规则，所刊书评，赞词过多，本是幼稚的法学却被书评家抬出来大批"扛鼎之作"，让人目不暇接。作者觍着脸昧着良心说瞎话早成习惯，然而编辑实在不好意思让那些肉麻的谀词跳来跳去，折腾学界，只好来个一刀切，把书评统统枪毙。书评没了，缺少清道夫的学界，空气污浊不堪。

王朔是小说家，写过几篇书评（名义上是人物评论，实际上是通过作品对人物盖棺定论，与书评无异），读者爱不释手。"盗亦有道"，"痞子"小说家的道就是以聊斋先生写《画皮》的笔法，入骨三分，对那些被某些势力精心呵护的名家大腕一概不留情面，该刺就刺，该骂则骂，痛快淋漓。这说明书评并不缺乏读者，关键要精彩，要讲真话。而精彩的书评、讲真话的书评是"大臣"写不出来的，需不会看人脸色的无知小儿写，这样才能戳穿假面，知道皇帝新装的新奇之处。

矫枉过正，窃以为要扭转书评界的陋习，先从批判开始，给唱赞歌的书评添加休止符。雅典的牛虻使雅典社会更加有活力，而以批判为主的书评也会为书评正名，使学界活力无穷。历史上的无数经典就是在与学术对手的吵吵闹闹中写出的；没有批判，没有争吵，经典就难以产生。

［原载《知行学刊》（西北政法大学行政法学院学生所办内部刊物）总第 33 期，2017 年 3 月印刷］

后　记

　　学术论文是板着面孔与读者说话，随笔显然变换了一副面孔，笑盈盈的，用吴侬软语，让读者如沐春风。目前许多学者，深知整日板着面孔不利于身心健康，于是在茶余饭后，捡来边角料，把微笑涂在上面，炮制出受读者欢迎的精神食粮。读者自然希望笑盈盈的面孔愈来愈多，享受更多的微笑服务。

　　比起那些著作等身的大家，五十多岁的我，公开出版的著述还不到百万字，真有点汗颜。一些著述虽有一定的含金量，但"垫枕书"尚未写出，仍需努力。

　　本书是一本随笔集，收录了我从二十多岁至今写作的绝大部分随笔作品。除了小部分散文、散文诗外，皆与法学有关，基本上属于法学随笔集。内容分为三辑，辑名分别以"千载意未歇""望尽天涯路""诗酒趁年华"名之。"千载意未歇"辑下的文章多与域外文化有关，且涉及久远的历史。"望尽天涯路"辑下的文章多与中土有关，期冀登高望远，鸟瞰路径，挖掘本土资源。"诗酒趁年华"辑下的文章多属与法律无关的散文、散文诗作品，完全是心灵深处情感的流泻。

　　拙作的出版得到了西北政法大学中华法系与法治文明研究院

的资助，在此对中华法系与法治文明研究院院长汪世荣教授深表感谢！还应感谢中国民主法制出版社法律图书出版分社社长庞从容女士，帮我联系出版事宜。唐仲江先生、程王刚先生、姚丽娅女士等编校人员认真负责的精神值得我永远学习。

何柏生

2017 年 8 月 26 日于西安